宵山萬花筒

森見 登美彦

MORIMI TOMIHIKO

CONTENTS

名詞釋義

宵山：一般祭典主日的前一晚稱爲宵山，尤指日本三大祭典之一「京都祇園祭」主日的前一晚。現今之京都祇園祭以七月十七日舉行山鉾巡行（神轎遊行）當天爲中心，因此宵山便是七月十六日。

山鉾巡行：即神轎遊行，爲祇園祭中最精采的活動，共有三十二座神轎列隊遊行。從四条烏丸出發，沿四条河原町行經河原町御池再到新町御池。

鉾：神轎，音「毛」，古同「矛」字。在神轎上方飾有長矛，體積較大，最高可達二十五公尺，重達十二公噸，分好幾層，上面載著演奏祇園囃子的樂隊，下有大車輪，由人力拖曳而行。

山：亦爲神轎，分爲裝有車輪拖曳而行的「曳山」與人力扛轎的「舁山」，上面飾有松木，體積較小。大型曳山的規模與鉾相當，上面亦載有樂隊，但舁山與傘山上便只有裝飾。

山鉾（神轎）：平日由各町保存會保存，於祇園祭將近時才組裝，七月十四日至十六日於各保存會的町屋展出，供遊客參觀。十七日巡行後，當天下午即拆解。

Chapter 01
宵山姉妹

她與姊姊上課的洲崎芭蕾舞教室位於三条室町西入衣棚町、一幢面三条通的懷舊風格四層樓建築裡。每到星期六，母親便要她們離開位於聖母院女子大學後方藤蔓爬滿白牆的家，搭地下鐵到市中心的教室上課。

地下鐵烏丸御池站到芭蕾舞教室的路並不複雜。三条烏丸西南方聳立著一幢紅磚建築的銀行，在那裡轉彎，沿著三条通直走，她們要去的建築物就在不多遠的左手邊。

儘管是這麼一條不可能迷路的路，她仍小心翼翼緊挨著姊姊走。她有個習慣，就是要以身體的動作來記住這條反覆來回的路，好比「到這裡就要右轉」。只要姊姊的動向稍有不同，她就感到不安，因為如此一來，熟悉的地方忽然變得像是陌生的場所。

「不要這樣抓我啦，我很難走。」

「可是很可怕啊。」

她小學三年級，姊姊四年級。

動不動就受商店櫥窗吸引過去的姊姊，腳步猶如優雅的貓一般難以捉摸。母親和老師明明就禁止她們在路上亂逛，姊姊卻一下子想去書店買雜誌、一下子想去花店瞧瞧，讓但求無事的妹妹捏一把冷汗。姊姊忙著在好奇心的驅使下到處跑，妹妹則忙著擔心姊姊。她們之間像用繩子綁起來互相拉扯一般，不停打轉。

出了地下鐵走在路上的時候，她一顆心總是七上八下，但一看到芭蕾舞教室大樓那沉靜莊嚴的玄關，她便陷入幻想，種種不安倏忽消失。打從一開始來到這芭蕾舞教室，她便喜歡上這幢宛如中世紀小城堡的大樓。玄關旁那盞深綠色復古設計的電燈好美，通往正面大門有道短短臺階也好高雅，她也喜歡牆上一扇扇長長直直的窗戶。只要站在玄關前，她就在心中描繪出公主從最頂端那扇窗探身出來、雪白的大鳥次第翩翩飛落的情景。

姊妹倆的母親結婚前曾在這幢大樓工作。她經常想像年輕的父母在這幢大樓相遇的場面，在想像中把從窗戶探身而出的公主換成照片上看過的年輕時的母親：年輕時的父親偶然經過，從三条通抬頭看到母親，對她一見鍾情！「簡直就像電影一樣」——她高興地這麼想。但這只是她把事情想像得跟電影一樣而已。她心中認定「這樣總比相親好」。

開門來到裡面，沁涼的空氣包圍了她。鋪著紅地毯的大廳空蕩蕩的。正面掛著一個畫框，裡面是一幅不可思議的畫。畫裡是一條小路，路上掛了好多點亮的燈籠，小路盡頭有個穿著紅色浴衣（夏季和服）的小女孩。蒼茫的暮色總讓她心生寂寞失落之感，所以她不喜歡這幅畫。

從大廳一角的樓梯爬到三樓，便是洲崎芭蕾舞教室。

洲崎老師的年紀應該相當於祖母那輩了，但仍顯得十分年輕，自然散發著優雅的氣質。佇立在地板教室內觀察學生的動作時，簡直就像雕像般，對學生不雅的舉止尤其嚴格。要是惹老師不高興，整間教室就彷彿布滿了從憤怒中樞延伸出來的鐵絲，令人窒息。這時候，就連助教也和學生一樣戰戰兢兢。

她和姊姊也加入朋友之中，換了衣服。

人人顯得雀躍浮躁，嘴裡說的都是宵山的事，還有人說練習結束之後就要穿上浴衣出門去。姊姊羨慕極了。

那天，她們在烏丸御池站下車時，她也聽到同站下車的乘客說起「宵山」。路上的行人比平常多，還看到烏丸通上擺起攤販。走在三条通的時候，朝室町通往南的那一頭看，大樓與停車場交錯的狹窄馬路上也熱鬧地擠滿了攤販；攤販的行列之後，露出燈籠高掛的「黑主山」。即使換好舞衣開始練習，她仍不時想起這片景色，然後終於發覺原來大廳那幅畫就是宵山的情景。

做完扶桿練習、換到柔軟操時，她注意到助教岬老師也在發呆。這位老師平常話就很少，今天更是一言不發。她認爲岬老師發呆的原因一定也是因爲想著宵山的事。讓大家定不下心來的「宵山」到底是什麼呢？她朝著毛玻璃的另一方豎起耳朵，想聽聽淹沒市區的擾嚷喧囂。

在洲崎老師指導下開始地板練習之後，大家都知道老師今天似乎心情不佳，連心浮氣躁的學生也乖乖專心上課。每當她們的腳一動，因日光燈照明而顯得富有光澤的木頭地板便響起輕微的唧唧聲。儘管位於市中心，教室裡卻靜悄悄的，唯有腳步聲和喘氣聲特別響亮。

這陣子，她的動作終於有芭蕾舞的樣子，才開始覺得有趣。被老師罵的時候當然高興不起來，眼中含淚也是常有的事，即使如此，身體能做到想做的動作時，眞的很開心。只不過，她常在關鍵時刻失去自信，大家都說她因此吃了不少虧。姊姊則是不知道什麼叫害怕，顯得老練多了。

○

到了休息時間，她想去上廁所。

廁所位於教室外的長廊深處。三樓除了芭蕾舞教室之外，還有其他房間，但門上的毛玻璃後方總是暗暗的，總讓她覺得心裡毛毛的。她要姊姊陪她去。每當這時候，姊姊總是一說就答應，從來不曾取笑或刁難她。

從廁所出來的時候，姊姊正在窺探走廊盡頭的樓梯。

「姊，怎麼了？」

「噓！」

姊姊豎起食指，燦然一笑：「你看。」

通往樓上的樓梯兩側排了好多燈籠。「怎麼有這麼多燈籠？」姊姊喃喃地說，腳已經踏上樓梯了。她想起上次跟著姊姊偷溜到屋頂的事。那次她們下樓時被洲崎老師發現，挨了一頓好罵。

「不行啦。」她對姊姊說。「一下就好。」姊姊這麼說。

仰頭可看到樓梯平臺上擺了大大的狸飾品和招財貓。姊姊從平臺上往更上面的樓梯看，發出「咦」的一聲。「有女兒節娃娃耶。」

「有女兒節娃娃？」

「有，而且好大。」

「我也要看。」

她爬上樓梯，站在姊姊身邊。兩側同樣擺了燈籠的樓梯成了女兒節人偶的層架，上面擺著一排排女兒節人偶。姊姊飛舞般輕巧地閃過女兒節人偶上了樓梯，站在四樓的走廊。「好誇張。」姊姊低聲說。「全都是些稀奇古怪的東西。」

「有這麼稀奇？」

「稀奇、稀奇。」

聽到別人這麼說，自然想一探究竟。她跟在姊姊後面上樓。

四樓的走廊堆著許多裝了人偶和玩具的紙箱，很亂。姊姊拎起散落在地板上的七彩彩帶。彩帶映著從長長窗戶射進來的光線，閃閃發亮。姊姊邊走邊輕輕甩動彩帶，摸摸排在地板上的或黑或白的招財貓的頭。

「好像玩具店喔。」她悄聲說。

「嗯。」姊姊也同意。

然後她們發現了一個蓋著紅布的大箱子。姊姊把耳朵貼上去，說：「裡面好像有聲音。」掀起紅布的時候，她看到暗暗的水裡有瞪得好大的眼珠子在動。她驚呼一聲，向後退，抓住姊姊的手。姊姊也抓住她的手。

水槽裡，一尾活像妖怪般又紅又肥的魚浮在水面。魚有西瓜那麼大，圓滾滾、胖嘟嘟的。嘴巴一開一合，愣愣地盯著她們。

她們呆站在那裡看著魚的時候，走廊深處傳來一聲斥喝：「你們在做什麼」！一個戴著草帽的女人站在那裡瞪她們。「要是調皮搗蛋，會被宵山神吃掉喔！」

她們落荒而逃。

姊姊邊下樓邊笑著說：「啊啊，嚇死我了！」

○

練習結束時，已經超過下午五點了。

常常，她在離家去教室的時候，感到淡淡的憂鬱和不願，但練著練著，不知不覺一顆心又讓愉快和痛苦占據。待她驚覺，她已全心投入；練習結束的那一刻，覺得自己彷彿換了一個人。流汗的黏膩感觸和味道雖然煩人，但另一方面，身體深處卻好像有涼風吹透般的空虛感，她非常喜歡這種感覺。

擦了汗，換好衣服，大家聊天時又提到宵山。有人說能看到會動的大螳螂機關。這似乎大大激起了姊姊的好奇心，只見她眼神發亮，豎起耳朵聽得好認眞。

「老師再見。」

姊姊和她行了禮，經過老師身邊時，洲崎老師看著她們說道：「要直接回家，不可以在外面亂跑。」

老師說話的時候特別瞪著姊姊。姊姊精神抖擻地回答「是」，下了樓。

她們倆一起推開玄關重重的門，來到大街上。

潮濕沉悶的空氣籠罩了街頭。抬頭一看，金黃色的陽光照射在住商混合大樓的邊緣，空中的雲朵也是金黃色的。三条通上來去的行人比平常多，而這些人潮正不斷流往南北向的室町通。

她們沿著平常回家的路來到烏丸通，這時姊姊倏地停下腳步。

有化爲辦公大樓峽谷的大馬路上竟然一輛車也沒有，人潮在車道正中央行走。有穿西裝提公事包的人，也有拿著團扇在胸前邊搧邊走的大叔，有觀光客模樣的婆婆阿姨，也有穿著浴衣漫步的年輕男女。斜陽輕照的大馬路兩旁，攤販擠得水洩不通，有些已經點亮了燈泡。她從來沒看過這麼多攤販。分辨不出是什麼味道的焦香味隨著潮濕的風飄過來。她深深呼吸了一口氣。大樓峽谷中充斥著攤販與群眾的熱氣。

姊姊好奇心強，無論什麼地方都想一頭闖進去。這讓被拉著跑的她焦慮不安。她很怕洲崎老師撞見她們竟還在外頭晃盪。

錯綜複雜的市區也令她害怕，因爲市區裡有人綁架小孩要求贖金、或是賣到遙遠的國外去，或是殺掉。天知道什麼時候昏暗的小巷裡會跑出邪惡的大人來，把她攔腰抱起，帶到遙遠的地方，永遠都回不來。她總覺得走在大街上時，片刻都不能鬆懈，身體繃得硬邦邦的，手心一下子就汗濕了。儘管她膽子這麼小，卻滿懷責任感，認爲姊姊太莽撞，自己必須寸步不離地看好她。而這正是她可愛的地方。

姊姊堅持要去看位於這祭典某處的「螳螂」。聽芭蕾舞教室的同學說，動起來就像活的一樣。「都是她們跟姊姊亂講！」她心中恨恨地想。

「姊，你爲什麼想看那種東西？我們回家啦。」

「想看就是想看啊。走啦！走啦！」

說著，姊姊已經朝著因攤販而熱鬧起來的烏丸通人群走，抓著姊姊衣角的她也朝同樣的方向邁出腳步。

姊姊梳成髻子的黑髮光澤亮麗，腳步像跳舞般輕快。

跟著人群走在大馬路中央，確實令人感到愉快無比。馬路兩旁的攤販大陣似乎沒有盡頭。姊姊讚歎著，明明沒有什麼事卻頻頻嘻嘻笑。走在大馬路中央的姊妹倆眼前，銀行、辦公大樓林立的熟悉景色爲之一變。市街的底部朦朧地布滿了攤販的橙色燈光，透出亮白日光燈燈光的辦公大樓峽谷上方，清澄的夏日天空逐漸轉暗，開闊無垠地延伸開來。這片生平罕見之美，使她的身體因一陣近似於恐怖的解放感而顫抖。驚異之下，她不由得喃喃地說：「這是怎麼回事呀！」

「啊，你看！」

順著姊姊指的方向看過去，不知是否受到攤販的炒麵、烤花枝、炸雞塊的香味吸引，黑鴉鴉的鳥群一而再、再而三從辦公大樓屋頂上崩塌似的飛落，然後又驟然翻身飛回上空，那動作簡直就像是衝著下界的人類而來，讓她覺得好陰森。要是被那些鳥兒誤認爲食物，很有可能就這樣被叼到天上去。

她們走過烏丸通，隨著穿過攤販間隙的人潮往西走進蛸藥師通。一家面馬路的老式咖啡店坐滿了逃離祭典來喝咖啡的顧客，熱鬧不已。孩童坐在小巷旁搭的棚子下，以尖銳的童音向行人兜售粽子[1]。

兩層樓的町屋[2]前擠滿了人，姊姊便拉住她的手。外面掛著好幾個紅色的大燈籠，撐起白色的布幕。朝著馬路敞開的二樓裡，做了一個類似祭壇的東西，上面坐著一個身穿盔鎧、長相威嚴的人偶。她問那是什麼，姊姊便踮起腳尖往裡頭看，說是「弁慶」[3]。

穿過那裡來到與室町通的十字路口，不管朝哪一方看都是人。

烤玉米、炸雞塊、撈金魚、抽籤、熱狗、荷包蛋仙貝、面具、塡充娃娃……狹窄的室町通也一樣擠滿了各類攤販，使本來狹窄的馬路更顯狹隘。她和姊姊邊走邊

譯注

1 祇園祭的特產。雖名爲粽子，其實是竹葉做成的吉祥物，用來掛在玄關，據說可在未來的一年開運、結緣、保平安，在各山鉾附近由兒童販賣。

2 日本的傳統商家建築，出現於都市地區，爲工匠與商人居住的住商混合式住宅。

3 這裡形容的是「橋弁慶山」神轎。神主是手持大長刀的弁慶與一腳跨在五条大橋上的牛若丸。宵山時，位於蛸藥師通烏丸西入橋弁慶町的橋弁慶山保存會於一樓放置五条大橋、二樓放置弁慶與牛若丸，供民眾就近觀賞。

逛。似乎不管走到哪裡都是祭典的景象，她覺得祭典似乎愈來愈盛大，把整個市區都吞噬了。

走過小巷的途中，她們遇到了掛著燈籠的「南觀音山」。那簡直就像以木頭和燈籠搭建的城堡，彷彿要擋住人潮似的向黃昏的天空高高聳立。這樣滿足不了姊姊，她堅持無論如何都要看螳螂，鑽進人叢中繼續向前走。姊姊究竟是知道路還是隨便亂走，她完全沒有頭緒。

姊姊在賣蘋果糖葫蘆[4]的攤販前停下來。「蘋果糖葫蘆，我沒吃過耶。不知道好不好吃。」

「也許很好吃也不一定。」

她念念有詞地說：「可是吃那種東西好嗎？」

「我有錢啊。」

「要是被老師看到，會挨罵的。」

姊姊雖然沒買就走了，卻一直望著像聖誕樹上的球一般亮晶晶的蘋果糖葫蘆。

她推著姊姊的背向前走。

交通警察所在的十字路口因爲四面八方湧入的觀光客，顯得非常擁擠。

「爲疏解人潮，這邊現在只能單向通行。」

姊姊在宛如棋盤交錯的小巷中一下子左轉、一下子右轉，一下子又突然想到什麼似的折返。每當被姊姊拖著踏進小巷，她都像電車駕駛般指著方向確認「左」或「右」。

「剛才左轉，所以回家的時候要右轉。」

她念念有詞地說：「然後，右轉就要左轉。」

即使像這樣說給自己聽，但當姊姊突然折返，好不容易記住的又忘了。說了好幾次「左」、「右」之後，她腦中連「左」、「右」本身都分不清了。

「啊——全搞混了啦！」

她不禁叫苦。

前後左右都是無盡的小巷。祭典歡騰氣氛充斥的每一條巷弄看起來一模一樣。「這裡剛才是不是也走過了？」她喃喃地說。姊姊說：「是嗎？」顯得一點都不在意。她覺得好像永遠也走不出這場祭典，逐漸覺得喘不過氣來。

譯注
4 像糖葫蘆一樣，蘋果外層裹了一層硬糖殼，但沒有成串，而是以竹筷單插著一顆蘋果。

她連方向都搞不清，放眼望去盡是陌生的人群，因而見到柳先生的時候，不禁鬆了一口氣。柳先生在三条高倉旁一家畫廊工作。母親帶她們去拜訪過，當時他請她們喝了甜甜的紅茶。柳先生拿著一個小小的包袱，在自動販賣機旁發呆，看起來有點累。

姊姊叫了柳先生，輕快地彎腰鞠了一個躬。

「柳先生你好。」

「喔。」柳先生應了一聲，微笑道。「你們好。」

「請問你知道螳螂在哪裡嗎？」

「螳螂？你是說螳螂山嗎？」

「對對對。」

柳先生微笑著，以簡單易懂的方式仔細告訴她們怎麼走，最後又叮嚀：「不可以放手哦。你們手要牽好，別走散了。」

她們照著柳先生教的路走去，終於找到「螳螂山」。

螳螂山所在的西洞院通跟她們剛才走過的小巷不同，又寬又大，但這裡一樣也有很多攤販，在薄暮之下發光。看過螳螂山後，她對心滿意足的姊姊說，趁時間還不會太晚，趕快回家吧。一想到總算能從這趟可怕的宵山探索之行中解放，就安心了。就是這片刻的大意，讓她把姊姊跟丟了。

走在錦小路通這條町屋與住商混合大樓夾雜的緩坡路時，一群嬉笑著穿過人群的女孩讓她看呆了。那幾個女生都穿著華麗的紅色浴衣，在愈來愈深的暮色之中，翩翩飛舞般穿過巷弄，宛如一群在昏暗水渠中游動的金魚。她被吸住了似的望著她們的身影。

「好可愛喔。」

她猛然回神，在周圍的人群裡卻見不到姊姊的身影，心臟不禁跳得發痛。一想到被姊姊丟下，她就慌了。當她慌不擇路地提起腳步，正好一頭撞上從旁邊經過的大漢的側腹。那人是個頭髮剃得精光的大和尚，大大的眼珠子一轉，俯視著她。因爲太過害怕，她連對不起都忘了說，只顧著逃跑。

爲了怕大和尚捉到她，她在十字路口轉了彎，來到一家小商店門前喘息。往右邊一看，人群之後露出了掛著燈籠的山鉾。

可是，她卻跟姊姊走散了。連自己在哪裡、朝著哪個方向走也不知道。淚水一下子湧入眼中，山鉾紅紅白白的燈籠看出去都模模糊糊的。她在打烊後昏暗的商店屋簷下躲避人潮，忍住淚告訴自己這是該堅強的時候。

「不行，別哭別哭。」她喃喃說道。

她是個愛哭鬼。

和姊姊走散了，獨自一人在黃昏的街上。沒有比這更叫人心慌的事了。心想著不能哭不能哭，卻覺得這樣孤伶伶地咬著牙忍耐的自己反而可憐。忍著淚，她喃喃說著「怎麼辦怎麼辦」。姊姊不見了，自己一個人又回不了家。

「怎麼辦？怎麼辦？」

正當她念佛似的喃喃自語時，站在十字路口管制交通的警察身影映入眼簾，她興起了向警察求助的念頭。

「可是，要是被警察伯伯罵怎麼辦？沒有直接回家是我們不好。」

她退縮了。她本來就不敢對陌生人說話。

和姊姊走散才不過幾分鐘，她卻覺得彷彿已經過了好幾個鐘頭，天色變暗的速度也快得嚇人。就這樣，她在店門前因心慌而畏縮，又擔心姊姊。

讓她擔憂不已的，是怕姊姊上了壞人的當被帶走。在人這麼多、這麼熱鬧混雜的祭典裡，一定也有很多拐騙小孩的壞人。就算少了幾個小孩，一定也沒人知道。這麼一想，往路上的行人看過去，每個人都是一臉趁暮色拐帶小孩的長相。

「好可怕！」

她以細細的手臂環住身體。

就算有大人說要買蘋果糖葫蘆給她、說要帶她到車站，她也不會相信。可是，姊姊誰都相信，一定馬上就跟著別人走的。「只要說有好吃的特大蘋果糖葫蘆哦，姊姊一定一下子就上當。」

就因爲抗拒不了巨大蘋果糖葫蘆的誘惑，姊姊就要被壞人從舞鶴港帶上船去了；船艙裡堆了好多不知裝了什麼東西的箱子，姊姊窩在一角，腳上套著串了大鐵球的鐵鍊；姊姊想念京都，嚶嚶哭泣……那光景實在哀傷寂寞得令人心痛，讓她坐立難安。

「不行！不能跟壞人走啊！」她喃喃地說。

她鼓起勇氣邁開腳步。只要一直走，也許就能走到她認得的地方。光是聽著攤販大聲叫賣，她就覺得身體快僵了。她的腳步愈來愈快，有男人從大樓陽臺俯瞰祭典，向她揮手，但她緊張得逃了。

由於走得很快，她呼吸急促了起來。

她在町屋屋簷下蹲下來。

她彷彿躲在屋簷般小心翼翼地觀看馬路上的動靜：有的人邊走邊拿著華麗的扇子搧臉，有的人拿著裝有金魚的神奇氣球。路過的人只要向她看上一眼，她就覺得對方會把自己擄走，害怕得全身發燙。冷汗在背上涔涔流下。她啃咬著指尖，咬得滲出血來，心跳般陣陣發痛。

「啊啊！討厭！手指頭好痛！」

然而她無法不咬指尖。

只要看到大人帶著孩子開心經過，她就生氣。跟在母親或父親身邊的孩子多麼無憂無慮！「眞好，眞叫人羨慕。哪像我，自己一個人，手指頭還在流血。」她喃喃地說。

無論再怎麼迷路，只要和姊姊在一起，就算不安，也不覺得徬徨無依。要是早知道變成這樣，她就不會有片刻大意，一定一直緊緊握著姊姊的手。柳先生還特別叮嚀過「千萬不能放手哦」。她覺得她再也見不到姊姊了。

雖然常常被姊姊帶到陌生的地方，時時膽顫心驚，但並不總是不愉快。聖誕節將至的冬天，在四条通上走走看看：閃閃發亮的燈飾和聖誕樹，掛著大鈴鐺的花環點綴著街角，紅紅綠綠的花朵淹沒了花店……那是她最快樂的回憶。下課後偷偷跑到拉麵店的那次，現在回想起來也是令人雀躍的冒險。偷爬到芭蕾舞教室大樓頂那次，雖然狠狠挨了洲崎老師的罵，連姊姊都哭了，即使如此，想到那一天她還是很開心。無論當時有多可怕、覺得姊姊有多煩人，但姊姊拉著她的手帶她進行的種種冒險，回想起來是多麼愉快。可是，那是因爲姊姊總是在她身邊。

「啊啊，要是姊姊突然來找我就好了！那我就再也不會放開姊姊了！」

她蹲著呻吟。

她把眼睛閉得緊緊的，想起和姊姊一起搭地鐵回家的情景。她們每次都是這樣搭著電車回到爬滿藤蔓的白色的家，現在就連那樣的光景都令她懷念不已。

「好想早點回家喔，好想回家去洗澡。」

她在內心祈求，但願現在這害怕的心情將來也變得同其他回憶一樣愉快。

就這樣，她連站起來的精神也沒有，呆望著防火用的儲水桶，見到紅色的布飄在上面。她移動身軀，讓路上的燈光照進來，再次往水桶裡瞧，那看起來像一塊紅布的東西原來是條金魚。

「咦，這裡竟然有金魚。」

她輕輕扶著水桶邊緣，望著悠然浮動的金魚。

「你是從撈金魚那裡逃過來的？你跳得好遠啊。」

這麼厲害的金魚以後一定變成一條大鯉魚吧——她想。她一直以爲金魚長大之後就變成鯉魚。

就這樣看著小小的金魚時，一個人影在她身旁蹲下。

是身穿鮮紅浴衣的女孩。

女孩挨著她往水桶裡看，然後看著她的臉，雪白的臉頰上露出柔柔的笑容。好一張令人不禁也報以一笑的笑臉。

「金魚？」

「嗯，金魚。」

彷彿受到這個探頭看紅色水桶的女孩吸引，另有好幾個女孩子也向屋簷下靠過來。就是那群讓她失神跟丟了姊姊的可愛女孩，穿著一模一樣的鮮紅浴衣。她們在眼前閃來閃去，很難弄清楚有多少人，但她認爲總共有五個。這些女孩簇擁著她也似的，拉拉彼此的浴衣，戳戳彼此的側腹，嘻嘻而笑。

「簡直就像聚在飼料旁的金魚。」她想。

她們有一句沒一句地談著水桶裡的金魚，她想到也許這些小女孩對這裡的巷弄很熟悉。也許她們知道洲崎芭蕾舞教室在哪裡。

「問你們喔。」她一開口，其中一個女孩笑咪咪地說：「什麼事？」

「你知道洲崎芭蕾舞教室在哪裡嗎？」

女孩頭微微一偏，然後輕輕點頭說「嗯」。

她們說要帶她到洲崎芭蕾舞教室，她便讓她們拉著手，總算從窩著的屋簷下踏進人群中。明明是夏天，帶路般拉著她走在前面的女孩的手卻絲毫沒有汗意，冰冰涼涼的，握起來很舒服。

「你們眞好，謝謝。」

她再次走在狹小的巷弄中。

隨著天空的藍愈來愈深沉，攤販的燈光也顯得愈來愈燦爛。她穿過充塞小巷間的祭典燈光，總是有穿著紅色浴衣的女孩翩翩起舞般走在她身邊。巷弄中明明愈來愈擠，女孩走起路來卻像穿梭般輕盈。不知不覺，她的腳步也跟著輕快起來。南觀音山在薄暮中巍峨聳立、燦然生光。從轎上架起了橋，搭到面新町通的町屋。女孩們嬉笑著從橋下穿過。

她們不時在攤販佇足，任意從攤子上取走商品。有的戴上掛在攤頭的狐狸面具笑了，有的揮動著蘋果糖葫蘆，有的吃了滿嘴的雞蛋糕。她們都沒付錢，但攤販什麼都沒說。她心想，一定是因爲這些小女孩住在這附近，才沒有爲難她們吧。

「給你，吃吃看。」

「很好吃哦。」

女孩們異口同聲地請她吃。

看她拒絕，她們露出不解的表情。沒付錢就吃東西會讓她於心不安，而且要是在路上亂晃又吃攤販的東西被洲崎老師看到了，一定被罵得很慘。更重要的是，她一心只想早點回到自己先前所在的地方。

只有一家攤販讓她心動。那家攤販在一條行人漸少的暗巷裡，孤伶伶的，跟其他攤販離得遠遠的，靠著老舊的燈泡照亮貨檯。檯上細心擺放顏色大小各不相同的萬花筒。那時候，她也和女孩們一起朝萬花筒裡看，發出歡聲。

女孩們只顧著逛攤販，沒有認眞帶路的樣子。

她問了好幾次「快到了嗎」，她們都只是各自點頭說「嗯」、「對呀」，接著又繼續逛攤販逛個沒完。她有種受騙的感覺，但從女孩的話語和神情也感覺不出絲毫惡意。

「算了，她們都還這麼小，而且又遇上了祭典。」她心想。

攤販的熱鬧、山鉾的燈籠、住商混合大樓的窗戶、身穿浴衣走動的遊客、交通警察——宵山的景色一一在她眼前閃過。握著她手的女孩的手，無論走了多久都還是涼涼的，很舒服。就這樣和她手牽著手，彷彿連自己的身體也愈來愈輕。隨著腳步變輕，頭腦也麻痺起來，甚至沒發覺她一直重複看著相同的景物。

她從那條冷清小巷裡的萬花筒攤販前經過了好幾次。在同一個轉角轉彎，走過同一條路，然後又回到同一個地方。有如在熱鬧的市區一角畫出漩渦，一邊畫著，一邊被吸進宵山深處。

◯

女孩們勾著她的手臂說：「喏喏。我們到上面去吧！那裡也有祭典。」

「哪裡？」

她一問，女孩們便指著電線交錯的小巷上方。夾在住商混合大樓之間的天空已完全沉浸在暮色中。

「那裡有金魚鉾。」

「那個是最漂亮的。」

「走嘛走嘛。」

女孩們異口同聲地說：「想不想看？」

「想。」

她不由得脫口而出，然後連忙說：「可是不行啊。」

「爲什麼不行？爲什麼爲什麼？」

「因爲我要回家了。」

「很好玩的，來嘛。不騙你。」

聽她們一臉開朗地這麼說，她也很想去看看。雖然她一臉爲難，沒有回答，但她們拉著她向前走。

她在內心想像——

籠罩著街道巷弄的宵山像水漫市區一般，吞沒了比鄰而建的大樓。大樓窗中透出的慘白日光燈燈光換成了攤販燈泡的橙色燈光。大樓的屋頂同樣也高高掛起或紅或白的燈籠。這一番想像，來自與姊姊一起偷爬上洲崎芭蕾舞教室那棟大樓屋頂的記憶。那天，她扶著鏽成茶色的扶手向四處眺望時，遠方朦朧的大樓屋頂上，一座小小的神社吸引了她的目光。「既然有神社，就一定有祭典。」她這麼想。

「一下下就好。」

她喃喃這麼說，暗自想像。

因水塔、天線、高度參差的住商混合大樓互相傾軋而凹凸不平的屋頂世界，一定也是像現在自己周身一般，一整片都是祭典的亮光。那景象想必雄偉無比。大樓與大樓之間架起了古老的木造橋，她能夠走到任何地方。坐在屋頂邊緣向下望，黑鴉鴉的遊客人潮之中，也許山鉾看起來就像西洋提燈一樣可愛。

而金魚鉾將緩緩地邁向屋頂世界的遠方，比任何山鉾更大、更絢爛，宛如一座光芒四射的城塞。

○

不久，她就站在面向六角通的某條巷子口。

那是一條小巷，夾在住商混合大樓及咖啡店中間，窄得路上的行人都不會注意到。入口有一道突兀的鐵格子門，門旁掛著紅色的燈籠。在街燈所及處，隱約可見石板路延伸，但再過去便沉沒在昏暗中。

其中一個女孩打開鐵格子門，跟在她後面的女孩便像被吸入排水孔一般，一一滑入那條小巷。

「要去哪裡？」

她停下腳步問，但拉著她的那個女孩微笑著說「來就是了」，把她咬破了滲血的手指頭含在嘴裡。她的思緒彷彿麻痺了，任女孩擺布。不久，她就被那隻涼涼的小手牽著，踏進了那條小巷。

空無一物的昏暗小路不斷向深處延伸。

緊臨左右的是灰色大樓牆壁，腳下是石板路。

街上的光照不到的地方很暗，但在很後面、很後面的地方，亮著一盞像是門前燈的燈。在那之後，彷彿有座茂密森林似的，一片漆黑，什麼也看不見。往那片黑暗的上方一看，遠遠的看到縱長窗戶亮著橙色燈光的古老大樓。切割成小小一片的天空是難以形容的寂寞的藍。

女孩們走在前面，壓抑的笑聲不斷響起。她們愉快地踩著石板，發出聲響。紅色浴衣的衣袖像鰭一般飄動。

她的手仍被女孩牽著，回頭一看，宵山的亮光變得好遠。

「感覺好寂寞噢。」她喃喃說。「我還是想回家。」

走在前面的女孩們沒有回答。

然後，她們蹬著石階往上跳。

在暗巷中懸空的女孩們，飄也似的往上浮起。牽著她的女孩說「來吧來吧」。

她有樣學樣地往石板上一蹬，本來疲累的身體突然變得好輕，她便茫然地在寂寞包圍之下，在大樓的峽谷中，朝頭頂上切割成一小片的天空飄浮而上，心中漠然地想著：啊啊，自己這就要去她們所說的地方了。

銀鈴般的笑聲在巷子裡回響。

這時候，只聽到一陣在石階上奔跑的強而有力的腳步聲從背後靠近。

有人抓住了正漸漸往上飄的她的腳踝。那個人流了好多汗。她的身體被用力往地面拽，她因爲疼痛而呻吟，雙腳不由得亂踢，但對方緊緊抓住她，不肯放手。她很不高興，往下一看，看到姊姊臉都變形了，一副隨時要哭出來的樣子。

她回過神來，大叫：「姊姊！」

她伸長了手，抓住姊姊的手。

姊姊想把她留在地面上，而穿著紅色浴衣的女孩卻使勁把她往黃昏的天空拉。本來冰涼舒服的手變得冷得發痛。她心中一陣哆嗦，想把那隻手甩開。姊姊緊緊抓住她的雙腳。

有如朝飼料聚集而來的金魚一般，先浮上去的女孩們靠過來，到處摸她爲了芭蕾舞而梳成髻子的頭髮。固定頭髮的髮夾一根根被拔掉。小巷深處吹來一陣濕熱的風，吹散了鬆開的頭髮，身體頓時找回了重量。

她跌落在地，撲在姊姊身上。

飄浮在半空中的女孩又想來抓她的時候，姊姊猛地站起來，朝女孩雪白的臉頰上打了響亮的一巴掌。那清脆的聲音在昏暗的小巷裡形成悅耳的回音。

姊姊雙膝著地，抱住她。

「你怎麼可以跟著別人走！明明就這麼膽小。」

「對不起。」她說。

她抱著姊姊抬頭向上看，剛才想把她拉往藍色天空的女孩們笑著飄走了。笑聲在狹窄的巷子裡回響。本來聽起來那麼愉快的笑聲，這時候卻顯得完全不同。是她從來沒有聽過的寂寞和陰森。

這時候，她才終於發現——

飛走的那些女孩，每一個的面孔都一模一樣。

○

她和姊姊忘我地跑，一回過神來，已經來到寬闊的烏丸通。這裡有很多人在攤販買了食物席地而坐吃了起來，她們也混在人群間坐下。

一時之間，什麼話都說不出來。

姊姊緊緊握著她的手，她也回握。手被汗水濡濕也毫不在意。像這樣靠在一起，就聞得到姊姊每次在芭蕾舞練習之後散發出的甜甜的味道。

終於，她對姊姊說起不相干的話來。

說的是五月舉行的發表會，在後臺一起吃便當，像遠足一樣開心。還有，在舞臺旁的布幕之後一起看學姊們跳舞的回憶。比起坐在觀眾席觀賞，姊姊和她更喜歡在幕後看芭蕾舞，看起來有種說不出的神祕感。總有一天，她們也能跳得和學姊一樣，融入那片光景。這樣的想法讓她們興奮不已。

「明年的發表會不知道要跳什麼角色？」她們坐在宵山的一角，說著這些話。

由於心情已經平復，她們不約而同地站起來。朝著烏丸通中央走，默默望著愈來愈熱鬧的宵山景色。攤販的燈光照亮了整個市區，高樓峽谷間，遠遠露出蠟燭也似的京都塔。

「回家吧。」姊姊說。

於是，她們緊緊握著彼此的手，朝著母親等候的白牆上爬滿了藤蔓的家，離開宵山之夜。

Chapter 02
宵山金魚

乙川是培育出「超金魚」的人。

何謂超金魚？

我們都是奈良人，而我們的高中母校的所在地，自古金魚養殖業便十分盛行，像我父親任住持的寺廟旁就有一大片水藻漂浮的養殖池。本堂後的木牆下有舊水渠行經，也不知道是以什麼辦法逃出來的，我看過金魚像紅花瓣似的在裡面游。

高一暑假前，不記得是去哪裡，回家經過那裡的時候，看到有人蹲在那條水渠旁邊，那個人就是乙川。我們在學校沒說過幾次話，但因爲他實在看得太專注，我便停下腳踏車叫他。廟裡越牆而出的樹枝在水渠上落下剪影，也在朝著我抬起頭來的乙川臉上染出斑駁的光影，讓他看起來活像個放暑假的小學生。不知道爲什麼，他顯得異常開心。

「是藤田同學啊。」

乙川像平常一樣，以「同學」來叫我。「……我正在撈金魚。」

「撈金魚幹嘛？」

「想來訓練一下。」

一般人當下多半會想「以後儘量離他遠一點」吧。都已經上高中了，還對撈金魚那麼起勁，還說要「訓練」，這種人不太妙。狀況不妙，未來情勢不妙。他獨特的世界裡顯然沒有我容身之處。也許這樣判斷才是對的，但當時我卻不太有突兀之感。恐怕那時候，我就已經折服於乙川特異的人品了吧。不過，也是想到暑假將至，讓我心情一片開朗的關係吧。身為老么的我是自由之身，不像大哥得把暑假耗在京都一座相識的寺廟裡。

我站在水渠邊擦汗邊看乙川撈金魚。他把那天的收穫放進水槽裡，滿意地點點頭，還說什麼「這傢伙很健壯，前景看好」。

「你怎麼知道魚健不健壯？」

「這就要靠經驗了。」

「你這麼有經驗？」

「有啊——我各式各樣的經驗都有——」

高中時代的人際關係，經常是在教室這個小箱子裡不知不覺間產生的，但唯有乙川，我能清楚說出跟他熟起來的那一天。

然後，十年過去了。

○

有一種生物叫作「奧州齋川孫太郎蟲」[1]。

這種蟲的身軀扁平而細長，分成好幾節，長了很多細小的腳，頭部有點像鍬形蟲，有一對小小的顎。長得就像腳少一點、肥一點、短一點的蜈蚣。

也不知道是在什麼機緣下繁殖的，這特別的生物自昭和中期[2]以來便見諸於鴨川以西的鬧區。牠們偏好濕氣，平常蟄伏在大樓峽谷的暗處，有時在居家廚衛現身嚇人，但其實也不會作惡。

孫太郎蟲有個奇怪的習性，就是到了七月宵山的時候便拋棄平日的棲身之處爬到地面，沿著電線桿、大樓背面朝天上爬。孫太郎蟲行走的路徑大多固定，只要守在那裡就能觀賞到牠們長長的隊伍，而這已逐漸成為祇園祭宵山的另類特色。雖然

譯注

1 黃石蛉的幼蟲。日本古時以黃石蛉的幼蟲作為生藥，尤其以奧州齋川生產者最為著名。

2 約指一九四六至一九六五年。

不是什麼賞心悅目的景色，但據說有些昆蟲迷爲一睹這行進的隊伍，不惜勇闖宵山時人潮洶湧的京都。

某位研究昆蟲生態學的教授認爲，是充斥街道的駒形燈籠[3]的燈光誘發了孫太郎蟲的隊伍。昆蟲朝暗夜中的燈光聚集的習性稱爲「正趨光性」，而孫太郎蟲則具有「負趨光性」，會逃離某種波長的光源。教授經實驗指出，近年由於駒形燈籠多改以電源點亮，使光源的波長改變，因而影響了孫太郎蟲的移動路徑。

○

——乙川以認眞無比的神情大談孫太郎蟲的這些事，而我正注視著他。

我們正在京都市區某家店裡互斟對飲。這家面六角通的小館名叫「世紀亭」，所在之處是一幢住商混合大樓包夾的町屋，掛著細竹簾，外表看來頗具歷史，但聽說是前年才開張的。

這時節，梅雨還沒完全結束，本來就夠悶熱了，再加上二樓席位擠進了大批醉客，更是加倍蒸騰。冷氣開了等於沒開。每當溫熱的晚風自細竹簾後吹進來，吹得風鈴叮噹作響，便有攤販的味道掠過鼻尖。宵山的喧鬧與晚風一同潛進來，別具風情。從欄杆看過去，身穿浴衣的中年大叔通紅的臉在駒形燈籠的燈光下浮現。

「來來來，吃啊。」

乙川拿濕紙巾擦汗，把盤子往我這裡推。盤子裡是噁心的烤蟲串，一節節連起來的細長身軀扭轉著固定在竹籤上。這東西以砂糖醬油滷過，在略嫌昏暗的電燈燈光下，反射出褐黃色的亮澤。

「孫太郎蟲強精固腎，吃了很快就精力充沛，包你兒女成群。」

「我孤家寡人是要怎麼兒女成群？」

「這是宵山名產，大口吃就對了！去宵山卻沒吃孫太郎蟲，會被笑的。喏，跟啤酒搞不好還挺配的。」

說著，乙川往我的杯子裡倒啤酒。

我問從旁經過的女服務生：「這蟲眞的是宵山名產嗎？」她沒作聲，朝乙川看。他賊兮兮地笑，女服務生忍不住也笑了。「夠了吧，乙川先生。你老是這樣惡

譯注

3 指宵山時分於定點展示的山鉾旁掛起的一大片燈籠，由於圍繞著山鉾形成巨大的日本將棋（駒）的五角形，因此稱爲駒形燈籠。

作劇，人家很可憐的。」

乙川只是笑，不承認也不否認。

「孫太郎蟲是什麼？」我問。

「是黃石蛉的幼蟲，住在乾淨的河裡。」

「不要叫我吃這種莫名其妙的蟲。」

「可是能強精固腎是真的啊。奧州齋川孫太郎蟲其實是商品名稱。」

「就算是，也很過分啊！這傢伙從以前就是這樣。」

我向在一旁笑的女服務生說：「老愛騙人。」

「我知道，上次他也惹火了洲崎老師。」

「洲崎老師之後來過了？」乙川問。

「沒有。」

「如果是我害的，那我倒是覺得有點過意不去。」

「人家老師不像乙川先生這麼沒酒品。」

「眞沒禮貌。」

「是沒禮貌沒錯。」

乙川點了菸之後，說：「再來一瓶啤酒。」

「即使像這樣見了面，聊的其實也都是以前的事啊。」

「誰叫你什麼都不說。」

「藤田同學也沒說啊。」

「因爲沒什麼值得說的……」

我從大阪的大學畢業之後，到家電製造商工作已經三年了。平常住在千葉，但週末因爲出差的關係，來到梅田的分公司。之前乙川叫我「今年夏天來宵山」，所以工作一結束，我就直接搭電車到京都來了。

乙川大學畢業後還是住在京都。學生時代，我常暗自爲他擔心「這傢伙將來到底有什麼打算？」，但後來聽他說他在京都一家舊貨商工作。我覺得還挺順理成章的。乙川從以前就喜歡蒐集一些稀奇古怪的廢物，就連我老家廟裡的廢物，他也是笑咪咪地帶回去。

「你工作怎麼樣？」

「嗯，什麼狀況都有啊。那可是個妖怪橫行的世界啊。」

「不就正好適合你嗎。」

「嗯。我也想早點變成正格的妖怪。不過，杵塚會長說我還差得遠。」

乙川咪咪笑著這麼說。

「不過，你都沒變哪。虧你能從高中就一直維持這個樣子。」我說。

「也許這就叫開竅得早。可以說是大器早成吧。」

「沒有這種說法。」

「對我說『你頭頂開了天窗』的，是你嗎？藤田同學？」

「是啊。」

「說得眞好，簡潔中肯。你也應該在頭上開個天窗才對。」

○

高中時代，很少有人知道乙川「頭頂上開了天窗似的」古怪。他雖然時常泰然自若地做出一些大膽的事，卻很怕羞，在不熟的人面前大都不開口，一臉沒事人的樣子。

我們上的高中就位在筒井順慶所建的城堡遺址上。從車站到城堡的那段緩坡，我騎腳踏車爬了三年。

高中時代，我過得還算愉快。

當時，我以「自己還滿有人緣的」爲豪。小學時我算是比較不起眼的，但進了國中便開始嶄露頭角，懂得在班級的中心團體確保自己的位置。待在那種地方，眼界裡是不會出現乙川這種人的身影的。一直到那個暑假前的偶遇，他的存在才以分明的輪廓突顯出來。

說到這裡，那陣子我們高中經常發生「奇事」。

每到星期一，講臺上就出現一尊小小的木雕地藏菩薩。不管我們再怎麼收拾，下週總是擺上一尊新的。由於每一尊都很可愛、很有味道，甚至在教職員辦公室也成爲話題。因爲是地藏菩薩，要丟也不敢丟，所以這些地藏菩薩至今仍坐鎮在校長室一角，一團和氣地笑著。

高二冬天，教室裡曾經出現聖誕樹。還發生過男生廁所的衛生紙在一夜之間被換成帶有甜香的粉紅色衛生紙的事。爲文化祭預算不足而哀聲嘆氣的戲劇社收到一筆捐款；過完年來學校一看，班上每個人的桌上都有一塊豆子大小的鏡餅年糕。

而快刀斬亂麻般查出這些離奇怪事的眞相的，便是以高中生偵探聞名的乙川——當然沒這回事。暗地裡幹下這些離奇事件的犯人雖然就是乙川，但再怎麼說，他都是個不起眼的人，沒有人把這些奇事跟他連在一起。就連我也一樣，如果不是他告訴我，我也不會發現。

我曾經問他爲什麼要做那種事。

「不知道，就是很想很想做。」乙川說。「這是爲什麼呢？算是所謂的生存意義嗎？」

「可是，沒有人知道是你幹的，做起來不是很沒勁嗎？」

「這種低調含蓄的感覺別有一番風味。你可別告訴任何人。」

乙川籌辦的奇事有的很花錢，因此我對他的資金來源很好奇。一問之下，原來乙川喜歡爬山，他們順便採集藥用植物賣給奈良三条通相熟的中藥店，藉以確保「預算」。拿舊貨換錢他也很在行，從我家廟裡拿走的掛軸和壺就不用說了，田地一角沒人要的舊發動機啦、倉庫裡褪色的招牌啦，我甚至懷疑垃圾只要到了乙川手裡，沒有一樣不能換錢的。

乙川做的事，沒有一件不古怪的。雖然古怪，卻也不覺得很天才或是感到不安。就只是像眼前看到的這樣，既古怪，又自由自在。

當時乙川把雕刻佛像當作興趣，但雕得愈多，成品就愈沒有地方放，因而他去爬山的時候，就把佛像留在大樹下或是岩場上，興致一來，就留在學校。這就是地藏菩薩出現在我們校園裡的原因。他不光是雕刻佛像，還會自己做類似「睡魔祭」[4]用的那種大型紙偶。他簡直像是有三頭六臂，不但從事這些活動，甚至還培養出了

「超金魚」。

就這樣隨心所欲地度過高中時代後，他離開生長的奈良，到京都上大學。而我則是晚他一年，到大阪去上大學。

○

我喝著啤酒，傾聽宵山的喧鬧。

大學時代，我曾經兩度在宵山時節來找乙川，但這是我第一次好好享受宵山之夜。原因就在於，乙川雖然答應帶我去宵山，但結果去的都是一些完全無關的地方。

「這樣藤田同學也就成了『見識過宵山的男人』了。」

乙川邊啃喜相逢魚邊說。「你什麼時候回千葉？」

譯注

4 日本東北地方著名的祭典，特色是以細竹片紮成各種人物，外面貼上紙，做成彩繪的巨形燈籠。

「明天看了山鉾巡行之後。你會讓我住你那裡吧？飯店都滿了，我訂不到。」

「我可不想讓你住。還趕得上新幹線啊。反正你宵山也看過了，回千葉去，看你愛怎麼裝京都通都可以。」

「我根本就什麼都還沒看到。你要帶我去看啦，明明就是你約我的。」

「其實我後來有事，變忙了。」

「我人都來了，不准你耍賴。之前我已經被你騙過兩次了。」

乙川哼哼笑著。

我第一次來看宵山是進了大學之後的第一個夏天，乙川當時住在眞如堂這座寺院旁邊的破公寓。

他畫了越過吉田山到眞如堂的地圖給我，所以我爬過鬱蔥的山去找他，搞得汗流浹背，但後來我才知道，只要在銀閣寺道的公車站下車，根本不必氣喘吁吁地爬過吉田山。即使如此，我還是到了他住的地方，休息之後，我們便去看宵山。他帶我去的宵山冷清得很。乙川指著神社的石燈籠說「這就是鉾」。後來我才知道他帶我去的地方是上賀茂神社。

第二次來找他是大學最後一個夏天，我心想這次一定要叫他帶我去看宵山，結果他帶我去搭一列小小的電車。在電車搖晃之中，我們經過了市區，漸漸往森林裡去，最後到達的地方是鞍馬。沒辦法，只好逛逛鞍馬再回來。乙川照例不斷對我說一些不知是眞是假的事，好比他有朋友到鞍馬山去修行，結果被山豬追著跑，或是山谷裡湧出一種會飛的水叫「天狗水」等等。也因此我雖然增加了不少沒有半點用處的知識，但最後還是沒看到宵山。

第三次，我終於踏進宵山了。

「你啊，連騙我兩次，到底是在想什麼？」

「不服氣嗎？」

「那倒是不至於。」

「爲什麼要爬山？因爲山在那裡。爲什麼要騙藤田同學？因爲藤田同學在那裡。這就是所謂的本能。」

「我也很懷疑你今天會不會眞的帶我去宵山。不過，我也已經是大人了，要是你不方便，我可以自己一個人去逛。」

「我勸你最好不要。」

乙川皺起眉頭說。「那樣對人生地不熟的外人來說很危險。」

「爲什麼？」

「因爲祇園祭有很多規矩。如果不搞清楚……」

「你又想騙我了。」

「喔，先下手為強哦。」

「因為我已經長大了。」

牆上的時鐘指著七點。撥開簾子抬頭看天色，漫長的夏日也漸漸黑了。我們並不打算在店裡久坐。夜很短，所以準備稍微吃點東西就展開宵山行。「那麼，我們就去看你念茲在茲的宵山吧。」乙川說。

我想在出發前先上廁所。「世紀亭」的門面並不大，建築卻一直向後延伸。木板走廊圍繞的小院子裡灌木茂密，連石燈籠都有。

「住這種房子一定很有意思。」

「是很有意思沒錯，不過也有很多不方便的地方。冬天又冷。」乙川說。

「看到沒，在那裡穿木屐出去。我在這裡等你。」

我朝著門扉沉重的傳統倉庫所在的昏暗空間走。其中一角便是廁所。

上完廁所回來，說要在走廊等我的乙川不見蹤影。「咦！」我先是這麼想，下一秒鐘就想：「又被他耍了啊。」不過，我可不願意馬上就顯得慌張，讓乙川正中下懷，反而更加從容地眺望小院子。真是一點都大意不得，說了這麼多，這次還是不帶我去看宵山，同樣的把戲也未免玩太多次了——正當我這麼想的時候，看到了奇怪的東西。

昏暗的小院子另一側也有走廊。

那走廊旁的房間紙門突然拉開，一個發亮的東西從黑暗中滑了出來。那是個可在「睡魔祭」裡見到的大型紙偶，做成金太郎的樣子。肚子鼓膨膨的巨大金太郎轉動一下，無聲地在走廊上前進。穿著工作服的年輕人小心地推著它。

金太郎就這樣在走廊上拐個彎，消失在另一端。肚兜部分的紅色亮光漠然地留在我腦海裡。

我還愣在那裡，卻看到乙川從金太郎消失之處出現，沿著圍繞小院子的走廊向我走過來。他正得意地賊笑。

「你心裡一定在想『那傢伙又把我丟下了』！我才不做那麼不講義氣的事。」

我們鑽出店門口的暖簾（店家掛在門口的布簾）來到外面，宵山更加熱鬧了。電線與大樓轉角亂糟糟地交錯，從中顯露出來的天空染上淡淡的深藍色，街上的燈光好像輕輕浮了起來。

攤販燒烤的味道乘著晚風飄過來。

有穿著西裝像是上班族的人，也有拿著團扇在胸前邊搧邊走的大叔，還有一群化著濃妝的年輕女孩。也有穿著浴衣、看似大學生的男女。浴衣女孩從我身旁錯身而過，她的後頸一下子吸引了我的目光。

「原來這就是宵山啊。」

狹窄的巷弄中都是攤販。

乙川受到散發出可口香味的攤販吸引，一面走一面挨到這家、靠到那家。乙川從以前就喜歡買東西吃。

「要是違反你剛才說的規矩會怎麼樣？」

「會被保存會的人帶走。」

「保存會是本地人？」

「所謂的保存會，每個山鉾的町都有一個。祇園祭就是那些人合力在辦的。保存會的龍頭就叫『祇園祭司令部』，就在這附近的街上。要是有人不把慣例放在眼裡，就會遭到宵山大人嚴加懲治。」

「宵山大人是啥？」

「祇園祭司令部的長老吧，我想。能夠主持這麼大的祭典，一定是個可怕的人物。不，搞不好已經不是人了。聽說被帶走的觀光客每個都怕得哭出來。再怎麼說，這都是歷史悠久的節慶，免不了有妖怪跑來，不能抱著過節逛廟會的心情只顧著高興。」

「這明明就是廟會不是嗎？」

乙川喜歡騙人，而我從以前就是他的絕佳標的。每次回想起來，我都疑惑爲什麼自己相信那種話呢？但因爲他煞有介事地大吹法螺，我又比別人單純一倍，一個不小心就相信他了。乙川常說：「是該怪騙人的我，還是該怪被騙的你？」

但我也不再是從前的我了。

○

我只顧著跟在乙川後面走，完全不知道自己身在何處。

不管往哪裡看，只見住商混合大樓與町屋雜然並居的小巷無限延伸，大批人潮流動。來自攤販的煙扶搖而上。乙川毫不猶豫地迅速轉彎。一轉過去，便看到在波濤起伏的漆黑人海之後，駒形燈籠裝飾的鉾或山頂著深藍色的天空高高聳立。這情景宛如夢境。經過便利商店前，看到店頭擺出了保冷箱，店員正在賣冰水冰鎮的啤酒。我買了一罐，邊走邊喝。

雖然莫名開心，腦袋卻因爲悶熱和微醺而恍惚。

無論走到哪裡都是祭典，讓我感到不可思議。

我所熟悉的祭典頂多就是地方上神社的節慶，在這種地方，一去就知道祭典的中心就是那座神社。但是，宵山這個祭典卻讓人不知道祭典的中心在哪裡。既然叫作祇園祭，那麼照道理應該是以八坂神社爲根據地，但祭典四面八方蔓延，連八坂神社在哪個方位都搞不清。祭典就像朦朧發光的液體般滲透到每個角落，吞食了整個市區。

正當我出神地想著這些的時候——

在悶熱而混濁的空氣底部，響起了風鈴清澈的聲音。那清涼的聲音一入耳，便感到綿絮般包圍我的宵山喧鬧離我遠去。我環視四周，想知道聲音來自何方，便看到一群紅色的東西在人潮中竄流而去。

是一群穿著華麗紅色浴衣的小女孩。

明明是在如此擁擠、如此狹窄的巷弄中，她們卻輕盈地奔跑穿梭，不碰到任何人。我的視線追隨著她們，只覺得她們周身的時間彷彿靜止了。領頭跑在最前面的那個小女孩轉動細細的頸項回頭，舉起纖纖小手，得意洋洋地向追隨而來的同伴搖動風鈴。跟在後面的少女嬌聲四起。砂糖巧果般雪白的手臂襯得紅色的浴衣更加鮮豔。夜色漸濃的薄暮中，翩翩起舞般穿過小巷的她們宛如在昏暗水渠中游動的一群金魚。

我忽然想到在寺廟後面那條水渠來回游動的金魚，進而想起蹲在水渠旁撈金魚的乙川。

乙川這個人很矛盾，一方面很好相處，另一方面又很不容易和人混熟，所以他讓我看那個「水槽」是在高一那年的秋末。乙川有好幾個水槽，他會調節每個水槽的溫度和清濁，讓環境愈來愈差，藉以選出能夠承受惡劣環境的金魚。絕大多數的金魚都無法適應，被放回原來的水槽，但他說「目前只有一隻一臉完全不在意的樣子」。當我看著被水草弄得又濁又暗的水槽，一個一點也不像金魚的怪物從水槽深處悠然露臉，嚇得我整個人向後倒仰。

那東西脹得圓滾滾的，活像顆紅色繡球，簡直就像一張「氣鼓鼓的臉」上長了小小的鰭。那傢伙瞪著我，鄙視我似的搖動牠的鰭。然後，當乙川將一些不知是啥的粉末扔進水槽，牠便狼吞虎嚥吃將起來。「這不是金魚！」我失聲大喊。

「的確，牠已經不是金魚了。我把這隻通過所有考驗的金魚命名為『超金魚』。牠是全世界最強壯的金魚。」

「天底下哪有這種金魚！這根本是亞馬遜的怪魚！」

我這麼說，但乙川仍堅稱那是「超」金魚。

「我可是花了三年訓練才有現在的成果。當初牠剛來我這裡的時候，本來是很可愛的。現在變得這麼有派頭，眞叫人高興。」

「你高興就好……不過你這麼做有什麼意義？」

「問得好。其實，一點意義都沒有。」

看乙川笑得開心，我心想「這傢伙眞怪」，同時也想「這傢伙眞有意思」。

像這樣想起過去，我感到很愉快。

我想出聲叫乙川，卻沒看到他的人。

「怪了？」

我停下腳步，環視四周鑽動的人群，但不見乙川的人影。不管朝哪邊看都是人，看得我眼花。我走了二、三步，轉轉脖子，嘆了一口氣。打電話給他，但他的手機沒開機。

「我被甩掉了？」

我在人群中呆立。「又來了！」

高中時代，乙川會突然就不見蹤影。

回家時走在一起，假如班上其他人也混進來，大家走著走著聊天聊開了，會發現乙川不見了。發現的時候已經太遲了，沒有人知道乙川是在哪裡消失的。班上的人對乙川這樣的舉止也不會生氣，只會說「算了，他本來就很怪」，也不追究。

和我兩個人的時候，他會說「我要走這邊，再見」，說時遲那時快，他已經走進岔路了。每次都好像看準了時間似的在分手前一刻才說，讓我連開口的餘地都沒有，有種不由分說的感覺。只不過，那種感覺不是冷漠，就是字面上說的「我要走這邊」，如此而已。遇到這時候，我總是有些心生敬畏，目送他的背影。我不知道乙川爲什麼要在那裡和我分手走進岔路，有時候那個方向根本和乙川家相反。我想他大概是去那個地方有事，也想過也許他根本沒事。

如今，有一件事我很清楚，就是我以前很羨慕乙川。

他並不是從班上孤立，也不是班上的風雲人物，經常隱身於岔路之中，熱中於種種耗時費心又莫名其妙的惡作劇。他不認為有吹噓自我存在的必要，只要能隨心所欲就好。給人一種「怡然自得」的感覺。每次和他聊天，我都覺得好像起了陣陣微風，一股從他頭頂上開的天窗吹進來的風。於是，纏繞在自己身邊的那些煩人的事像熱氣球一樣飄起來，咻地一下子吹到高高的天上去。

我也曾經是單純又纖細的，不管日子過得多開心，也會有莫名煩燥或傷心的時候。一肚子氣，卻又不會野蠻得大鬧一場來發洩，獨自悶在肚子裡，就會變得煩躁無比。每當這時候，我常和乙川去麥當勞。我什麼都不說，只是臭著一張臉，滿腦子高中生「人生眞無趣」的偏狹思想，滿懷愁悶地狂吃著薯條時，乙川就會開始說話：

「藤田同學、藤田同學，你知道要怎麼平分西瓜嗎？」

只消三分鐘，我就會覺得「其實人生也有很多有趣的事嘛」，實在是很好應付。

○

一個鐘頭後，我到了那個停車場。

我繞了宵山一圈，正爲人太多而不耐煩時，走進了這個空蕩蕩的停車場，鬆了一口氣。在地圖上查了查，這裡應該是從三条通轉進室町通附近。停車場上一輛車都沒有。角落的路燈明晃晃的燈光下，飄著一個汽油桶大的緋鯉氣球。不知道是從哪裡飛來的。「不愧是宵山，眞有情調。」我不知爲何就接受了。

停車場一角有張藍色的長椅，我直接坐了下來。

我坐著歇腿，同時打電話找乙川。電話裡傳來鈴響聲時，鼻子聞到蚊香味。我環顧四周，想看味道是從哪裡傳出來的，卻見到有個像金太郎般穿著紅色肚兜的孩子躲也似的站在巨大的緋鯉後面，一張臉好臭。他的臉是圓角的四方形，像年糕一樣白皙，腰上掛著圓盤似的容器，蚊香好像就是放在裡面。

我正想著「這孩子的打扮還眞詭異」，乙川接電話了。

「藤田同學嗎？」

「喂，乙川，你又把我甩掉了。」

「你誤會了。我也因爲找不到你在發愁啊。人這麼多，一旦走散了就找不到了。」

「我打了好幾次電話給你。」

我邊說邊不時往那個活像金太郎的孩子瞄。小男子在蚊香煙霧的保護下，雙手緊緊揪著肚兜瞪著我。那魄力一點也不輸大人。

「抱歉，我沒發現。藤田同學，你人在哪裡？」

「我哪知道。停車場吧。」

「停車場？」

「從三条通往室町通下面一點。有一個很大的緋鯉氣球……有一個很像金太郎的小孩瞪著我，他到底想幹嘛？」

「啊！你闖禍了！」乙川大叫。

「藤田同學，這下不好了。那裡是禁止進入的。」

「可是有金太郎啊。」

「金太郎是守衛。那個緋鯉就是禁止進入的標記。趕快趁祇園祭司令部來抓人之前出來，不然事情會變得很麻煩，會被宵山大人懲治的！」

「啊？話是這麼說，可是……」

「所以我不是告訴你了嗎，不要自己一個人到處亂晃啊。」

我站來。

這一站，腳下發出玻璃碎掉的聲音。我移開腳一看，下面是金太郎飴的殘骸。原本站在路燈下的金太郎往我這裡靠過來，看到被我踩扁的金太郎飴，就哭喪著一張臉，尖聲大叫：

「嗚哇——！嗚哇——！」

燈籠的燈光從四面八方湧現。大大小小無數燈籠闖進停車場，把我身邊塡滿了。我慌了想逃，卻被一個汽油桶大的燈籠蠻橫地推回來，把我惹火了。所有燈籠上都以粗字體寫著「御用」兩個字。指揮這群人的是個穿著誇張外罩的年輕人，他走上前來，凶霸霸地叫：

「我們是祇園祭司令部特別警務隊。」

「誰？」

「你是違反祇園宵山法第二十八條的現行犯。乖乖就範！」

「慢著，你冷靜點，我只是個平凡的觀光客。」

「逮人！」

年輕人一叫，一群強壯的男子便朝我撲過來。

轉眼間，我的雙手便被縛在背後，嘴裡被塞了一綑草之類的東西。好像是乾竹葉。屈辱還不止如此，我的屁股整個被塞進圓形竹簍裡，動彈不得。簡直被當犯人對待。我正想方設法吐出竹葉，整個人被放上神轎凌空抬起。

我聽到一個似乎是領導人的年輕人對手機說：

「已逮捕入侵者。立即移送。」

◯

停車場後面的水泥牆上豎著一道梯子，我整個屁股塞在竹簍裡，就這麼難堪地被抬上去。牆後是一條黑木板牆夾著的小巷。

小巷的盡頭是亮著橙色燈光的格子窗。

跑在前面的男子一打開格子窗，抬著我的男子就直接衝進去。經過走廊，踹開紙門似的來到後面的房間，只見那裡金屏風環繞，金碧輝煌到刺眼的地步。房間裡有很多金魚缸，金魚的紅色不時閃現。有個穿著和服、拿著大扇子的男子坐在几案後，轉動萬花筒來玩。那油光滿面的臉頰一看就知道營養十足，人中處留著這年頭很稀罕的小鬍子。几案上的名牌寫著「骨董行」。

裝了我的屁股的竹簍被放在那傢伙面前。

男子一臉氣鼓鼓地瞪我。把我扛到這裡來的年輕人遞給他一張紙，他才瞥了一眼，便叫道：「眞是太不應該了！你這個天殺的！」

「我不知道那裡禁止進入。」

我吐掉竹葉大喊：「聽我說！」

「你的證詞不予採用！」

「慢著！慢著！」

「說什麼都沒有用！混帳東西！要讓你知道宵山大人的尊貴！」

男子在紙上蓋了個大印章，說道：「抱著玩玩心態的觀光客就是會製造麻煩。」

男子雙手一拍，金屏風便啪嗒啪嗒摺起來，後面的玻璃門自動打開。我的解釋根本沒有人肯聽，就又被抬起來。

穿過玻璃門便是個小庭院。神轎撞到燈籠，發出悶聲。穿過庭院鑽過木門，來到外面。從那裡開始，是一條兩側密密麻麻掛滿了駒形燈籠的通道，下面則是招財貓、狸、貓、狸、貓、狸、貓、狸、貓、狸、貓與信樂燒的陶狸規律地交替擺放。經過了貓、狸，眼花繚亂的時候，走到了通道盡頭，又是一道木門。

木門後是枯山水的庭園。一行人踩亂了鋪得漂亮平整的沙，抬著神轎從屋簷下進了一座宏偉的宅邸。一樓房間裡有很多人，正發出窸窸窣窣的聲音吃著素麵。房內是一大片又直又橫的竹筒，裡面隨時有素麵流動。他們見到神轎絲毫不感到驚訝，專心吃麵。

神轎沿著樓梯爬上二樓。由於風呼呼猛吹，我還以為颳起了「暴風」，但一進二樓大房間，馬上就知道是一架巨大得有如特殊攝影用的風扇在轉動。房間後方是一整面風車，以令人目眩的速度轉動，拉門的橫木上掛著無數風鈴，因為風太大而糾纏在一起。一個身穿和服的舞妓站在轉動的風車前，左手抓著隨風飛舞的鯉魚旗，右手拿著一個大大的羽毛毽子拍。羽毛毽子拍上畫著緋鯉。

我和剛才一樣，仍是以屁股塞在竹簍裡的模樣接受審判。

「聽說你進了不能進的神社？」

她揮動著毽子拍柔聲問。

「而且還踩碎了金太郎飴？真是個無可救藥的人。」

她彎身面向塞在竹簍裡的我。

「你有什麼企圖？」

「什麼企圖都沒有！」

「愈是可疑的人，愈會說自己不可疑。這就證明了你的可疑。你一定不是一般遊客。你有什麼企圖？從實招來。」

「我沒有啊。」

「啊，我知道了。你該不會是打算暗殺宵山大人？」

「什麼宵山大人我沒見過也沒聽說過！我和他八竿子都打不著邊！」

「竟然企圖暗殺宵山大人……真是罪該萬死呀。」

「不該！不該！你先聽我說！」

她提起毛筆畫了押，說：「帶生客！」然後拿巨大的羽毛毽子拍往我腦門就是一下，打得我眼冒金星。「請宵山大人嚴加懲治。」

正當我金星亂竄的時候，神轎走進一道長廊。

廊上擺了一整排座燈，天花板上掛著許許多多玻璃球。仔細一看，每一個裡面都有活生生的金魚。每當抬轎的人踩動地板，那些裝了金魚的玻璃球便互相輕觸，咯噹有聲。

從走廊盡頭的大窗戶來到外面，便有搭建在瓦片屋頂上的木製渡廊相連。遠遠地傳來祇園囃子[5]，一步步向前走過去，便知道那道渡廊的盡頭通往另一戶民宅搭建在屋頂上的晾衣臺，還看到那個晾衣臺上有個從胸口到臉塗滿白粉的大鬍子和尚，正抱著金色的招財貓站在那裡。熊熊火炬在他兩側燃燒。

一瞬間，我因爲太過莫名其妙而差點昏過去。

他們以疾風之勢抬著我，爬樓梯般一步步將我送往祇園祭司令部，這我已經明白了，但我卻完全找不出他們這麼做的理由。一定是哪個環節出錯了。我並沒有犯下什麼大罪，非得一次又一次遭到痛罵。話雖如此，一再遭受不合理的痛罵，使我開始認爲這或許便是傳統儀式的深奧之處，也開始認爲我最好乾脆承認一切罪行，乖乖道歉。要是就這樣被送到祇園祭司令部，不知道有什麼下場。在那有如棲息於宵山深處的怪物般、眞正駭人的長老出現之前乖乖道歉，或許才是上策。

可怕的京都，可怕的祇園祭，可怕的宵山。

我這個外行人不應該獨自到處亂轉的。

終於，神轎過了渡廊停下，把我放在大和尚面前。對方以可怕的眼神瞪著我，大喝一聲「觀自在菩薩！」，手裡的金色招財貓捏得粉碎，把我的膽都嚇破了，整個人盡可能往小小的竹簍裡縮。

「對不起，對不起，是我不好。」

「照見五蘊皆空度一切苦厄舍利子……」

在火炬燃燒的啪嘁啪嘁聲中，那個大和尚正以驚人的魄力誦經。我家是寺廟，馬上就聽出那是般若心經。我不知道他爲何要誦這段經。朝著我誦經時，大和尚拿起掛在腰上的一串串東西大吃大嚼，在火炬的火光之下，那串東西赫然就是砂糖醬油滷過的孫太郎蟲。

「怎麼會這樣……」

我喃喃地說，大和尚一隻牛眼斗然大睜，念著「得阿耨多羅三藐三菩提故知般若波羅蜜多」取出長長的手拭巾，然後把手拭巾捲得細細的，朝我彎下身來。他要勒死我嗎？所以才念般若心經？這個大和尚就是宵山大人嗎？這些念頭在我腦子裡打轉，但由於太過害怕，我什麼話都說不出來。

「波羅僧揭諦菩提薩婆訶波羅僧揭諦……」

塗白的大和尚拿那手拭巾綁住我的眼睛。

「……菩提薩婆訶。」

譯注

5 祇園祭時，以日本傳統樂器演奏的祭典樂曲。

因爲什麼都看不見，我不知道神轎走過什麼路徑。

感覺好像經過了很熱鬧的地方，也好像聞到了攤販的味道。最後進了很大的建築物裡，聽到男子一一奔過長長的走廊，接著又吆喝著爬上樓梯。然後聽到開鎖聲，晚風撫上我的臉頰。我的膽子仍然是破的，還沒有恢復原狀。

只聽見拉門拉開的聲音，晚風停了。我好像又進到某個地方。

最後，我的屁股總算從竹簍裡被拉出來，綁在手上的繩子也解開，蒙住眼睛的布也取下了。從剛才的大和尚起，抬神轎的人、拿著羽毛毽子拍的舞妓、看著萬花筒的那個福泰男，個個伏拜在地，緘默不語。

我坐在四面由拉門隔起來的傳統日式房間裡。環顧四周，簡直就像舞臺戲的後臺，或是骨董行的倉庫似的，擠滿了又多又雜的東西。

和傘啊，壺啊，斗櫃啊，大放異采的絢爛女兒節人偶，旁邊大大的櫟木桌上擺著一大堆青花瓷盤以及罐裝咖啡大小的萬花筒。連駒形籠燈都有。老提燈啊、做成蝴蝶蘭的精巧玻璃藝品、舊時代的赤玉紅酒瓶、招財貓和信樂燒陶狸、桃太郎旗、座燈、石燈籠、大扇子、男兒節娃娃……

我對面端坐著一名男子，他的打扮就像時代祭遊行隊伍中的平安貴族男子。他身旁放著寫有「金魚鉾」的燈籠，我看過去的右邊是金太郎的僞睡魔祭紙偶，左邊是桃太郎的僞睡魔祭紙偶，擺在那裡大放光芒。男子倚在小几上，嫌麻煩似的忙著揉搓著又白又軟像棉花一樣的東西。不久弄好了一大塊，他露出滿意的笑容，拿起繪有噁心金魚的扇子掩住嘴，斜眼注視我。

「麻呂乃宵山大人之代理人。」男子以假聲說道。他臉上塗了厚厚一層白粉，頰上搽了胭脂。

我爲了保險起見，伏拜在地。

「藤田其人不識宵山之規，困擾之極。多年傳統毀於一旦，豈不令人驚怒如狂。宵山大人怒之極矣，無怪乎怒從心起，怒髮衝冠，確然無疑。」

我完全聽不懂他在說些什麼。

但是，既然我已經從竹簍裡被放出來，就沒有理由在這裡聽候莫名其妙的發落。我對男子莫名其妙的日語聽而不聞，伺機脫逃。

「因之，宵山大人將親自以灸伺候。」

男子把他剛才揉好的那一大塊東西拿在手上。

「以灸伺候？是眞的要灸嗎？我還以爲是比喻[6]。」

「哎呀，眞失敬。」

舞妓拿羽毛毽子拍想打我的頭，我閃開跳起來。雖然想就這樣逃出去，但大和尙一隻手便輕而易舉地抓住了我。我被按在榻榻米上，悔恨交加，心想：「被灸會有多燙？爲什麼我只是來宵山觀光而已，卻要被這群人眞的抓來灸？」正想著，忽然間四周一暗。

「宵山大人駕到！」

忽然間按住我的大和尙手鬆開了。圍住我的那群人一起退開，消失得無影無蹤。房裡只剩我孤伶伶的一個人。

宵山的天窗開了。

房間的天花板像是從旁掀起般迅速消失，露出了夜空。圍住四方的拉門發出巨大的聲響倒下，晚風一吹而過。那裡似乎是鬧區一棟舊大樓的屋頂。我張口結舌地環視四周，只見街上閃閃發亮的燈光彷彿沒有盡頭，眼前好幾條縱橫的街道底部充斥著夜祭的亮光。

金太郎和桃太郎的紙偶後面，掛著好多寫了「金魚鉾」的駒形燈籠的「疑似鉾」靜悄悄地來到。這東西有著大大的車輪，燈籠之間掛著封了金魚的玻璃球，頻頻搖晃。在駒形燈籠的燈光照耀下，在玻璃球中翻身的金魚顯得鮮豔無比。晾衣竿似的東西以粗草繩綁著擎天而立，上面纏著聖誕樹的燈飾，一閃一閃地明滅。燈籠環繞的中央臺座上，由蓋著細竹簾的四方形大箱子坐鎮其中。

我站起來盯著那東西直看，不久「金魚鉾」便在我面前停住。

最頂端的晾衣竿旁射出煙火，在宵山的夜空中爆開。

讓每個被帶走的觀光客害怕得哭出來的宵山大人出場了——

包圍住箱子的細竹簾無聲撤走。

細竹簾蓋起來的，是個大得足以飼養翻車魚的水槽。

在駒形燈籠光芒下，眼前浮現巨大水槽，裡頭是隻又大又肥又圓、曾經是金魚但早已遠遠脫離金魚這種生物的範疇的妖怪。這傢伙搧動著顯然與體格不相稱的小鰭，在水槽裡張了張嘴，放眼睥睨宵山。那派頭確實不辱宵山之主的「宵山大人」之名，但我最清楚這傢伙的來歷。

「超金魚！」

譯注

6　嚴加懲治的日文原意是施以灸術。

我喃喃說道。

站在我身邊的平安貴族吟唱般說：

「是該怪騙人的我，還是該怪被騙的你——」

○

我和乙川呆呆地望著金魚鉾，任憑晚風吹。乙川每一按下裝在扇子上的開關，燈飾的光就像波浪起伏般變化。在我們身後，大和尚、舞妓、福泰男、扛神轎的人像準備夜逃似的收拾善後，讓我想起學園祭。

乙川請我吃孫太郎蟲的串燒。

「那種東西哪能吃啊。」

「能強精哦。超金魚就證實了牠的效果。」

「你就是餵那條金魚吃這個，讓牠長成那樣的？」

乙川露齒一笑。

「天哪。」

「總之，這就是所謂的宵山啊，藤田同學。」

「騙人。」

「說眞的，準備起來很辛苦。因爲太辛苦，我還有過放棄的念頭呢。說這種話，你也許覺得我很小氣，不過，這可是投資了莫大的金錢和時間。」

「這我完全了解。」

「嚇到你了吧？你眞的以爲會被宵山大人灸？」

「我想問你一件事，做這種事有什麼意義？」

「問得好。一點意義都沒有。」乙川笑得很開心。

「不過，頭頂上的天窗打開了吧？」

Chapter 03
宵山劇場

小長井住在四条烏丸西北、靠近室町通六角的地方。區區一個大學生，怎麼住得起這種市中心的房子？這是因爲那幢屋齡十八年的套房式公寓是他伯父所有，他才有辦法以優惠價租一個單位。

小長井自然應該心存感激，但他卻對來訪並欣羨不已的眾學友滿口怨言。依照他的說法，從這裡到大學騎腳踏車要二十分鐘，而且每次一離開公寓，門外就是來往的人潮，讓他很不耐煩；加上房子老，牆壁常常傳出怪聲；隔壁的住戶還帶女人回家，而且是個美女；還有，三樓的樓梯間有鬼。

其中最讓他不爽的就是祇園祭。

宵山之夜，以及翌日的山鉾巡行，祇園祭的熱鬧在這兩天達到最高潮。搭乘新幹線、日本國鐵、阪急電車、京阪電車、近鐵電車而來的觀光客紛紛往這一帶跑，其數量是以幾十萬人計。宵山那天傍晚，附近的巷弄擠滿了攤販、觀光客、當地居民，公寓前狹窄的路上搭起了「鯉山」，住商混合大樓峽谷間點起了駒形燈籠。

祇園祭期間，小長井都關在自己的住處，因爲一出門就會被人潮吞沒，回不了公寓。小長井在自己房間裡憤慨地質問：「有必要這麼多人往一個地方擠嗎？」

有人訓他：既然怨言這麼多，逃離祇園祭的中心搬到大原里之類的地方不就得了，又沒人阻止。

對此，小長井也有同感。

但是他說——「搬家很麻煩」，還說「可是我就是討厭祇園祭」。

話雖如此，卻有人看到小長井從陽臺上俯視宵山的人群，在面前小路上搭起來的鉾的燈光下瞇著眼愉快地喝啤酒，因此也有人懷疑他其實很喜歡祇園祭。聽到這種說法，他表示「絕對沒有這種事」。

他曾經這麼說：

「我這人很任性，但我會承受自己的任性帶來的折磨。自己做的事自己擔——只不過，我就是要比別人多抱怨一倍。」

○

總之，事情從宵山當天一早開始。

爲了最後的衝刺，熬夜工作到天亮。除了一小段睡眠之外，小長井別無所求。在後巷中蹣跚而行，走向他那柔軟的髒鋪蓋。獵食整座城市垃圾的烏鴉叫聲不絕於耳。被大樓的邊角切割成塊的七月天空是清澈的藍，灑下泛白的晨光。清晨的街道空空蕩蕩，令人難以想像宵山的人潮。

「眞是，那些人眞是有夠現實。」他發起牢騷。

「祭典不開始就沒有人要來。」

驀地裡抬頭一看，在空無一人的室町通上，以繩索搭建起來的「鯉山」高高聳立。

「什麼東西！」小長井喃喃地說。

他揉著眼爬上公寓樓梯，隨便沖個澡洗掉汗水，便全身光溜溜地倒在鋪蓋裡。

在意識矇矓之中，朋友丸尾來電。

「辛苦了——你可別嘔氣，今天一定要來。」

「我再三個鐘頭就要去打工了，讓我睡。」

「拜託了，眞的。」

「閉嘴。」

小長井不理丸尾，掛了電話。

然後在睡著之前，他矇矓地回想。

他之所以必須過一個如此要命的宵山，就和電話那頭叫丸尾的那號人物有關。

在新綠猶美的季節，小長井被丸尾叫到大學的中央食堂去。

他們並不熟，但在學生實驗中同組，所以小長井知道丸尾這個人很隨便，肚子肥滋滋的，上臂冰涼涼的，擅長利用別人，換句話說就是很有辦法。

在昏暗的日光燈下，丸尾大口吃著味噌滷鯖魚，說「來組社團吧」。

小長井不感興趣。直到前一年的學園祭，他都在某個劇團擔任幕後道具人員，但過度苛刻的工作燒光了他的熱情，就此退出。由於有這樣的經驗，他不願意再次把自己燒光。而且丸尾的說法很可疑。大學生活都過了一半才說要組社團，其中必定有詐。莫非是為了把學妹？——小長井心中犯疑。犯疑的結果，便是加以拒絕。

丸尾捲起袖子，摸著肥滋滋的上臂不勝惋惜地說：

「你還真瞧不起人。我可不缺認識女生的機會。」

「聽你說的。」

「這是短期社團，只到夏天。奈良縣友會有個學長叫乙川，是他託我的。乙川學長在舊貨店工作，以前我幫過他一點忙。那時候我一直做一些沒有用的事，給學長添了好多麻煩，所以才會有這次的工作。」

「慢著，為什麼你給他添麻煩，他還找你？」

「這世界上並不是有用才叫作才能。」

丸尾嗚呼呼地笑得很噁心。「這個計畫是要創造偽祇園祭。」

「幹嘛做這種事？」

「以後再告訴你。社團就取名爲『祇園祭司令部』吧。」

「可以取這種名字嗎？會惹火祇園祭的人吧。」

「當天有津貼哦，一個晚上三萬。」

「三萬！」

「因爲就是有這麼多事要做。不過，當大爺的是乙川學長就是了。」

小長井雙臂環抱思索起來，丸尾則是賊笑著看著他。三萬圓是一大筆錢。而且，儘管熱情已經燒光了，但過去也有人背地裡將小長井譽爲「劇場道具界的小長井」。一度嘗過苦頭的道具魂又被勾起來了。想一想，從去年秋天退出以來，自己過的日子似乎很空虛。

「我聽說過你的大名。」丸尾說。

「學園祭那座城就是你蓋的吧？」

小長井搖搖頭，彷彿要隱藏內心的得意。

「我只不過是辦事的人而已，指揮的另有其人。」

「拜託，這份工作必須仰仗你的經驗。」

丸尾伸出手來。

小長井煩惱片刻，最後握住了丸尾那隻多肉的手。他自認任性，也自認對馬屁沒有抵抗力。

○

小長井一骨碌爬起來，一張臉臭到極點。因爲他只睡了三小時。

他在大呼小叫中沖了個近乎冷水澡的澡。

出了房門下了樓梯，已經有大批人在狹窄的室町通上來去，也有人在「鯉山」前佇足拍照。他的臉色愈來愈難看。山和鉾的駒形燈籠要到黃昏才點亮，但這麼早就開始有人湧進京都來看宵山了。明明又不是自己的土地，小長井卻氣呼呼地想：「不要擅自跑來好不好！」

他撥開人群般走了幾分鐘，來到面三条通的便利商店，店前搬出了裝滿冰塊的保溫箱。活像加茂茄子的店長站在那裡，趁著祇園祭的熱鬧向行人兜售果汁和啤酒。

「店長早。」

「喔，你來了……我說，小長井啊，你今天晚上能不能當班？」

「對不起，今天晚上我沒辦法。」

「這樣啊……這樣啊……眞傷腦筋。」

他留下茫然自語的店長，到裡面去換衣服。

小長井週末在加茂茄子店長開的便利商店打工。從住處走路過來只要幾分鐘，是他選擇此處打工的唯一理由。他考慮到這個週末無論如何都必須輪休，很久之前就向店長拜託，但沒有人願意幫忙代班。協商的結果，雙方互讓一步，讓他在傍晚五點下班，因此即使睡眠不足也不能不來。

他也對便利商店在祇園祭時生意大好感到不滿。他經常發表意見，認爲人都特地來到祇園祭了還跑到便利商店買東西眞是莫名其妙。

小長井和店長交棒，站在店頭。

「天氣愈來愈熱，這個給你用。」店長借了一條手拭巾給他。藍底上有白色的螳螂圖案。「不錯吧？昨天我偷空去看了螳螂山。」

小長井拚命在臉上堆出和氣的笑臉，招呼在狹窄的巷弄中亂晃的觀光客，推銷冰涼的果汁、啤酒、炸雞塊等等。睡眠不足和疲勞使他聲音沙啞。只要一個不留神，眉頭就皺起來。隨著太陽漸漸升高，日晒也愈來愈強，又因爲人多，悶熱得不得了。每當覺得頭暈快昏倒的時候，他便從保冷箱裡撈出一塊冰塊，按在雙眉之間，拿掛在肩上的手拭巾擦汗。

正當他這樣賣命忍耐的時候，丸尾從人群中閃現。在昨天熬夜大騷動中悠然消失的丸尾，本來皮膚就夠光滑潤澤了，現在更是油光水滑。

「我要炸雞塊，還有啤酒。」丸尾說。

小長井皺起眉頭。

「你昨天半路就落跑了。」

「我睏了啊。所以早上我不是打電話給你了嗎？我也覺得挺過意不去的，只有我睡得飽飽的。」

丸尾大嚼炸雞，喝了啤酒。「大白天在工作的人面前喝的啤酒眞是美味，有種不道德的味道……」

「閉嘴。都準備好了嗎？」

「一切都依照我的意思進行。在山田川的努力之下，金魚鉾應該也來得及。我這就要去測試流水素麵和風扇。聯絡不上乙川學長是有點叫人擔心，不過他那個人本來就神出鬼沒的。」

「我已經不想去了。我不在也沒差吧？」

「這是什麼話。除了今天，還有哪裡能讓我們顯本事的？這可是你的光榮舞臺啊！如果不是這樣，有誰需要你？」

丸尾毫不客氣地說完，然後說聲「對了」，從包包裡拿出粽子。「知道嗎，把這個塞進標的嘴裡是你的工作，你可要好好練習。」

目送丸尾悠然而去，小長井嘆了一口氣。

然後又拿了一塊冰塊抵在雙眉之間。

◯

五月中旬，宣告「祇園祭司令部」成立的聚會在一家叫「世紀亭」的小酒館舉行。

當天，乙川學長這號人物沒有現身，由丸尾主持。

出任指揮的他將手下分成四個組，每組各設了組長。需要人手時，便找閒著沒事幹的大學生來幫忙。整體計畫由組長與丸尾討論決定，乙川學長是總監。

小長井到達世紀亭二樓的時候，丸尾和另外兩位組長已經到了。一個是名叫高藪的鬍子大漢，還有一個是氣質清新的女子。一看到這名女子，小長井心頭一凜，因爲她每個星期六中午過後都到他打工的地方買東西。他在女子對面一坐下，女方似乎也覺得他很眼熟，說：「我們是不是在哪裡見過？」

「在便利商店，每個週六都會碰面。」

她的臉色頓時發亮。「我想起來了。你穿便服我就認不出來了。我一直在想，我到底是在哪裡見過你。」

「你住附近？」

「我在三条的芭蕾舞教室任教。我姓岬。」

那非常有「芭蕾」味道、有如天鵝般的氣質讓小長井看呆了。

一問之下，原來她曾經在芭蕾舞教室教學的空檔幫忙乙川學長，也因此與丸尾成了酒友。「丸尾這傢伙果然有門路。」小長井心想。岬老師舉止穩重，看起來較爲年長，但實際年齡其實只比他大一歲。這意料之外的邂逅讓他的心情好了些，認爲也許事情比預期來得好玩，實在很現實。

最後一個人還沒來，但丸尾站起來宣布會議開始。

「我先說明，我們是爲了創造僞祇園祭才聚在一起的。乙川學長的朋友藤田先生將在宵山之夜來到京都。我們的目標便是把他誘入僞祇園祭，騙得團團轉。」

「為什麼要這麼做？」岬老師說。

「騙他幹嘛？報仇雪恨？」小長井問。

「無怨無仇，也沒有騙人的必要。」丸尾解釋。

「純粹是乙川學長興之所至想這麼做，所以沒有意義。而意義便在於沒有意義。既然沒有意義，要做什麼都可以。一切費用由乙川學長負責。對方沒來過祇園祭，而且據說是個心地善良的傻蛋。一定很好玩！」

丸尾發表各組長的工作。坐在一角、長相十足威武的大鬍子負責要出力的事。丸尾是總指揮。小長井負責籌備材料物品，岬老師則是管理進度和時程。除此之外，各組長還要扮演與標的接觸的角色。

小長井心想，這工作不輕鬆。

「雖然是整人，不過工程還眞浩大。」岬老師說。「不知道我做不做得來。」

「岬老師可以的，你不是要上臺嗎？像我是專門做道具的……」

「最後一個還沒來，不過我們要請她當美術指導。」

一聽到丸尾這句話，對著岬老師笑得很開心的小長井忽然恢復正色，摸摸一下子變得沉甸甸的腹部。

因為他有很不好的預感。

酒酣耳熱的酒席後方，出現了一個熟悉的女子的身影。她挺直了背，以銳利的眼神睥睨酒席。注意到她的丸尾出聲叫：「啊啊！山田川，這裡！」

「大家好，對不起，我遲到了……」

這名遲到的女子看到小長井，「啊！」了一聲。

「原來是你！」小長井呻吟。

丸尾演起聲腳戲：「哦？原來你們認識？」知道小長井有道具經驗才來挖角的人，不可能不知道山田川敦子和他的關係。

山田川敦子，是去年學園祭舉行的游擊舞臺劇「乖僻王」的知名美術指導。就是她甩開所有的阻撓制約，在工學院校舍上建設了「風雲乖僻城」。也正是她，以源源不絕且支離破碎的想像與太不講理的強制指揮，令小長井疲憊困頓，最後終於把他逼上退團一途。

小長井正要站起來……

但就在這時候，岬老師露出美麗的微笑問道：「你們認識？」

「怎麼了？小長井同學，臉色何必這麼難看……來，坐！坐嘛。」

丸尾滿面笑容地說。

小長井高跪著，視線從岬老師、丸尾，然後移到山田川身上。從山田川的表情，他看不出任何頭緒。場面頓時安靜下來。

然後，山田川坐下來，朝著仍跪著不動的他狠狠瞪了一眼。

「這次你可別自己又燒光了。」

她開口第一句話就這麼說。

小長井一口氣往上衝。

「誰會燒光！」

他是出了名的耳根軟，也是出了名的容易被激。

○

五月底前，他們開了三次會，籌畫整體構想。每次他們都是在「世紀亭」吃喝，所以每開一次會，鈔票就出走不少。丸尾大發豪語說「包在我身上」，但小長井受不了他因爲用的不是自己的錢才敢說大話。受不了歸受不了，乘機吃飽喝足是一定要的。

丸尾和乙川學長已定出主旨「僞祇園祭」。要如何設計這「僞祇園祭」？丸尾的意見是別只是搞出一個不可思議的祭典，還希望其中包含故事性。眾人以此為基礎互相討論，整理出大致的構想。

內容如下：

「宵山的鉾和山，由位於各町的保存會維護。該保存會的總會叫作『祇園祭司令部』，違反祇園祭規定的觀光客會被帶到總會懲治。君臨其上的是號稱宵山大人的神祕人物（後來決定由『金魚』來當）。可憐的標的藤田先生（乙川學長的朋友）違反了宵山的規定，被帶到散布於市區的各關卡接受審問，最後被帶到宵山大人那裡，差點就遭到懲治。」

藤田先生要經歷的「遊十殿」，正是他們要創作的「偽祇園祭」。

這本來就是蠢事一件，只能靠規模和氣勢來騙倒對方。但是，由於市中心當晚擠得水洩不通，要在實際的巷弄中搭建布景、設置機關，是不可能的。

「怎麼辦？」

小長井這麼一問，丸尾便挺起胸膛夸言：

「沒問題。乙川學長透過朋友向幾戶市中心的居民借了地方。把人誘到那裡去就行了，簡單簡單。」

「會這麼順利嗎？」岬老師說。

「要是他跑了怎麼辦？」

「說的也是。那，為了避免標的跑掉，把他塞進籠子裡，然後再用神轎來抬好了。由穿著短褂的年輕人吆喝著搬過去，像在坐遊樂園的遊樂設施，真好玩。」

「要是他大叫呢？」

「用東西塞住他的嘴。最好是用跟祇園祭有關的東西……」

這時候大叫「粽子」的是山田川敦子。

「粽子？很好吃的那個嗎？」

「是竹葉做的避邪護身符吧？」岬老師解釋。「祇園祭有在賣。」

「哦，是不能吃的那個啊。嘴裡塞了那種東西，也只能閉嘴了。」

「我自己也覺得這主意很妙。」

「好，那就這麼辦。」丸尾說。

「有多少錢可用？」

「這不成問題。不必捨不得花錢。」

丸尾的豪語並不是騙人的。

乙川學長批准了這個完全無法預測要花多少時間與精力的計畫。

中午過後，輪到小長井休息。

他到後面呑了一碗泡麵，然後爲了散心到附近繞一圈走走。在香菸鋪店頭的自動販賣機買了罐裝咖啡，邊喝邊眺望路上的行人。已經有人穿著浴衣在街上走了。也有男女不顧滿手的汗牽手走在一起。

他正在打哈欠時，丸尾打電話來了。

「嗨，小長井同學，你好呀。我現在正在屋頂上做渡廊的最後檢查。這裡的燈籠一點起來，景象一定很夢幻，眞叫人興奮哪。」

「那眞是太好了。」

「渡廊盡頭點起了熊熊火炬，剃了光頭的高藪學長全身塗白往那裡一站……要是我，一定嚇得心跳停止。」

「那好極了。」

「不過啊，高藪學長還是不肯剃光頭，嘰嘰歪歪的，我要山田川同學去罵他了。希望他會去剃頭才好。」

「眞可憐。」

「高藪學長不在，人手不夠。你能不能結束那種無聊的打工，早點過來？對了，塞粽子你練習了沒？」

「不要批評別人的工作無聊。我要五點才能走。」

「傷腦筋哪。乙川學長應該要來開會卻沒來，傷腦筋哪。他手機都不接的，眞是。你相信有這種人嗎？」

丸尾直喊傷腦筋，卻一面油條地笑著。

「哎，總之，我等你。你要是能走就早點來。」

「不可能。」

小長井練習了如何把粽子塞進別人嘴裡，才又回到打工的崗位。

○

五月底，計畫全面定案。六月初，他們完成紙上作業，展開活動。

丸尾圓潤鼓脹的臉頰帶著笑替成員加油打氣，受命扮演大和尚的高藪開始背誦般若心經，扮演假舞妓的岬老師則開始練習京都腔，而山田川敦子則是忙著把源源不絕的妄想化爲現實。只不過，眞正的幕後黑手乙川學長到了六月仍未出現在他們面前。

小長井比誰都清楚山田川敦子的可怕。他曾經力主「山田川有的不是想像力」。「不是那麼美妙的東西。那種東西是妄想！而且她腦子裡冒出來的妄想沒有脈絡可尋。」

一如他的憂心，山田川敦子開始提出種種麻煩的要求。

想做紙糊的金太郎，所以要大量的和紙與細竹籤。爲了做金魚鉾，需要紙箱、美耐板、泥彩、鐵絲、繩索、聖誕燈飾、駒形燈籠。爲了限制藤田先生的行動，需要草蓆。要照明用的座燈。要木刻的布袋和尚、不倒翁、招財貓。還要掛滿天花板的大量風鈴、鯉魚旗、風車。要轉動風車、吹響風鈴，需要大電風扇。

若無法滿足她的要求將有損顏面，因此小長井弄到了和紙、竹籤、紙箱、美耐板、泥彩顏料、鐵絲、繩索、燈飾。駒形燈籠則是購買大量的廉價燈籠，貼上印有大大「金魚鉾」的薄紙充數。草蓆和座燈是在大型五金雜貨行買的。布袋和尚、不倒翁、招財貓等則是求助於乙川學長所屬的「杵塚商會」。

其中讓小長井不知如何是好的，是「金魚球」。這東西是在玻璃球上綁繩子，弄得像風鈴一樣，裡面裝水讓金魚在水裡游。這種東西他既沒看過也沒聽說過。無奈之下，只好大量購買百圓商店找到的透明塑膠風鈴，逐一加以改造。

每當山田川有新的要求，小長井就發飆把氣出在丸尾身上，但仍在籌備物品資材上展現了十足的創意。

「其實你很樂在其中吧？」丸尾一這麼說，小長井怒道：「別開玩笑了。我是一百萬個不願意，是在盡我的責任。」

他籌備、改造的種種物品都送到杵塚商會後的町屋。似乎是因爲乙川學長在背後運作，他們獲准使用同一町內的町屋和院子。這麼一來，山田川的妄想規模便更加擴大。山田川似乎打算在一整個町內創造一次地獄宵山之旅。

有地方做事之後，山田川把大學課業擺一邊，整天泡在裡面。

她投注最多心力的，是「金魚鉾」這個亂七八糟的建築物。小長井就住在附近，因此經常被叫去幫忙。他一去，就看到丸尾、岬老師和一些不認識的大學生一屁股坐在地上，不是在竹籤上貼紙，就是處理一些瑣碎的事。有時還看到高藪學長委曲萬分地縮起他巨大的背做「金魚球」。站在中心的山田川則爲四周的人加油打氣。每次看到這片光景，小長井就想起劇團時代的噩夢。

山田川這個美術指導不管提出什麼提案，負責指揮的丸尾就只會大喊「做！」，因此他們所做的東西已經慢慢變形，與「祇園祭」幾乎毫無關係了。再怎麼看都毫無脈絡可言，根本就是和風小物的大雜燴。小長井把這莫名其妙的一切稱之爲「山田川劇場」。

有一天，小長井叫住山田川訴苦：「未免做得太過火了吧？」那時候她正抱著還沒著色好的巨大紙糊金太郎在房裡走來走去。

「我的想像力不斷泉湧而出呀。」

「你要湧就到劇團去湧啊！」

小長井這麼說，但山田川只是用鼻子哼他。

丸尾介入仲裁。

「沒關係啦，這樣很好啊。乙川學長叫我們儘管放手去做。他對山田川同學的想像力有很高的評價。」

「看吧！」

山田川鼻翼翕張，一臉得意之色，根本不理會小長井。

「這未免太不顧傳統了吧？這不是祇園祭，連京都也稱不上，只要是和風的東西就行，這難道不會太過分嗎？這樣亂搞，對方馬上就看穿了。」

「不用想這麼多吧？你對祇園祭了解多少？對京都的傳統懂多少？我跟你說，我可是什麼都不知道。」

「我也是。」

「可不是嗎？所以用不著管這些。」丸尾說。

「再說，我們要騙的人是傻蛋。」

儘管這麼多工作並行，山田川也沒放過細節。最慘的是高藪學長，光是要扮全身塗白的和尚就讓人同情了，最後甚至要他吃蟲。這都要怪丸尾貪圖好玩，把乙川學長弄到的漢方藥「奧州齋川孫太郎蟲」拿來，刺激了山田川的想像力，提出要用這個來強調高藪大和尚的可怖可畏。「大口嚼這個就行了。丸尾同學，請乙川學長多弄一些來。」

「饒了我吧！」

高藪學長抱著頭。「我不敢吃蟲啦。」

「這是漢方藥，強精固腎啊，高藪學長。」

「強精幹嘛？我又沒有地方可用。」

這句話觸發了山田川，只見她臉色一亮。每次她臉色發亮，高藪學長就哭喪著臉，簡直就像天秤的兩個盤子。

「如果有個怪力和尚，標的一定嚇得全身發抖吧？要單手把很硬的東西捏碎。」

岬老師正坐在房間一角，悠哉地從箱子裡取出風鈴擺好，說：「捏碎核桃怎麼樣？核桃很硬。」

「好主意。」

小長井立刻誇獎，但山田川則是一句「那種東西不行」，不予採用。

「不夠看。那樣一點魄力都沒有。又不嚇人，再說，一個大和尚爲什麼拿著核桃？太沒頭沒腦了。這時候啊，要用更特異的東西……對了，詭異的金黃色招財貓！」

「你那才更沒頭沒腦！」無視於小長井如此抗議，山田川說：「高藪學長，你能單手把招財貓捏碎吧？」

「別胡說了。你當我怪物啊。」

「什麼嘛，眞掃興。」

於是她要小長井用保麗龍做一個捏得碎的。

「整件事愈來愈莫名其妙了。」

小長井想像——

喀滋有聲地咬碎孫太郎蟲、單手捏碎金光閃閃的招財貓、還不斷念誦般若心經，這種騶子大和尚眞是恐怖到極點。雖然恐怖，卻沒頭沒腦。根本就不是祇園祭。已經連有什麼意義都不知道了。

○

宵山的一天就要過去。小長井再次來到便利商店門外，在陽傘下揮汗賣飲料。

岬老師的身影從人群中飄然出現。她一看到小長井，便露出高雅的微笑，飄然走來。她的頭髮就像平常星期六下午現身時一樣，緊緊梳成一個髻。她那挺直的背脊、從容不迫的神情，即使在混雜的觀光客中也一眼就能認出來。

「午休嗎？」他問。

「是啊。請給我茶。」

小長井擦過冰水裡拿出來的保特瓶遞過去，老師拿來貼在額頭上，笑說：「啊啊，好涼。準備還順利嗎？我要傍晚以後才能去，眞不好意思。」

「現在丸尾在弄。羽毛毽子拍你練習過了？」聽小長井這麼一問，老師以京都腔微笑道：「討厭。」

「那麼我先走了，回頭見。」

「回頭見。很期待看到假舞妓。」

老師行了個禮，走了。

小長井從老師身上學到，芭蕾舞伶不能只是「文靜」而已。雖然線條不夠圓滑，但起因是金黃色的招財貓。

應山田川的要求，小長井用保麗龍做了金黃色招財貓。小長井認爲遠看應該不會露出馬腳，就帶過去了。

籌備工作已經邁入後半階段，町屋與相鄰的大屋也已經化爲異樣的景色。那天只有丸尾、岬老師和山田川在。丸尾被山田川使喚來使喚去，岬老師奮力揮動著小長井從一乘寺的舊貨店弄來的巨大羽毛毽子拍，喃喃說著「你有什麼企圖？」、「愈是可疑的人，愈是說自己不可疑。這就證明了你的可疑」、「從實招來」等句子。看來是在練習京都腔，但聽起來還是假假的。

小長井向老師行了一禮，走到坐在一旁、滿面難色的山田川那裡。她正在仔細檢查信樂燒陶狸和招財貓。小長井說「做好了」，把手工做的金黃色招財貓遞過去，她「咽」了一聲，轉動招財貓細看。

然後雙手抓住，用力一壓，破壞了招財貓。「很好。」她說。

小長井頓時啞然。

說「你幹什麼！」這句話時連氣都喘不過來。「別人好不容易做好的！」

「不弄壞看看，怎麼知道能不能順利弄壞！」

怒火攻心的小長井和山田川的決戰就此開戰。看見兩人各自激動得不惜揪住對方，丸尾和老師連忙插進來勸架。但仍然勸不住，於是丸尾安撫小長井，老師安撫山田川。因此，山田川點燃的怒火矛頭因而轉向老師。山田川痛罵老師差勁的京都腔，還說芭蕾的壞話。

「不甘心就提出更好的創意啊！你說啊！」

老師為之語塞。

「……棉花糖，棉花糖……擺滿棉花糖怎麼樣？」

果然比不上山田川。

「棉花糖！這個好！也很夢幻！又甜！」

小長井為老師說話，於是山田川更加瘋勁大發。「棉花糖個頭！」她喊道。

「棉花糖這種東西，整個宵山到處都在賣！給我滾到攤販去！」

「小長井同學也說很好。」

「他是在幫老師助陣！因爲他心很軟！當然會說好！可是你要是這樣就得意忘形，我沒辦法做事！」

「我才沒有得意忘形！」

老師做出可怕的表情，舉起巨大的羽毛毽子拍來威嚇。山田川頓時扭住老師的手臂，在老師大喊「好痛好痛！」的時候，搶下毽子拍，推開老師。反而換成山田川想揮毽子拍。就在這時候，丸尾說：「好了啦，山田川同學。我覺得一切都是小長井同學不好，所以你和老師吵也沒有用。」

「喂喂，我哪裡不好了。」

小長井喃喃地說。

山田川把毽子拍一扔，一屁股坐下來。老師拾起毽子拍，小聲說「對不起」，便離開了房間。

接著是一陣著實愚蠢又尷尬的沉默。

後來，小長井回家前往庭院一看，老師正在暮色漸漸降臨的院子一角用力揮舞毽子拍。T恤裡露出的雪白手臂，肌肉的筋都突起來了。他心想，老師眞是個有毅力的人。如果因爲這樣一點小事就沮喪，大概學不成芭蕾吧。

正當他佩服地看著，老師也看到這邊，「哎呀」一聲拿毽子拍遮住臉。

「這人眞討厭，看什麼喏。」

「『喏』很怪哦。」

小長井笑了。

○

漠然工作著，時間也過了下午四點。太陽西斜，小長井再度遭到難耐的睡意襲擊。他打著哈欠，把過期的素麵套餐放進籃子裡。

正當他專心打收銀機的時候，店裡來了一個異樣的巨漢，使氣氛緊張起來。

高藪學長依照山田川敦子的交代，把頭剃光了，鬍子則原封不動。本來就已經過分威武，現在又更威武了幾分。一想到高藪學長私底下其實是在研究所裡認眞鑽研學問、認眞指導學弟的人，小長井就替他難過。高藪學長的個性與外表截然不同，是個纖細善良的人，這兩個月下來，小長井變得很喜歡他。

高藪學長拿著佐久間式硬糖和罐裝咖啡到櫃檯來。看到小長井，他的臉就皺了起來。那是一張不知道是哭還是笑的臉。

高藪學長是丸尾所屬的某運動社團的學長，他中選的理由純粹就是因爲他是個魄力十足的巨漢。在丸尾製作的粗略計畫當中，有一個點子是「壯漢威嚇標的」。但是，在作戰會議上，山田川敦子卻主張「光是這樣，幻想味道不夠」。

「這裡非大和尚莫屬。大和尚誦著般若心經靠過來，好可怕！」

「我又不是和尚，也不懂般若心經。」

高藪學長怯怯地這麼說，山田川立刻不假詞色地說：「那就請你背起來。」

「高藪學長是在後半才要迎敵吧。也就是說，你的角色很接近大魔王，更需要與角色相當的魄力不是嗎？高藪學長的體形雖然高大，魄力卻不夠，因爲你內在的纖細都顯現出來了。這樣根本就不行。」

這些話一句句像鞭子毫不留情地抽打，讓高藪學長吭都不敢吭一聲。

在座的人鴉雀無聲，山田川手指抵著嘴唇，一瞬間陷入沉思。她似乎立刻有了靈感。「塗白。」她說。「全身塗白吧。」

「那還眞恐怖。」丸尾說。「不過，不會太恐怖了嗎？」

「太恐怖才好。全身塗白，從下面打光……不，不能用電燈，要用火炬。在熊熊火光下出現了一個全身塗白的大和尚。就這麼辦。」

「火炬不好啦，會有火災的危險。」

小長井一反對，山田川便說：「準備不會釀成火災的火炬，也別忘了準備滅火器。」然後又回馬一槍：「還有，高藪學長在那天之前，請把頭剃光。」

高藪學長和小長井都傻了。

那個宵山的午後，隔著便利商店的櫃檯相望的那一剎那，小長井與高藪學長之間產生了戰友間的心靈交流。他們平靜地向對方點頭。

「小長井同學，我啊，依照吩咐，去剃光頭了。」

高藪學長小聲地說：「你覺得怎麼樣？」

「很有派頭。一共是四百二十圓。」

「鬍子我故意沒刮。這樣應該可以了吧？山田川同學不會生氣吧？」

「很完美。找您八十圓。」

「研究室的學弟本來就已經很怕我了，現在剃了這個頭，八成更怕。搞不好學弟會全部跑掉。」

高藪學長悲哀地低聲說，背誦著般若心經出去了。看樣子，他真的依照山田川的吩咐把心經背起來了。小長井在櫃檯後，朝著那雄偉的背影合十。

小長井想起吵架吵得最凶的那次。

起因是「流水素麵」。

七月，山田川敦子的想像力不斷擴張，誰也無法阻止。最重要的幕後黑手乙川學長據說對她活躍的表現非常滿意，丸尾樂得在一旁搧風點火，山田川就變本加厲。一度上演肉搏戰的岬老師從此保持低調。高藪學長本來就不是戰力。能夠阻止她失控的沒有別人，只有小長井了。

山田川提出要把最高潮的「金魚鉾」出現的場面移到大樓屋頂上。丸尾立刻採取行動，確保了一棟面三条通的復古混合大樓屋頂，也就是岬老師任教的芭蕾教室的大樓。

「我們要在屋頂上做一個大房間，一打信號，牆壁和天花板就全部分解，讓風吹進來。然後『金魚鉾』從對面靜靜地過來。這就是最高潮。啊啊，太夢幻，夢幻得我都要流鼻血了！」

爲了必須用到的榻榻米、拉門、繩子、防水布等物品，小長井四處奔波，甚至還動用學園祭事務局的朋友的力量，他的忍耐已經快要到達極限了。

在這種狀況下，山田川敦子又提出要追加「要在大宅裡架很多竹管，讓很多可疑的男子吃流水素麵」的場面。再怎麼想都沒這個必要。

小長井的忍耐立刻破表。

「爲什麼要流水素麵！怎麼會需要那種東西！」

「夏日風情啊！既夢幻又沒有意義，這樣才有味道！」

「夠了！你再怎麼亂來也要有個限度！」

山田川敦子拿顏料扔他。

「不這麼做我受不了！不然你要怎麼處理我這從鼻子裡噴出來的絢爛想像！我滿肚子憤慨！滿腦子都脹滿了腦漿！」

在其他人的注視之下，小長井撲向山田川，要用手指插她兩個鼻孔。她抽動著她那形狀意外漂亮的鼻子，大聲尖叫：「你幹什麼！」

「我要讓你因爲腦壓太大爆出腦漿！我要讓你死！」

「誰要死！」

小長井被高藪學長以羽交締架住，山田川對他說：「這是我最大的機會，拜託，一次就好，讓我自由發揮。」

「你在劇團發揮不就好了！不要連累我！」

「肯讓我連累的也只有你了啊！」

這就連小長井也閉嘴了。

既然山田川都這麼說了，他也只好捨命陪君子。

第二天，小長井開著小卡車，載著高藪學長和丸尾駛向洛西的竹林。在桂的車站前接了岬老師，再駛向老師家的竹林。死都要流水素麵的山田川說她忙著完成「金魚鉾」不來——小長井在車裡大爲光火。而且竹林裡到處都是野蚊子，老師幫大家準備的防蚊液防不了，揮汗砍竹子的男子全成了蚊子的餌。

高藪學長很會砍竹子，砍起來有模有樣，他說他故鄉家裡就有竹林。丸尾照例一下子就累了，假裝躲蚊子，跑出竹林就沒有再回來，因此幾乎所有的工作都是小長井和高藪學長做完的。「對不起，把你拉進來。」小長井道歉。「沒關係啦。」高藪學長說。「小長井啊，我眞的覺得，你人眞好。」

「我哪裡好了，眞沒禮貌！」

不知爲何，他生氣了。

「你雖然會抱怨，吵起架來也不是蓋的，但是爲了山田川同學，還是什麼都做。」

「拜託你不要說這種令人誤會的話。」

「我聽丸尾說，山田川同學已經退出劇團了。聽說她想做大事，可是誰也不理她。」

他停下砍竹子的手，看著高藪學長。高藪學長拿著髒兮兮的破毛巾擦他的大鬍子臉，愉快地望著從葉子縫隙中落下來的陽光。

「她怎麼都沒說？」小長井喃喃說道。「我都不知道。」

「大概是不好意思吧？她那個人自尊心很強。」

高藪學長笑得皺起了臉：「不過，她現在看起來很開心不是嗎？我覺得這樣也很好啊。」

○

隨著宵山愈來愈近，他們爲最後完工忙翻了。

把風車插滿房間的一面牆，以電風扇吹動。風鈴要從天花板上垂掛下來。製作金屛風自動摺疊的機關（但需要人力控制）。爲了流水素麵，剖竹子，以鐵槌敲掉竹節，製作給水與排水設備。信樂燒陶狸擺好。招財貓擺好。完成幾十個金魚球，並且掛起來。準備好逮捕並運送標的物的籠子和轎子。金魚球裡的金魚則決定等到宵山當天去撈金魚攤販那兒撈來放。山田川說要在院子裡掛一個巨大的鯉魚氣球，所以連氦氣都準備好了。

誘敵的房子幾乎完成了，但與宵山大人對決的地點，也就是屋頂的舞臺，則一直到祭典即將開始都還沒完成。就算預算無上限，但這不但得做出一整個房間，還要在一瞬間分解，也難怪做不出來。他們在三条的大樓屋頂上鋪了榻榻米，圍起拉門，在天花板上拉起了布，但分解的結構卻很難。

「還是靠人力吧。」小長井做了決定。

在大學生的支持下，發出信號的同時拉開天花板的布，放倒拉門。房間內要點燈，而且金魚鉾也掛著燈飾，所以他們把借來的發電機也搬上來了。爲了要讓宵山大人所在的房間顯得氣勢非凡，杵塚商會的庫存全搬出來了：女兒節人偶和男兒節人偶、櫟木桌、爲數眾多的萬花筒、青花盤、舊提燈、蝴蝶蘭狀的玻璃工藝品、赤玉葡萄酒的舊瓶，又多加了招財貓和信樂燒陶狸，褪了色的幡旗、扇子等等，不辨眞假，不問品質與脈絡。

宵山前一天的深夜，小長井和丸尾一道開著輕型卡車到奈良，從乙川學長的老家搬來一條噁心的巨大「超金魚」。

「喂，不要睡啦……我跟你說，三萬圓根本就不合算。」

他邊開車邊向丸尾抱怨。

「不過，現在也不能縮手了吧？是不是？」

「嗯。到了這個地步，就算賭一口氣也不能縮手……」

「我就是喜歡小長井這一點。山田川同學也是這麼說。那我先睡了。」

「喂，不要睡啦。」

深夜的鬧區裡，相關人員正等候著傳說中的超金魚駕臨。他們把水槽搬進大樓，放在四樓的走廊，蓋上布。白天的屋頂陽光灼熱，雖說是超金魚，也可能晒死，因此決定到上場前再把超金魚放到金魚鉾上。

「不過，這傢伙長得一臉目中無人的樣子。」

「這不是妖怪嗎？」

眾人對牠那遠勝於一般金魚的魁偉爭相讚歎一番之後，山田川到屋頂上去為金魚鉾做最後收尾，其他學生則到町屋去準備。這當中，高藪學長回研究室，敗給睡意的丸尾逃亡，來幫忙的大學生也一個接著一個消失了蹤影。

小長井本來在調整流水素麵裝置，一回神，發現已化爲異世界的房間整個靜悄悄的。側耳傾聽，房裡的時鐘報時：四點鐘。他想起早上九點必須去打工，便站起來。他伸了個大懶腰，卻聽到岬老師探頭來說：「我該回去了。」

「咦，原來老師還在啊？」小長井說。

「嗯，做得忘了時間。」

關了燈，離開屋子之後，老師說：「我們順便到屋頂去看看吧。我想山田川同學應該還在奮戰。她說她對金魚鉾不滿意，一直在修改。」

兩人來到室町通之後，在三条轉彎，來到大樓的屋頂上。

本來空無一物的屋頂爲了組裝宵山大人的房間，放著成堆的榻榻米和拉門，以防水布蓋著。幾近完工的金魚鉾黑鴉鴉地向天空聳立。街上的燈光稀稀疏疏，夜空逐漸變成微微淡淡的深藍色。一直下到深夜的雨停了，空氣涼涼的，很舒服。

山田川敦子人就在鉾下攤開的布上。只見她裹著毛毯，打著盹。

「瞧她睡得多可愛。」

老師看著那張睡臉，以母親般的聲音說。

「的確是睡著了，可不可愛另當別論。」

「小長井同學，你別太欺負山田川同學啦。」

「什麼！我哪裡欺負她了？明明她要什麼我都做給她了！」

「話是沒錯，不過你還是有點壞心。」

「哼！壞心就壞心。我不必去理這種瘋子。」

「又說這種話。」

小長井的確認爲山田川是個瘋子。

但是，看著她的睡臉，也覺得她很可憐。

○

小長井是在一年級的時候遇見山田川敦子的。

有些學生劇團名氣很大，但也有很多無名也不想闖出名號的泡沫劇團。只是自行宣布成立而已，這種事情人人都會。雖然不知道山田川爲何加入泡沫劇團，但小長井也沒有資格過問，因爲他自己也是一時興起才加入劇團的。

山田川敦子失控暴走，小長井從旁輔佐——這種令他本身也無法認同的角色分擔是何時形成的？應該是他們升上大二、成爲劇團的中心人物之後吧。

山田川的興趣，是爲貧瘠的內容創造殊不相配的壯大舞臺，一開始他也努力配合，但漸漸地，被山田川指使讓他愈來愈累。要搭建壯大的舞臺要花錢花工夫，但花錢就會爲難其他團員，而山田川根本不管這些，自行其是，於是問題就落到他頭上來。再節省也有限。

反正是泡沫劇團，隨時都能解散。於是慢慢地，團員一個個失去了維持劇團的氣力。

泡沫劇團爲了打響最後一砲所做的計畫，便是在去年秋天的學園祭中，不定時不定點在路邊上演的游擊舞臺「乖僻王」。這確實成爲話題，曾經有如一盤散沙的團員也重新團結起來，未來一片光明。

然而，小長井和其他團員不同，他的熱情燃燒殆盡了。

游擊舞臺不需要搭布景，因此山田川的妄想力應該無用武之地才對，她卻找到一條生路。她主張到處上演的舞臺迎接最後高潮的場面，應該要搭建壯闊的舞臺，並主張要在工學院校舍的屋頂，而且是在學園祭期間，游擊式地建設「風雲乖僻城」這座奇特的城堡。爲了實現她的理想，小長井吃的苦頭委實筆墨難以形容。

他心想，這樣就夠了。

冷眼看著其他團員爲了下次上演興致勃勃，小長井離開了劇團。對於他的離開，山田川沒有一言半語。小長井認爲她對自己的努力毫無感謝之情。他心想：

「怎麼會有這種人！」

然而，幾個月過去，小長井才知道，到頭來，只有在那段劇團時代，自己的每一天是最有衝勁的。山田川給他的非人課題，對他而言是必須的。獲得解放之後，他每天懶散度日，無所作爲，也沒有絲毫幹勁。他一直叫自己相信這是因爲自己現在燃燒殆盡，總有一天會東山再起，但事實並非如此。

在丸尾的邀約下，不情不願地被山田川的活動牽連之後，他慢慢地體認到這件事。儘管他不願意承認，但他本人也認清了這一點——

小長井的引擎少了山田川敦子便無法啓動。

○

一旦日暮西山，來到宵山的人數會增加，穿著浴衣的身影也將變多。

小長井終於結束了打工，因爲睡眠不足而腳步蹣跚地走過宵山的人群。山鉾已經點燈，發出夢幻的光芒，街上的情景也爲之一變。「的確，要是在這種氣氛之下被帶進山田川的宵山之旅，一定很可怕。」小長井內心暗自佩服。「不過，到處都是人啊。」

他不想立刻趕到現場，便沿著室町通邊發呆邊往南走。穿著紅色浴衣的女孩們從小長井身邊跑過。驀地裡抬頭一看，一對夫妻從面室町通的公寓陽臺上探出身來，喝著啤酒觀賞眼下的宵山人群。「將來眞想變成那樣。」小長井心想。

丸尾打電話來了。

「小長井同學，你在哪裡？下班了嗎？」

「我正在路上晃一晃，轉換一下心情。」

「你還眞悠哉。流水素麵看起來應該沒問題。這東西有什麼意義，我還眞的是不知道。還有，那臺電風扇的風力好大。風勢太強，把灌了氦氣的緋鯉氣球吹跑了。山田川同學好氣好氣。」

「喂喂，結果鯉魚哩？」

「我哪知道，大概是在哪裡飄吧。眞傷腦筋。」

「眞是夠了……」

「總之，你別再遊蕩了，趕快來啦。」

小長井掛了電話，但還是到處走。

經過了南觀音山，要來到錦小路通的時候，看到一個身穿黑色袈裟的巨漢突然現身。即使是在這樣的人潮當中，仍具有壓倒眾人的魄力。不知他本人知不知道，路上的行人有意無意地閃避他。那一叢又粗又硬的鬍子刻意沒刮，讓效果更增加了幾分。這個怪人即將全身塗白，在熊熊火炬之中出現。要是自己遇到，一定當場昏倒——小長井心想，然後叫聲：「高藪學長。」

「喔，小長井同學。怎麼樣？我穿袈裟還挺合適的吧。」

「感覺就像破戒和尚。」

「其實，我的生活比和尚還和尚，非常禁欲。」

高藪學長說他一直想看一次螳螂山，很高興地秀出他買來的手拭巾。

「好了，不能太悠哉，差不多該走了。」

「是啊。不過，我的角色已經算是完成了。」

「哎，別這麼說。既然都參與了，就撐到最後吧。」

正當他們這樣聊著，一個女孩突然跑出來撞上了高藪學長的側腹。高藪學長「喔」了一聲往下看，只見小女孩臉部抽搐著向後退。眼裡迅速積了一泡淚。而在高藪出聲喊她之前，便慌慌張張地逃進人群之中。

「喂喂喂，不必怕成那樣吧？」高藪學長感嘆說。

「她大概是以爲會被吃掉吧。」

「我又沒有那麼壞。」

他們轉身，沿著室町通向北而行。

過了黑主山，來到宵山喧鬧的盡頭，左手邊可見一座空蕩蕩的停車場。

「那我們過去吧。」

他們翻過了停車場西面的牆。

穿過豎起黑木板牆形成的假巷子，便是借用「世紀亭」別館做成的「骨董店房間」。活像冒牌掌櫃的丸尾正由負責化妝的女孩貼小鬍子。丸尾得意地向小長井他們炫耀鬍子：「怎麼樣？很棒吧？」

女孩說「高藪學長也要趕快全身塗白」，因此高藪學長著了慌。

「眞的要嗎？」

「眞的要啊。喏，你看，隔壁房間有一整套道具。」

小長井確認金屛風運作無誤後，穿過庭院，經過借用北鄰町屋布置而成的「流水素麵廳」，爬上二樓。大型電風扇吹起的風轟隆隆地吹過走廊，轉動了爲數眾多的風車。從天花板上垂掛而下的金魚球已經放了金魚，是由一些擅長撈金魚的大學生早一步從宵山的攤販那裡撈回來的。小長井叩叩敲了敲金魚球，金魚翩然游了一圈。他很滿意，逕自點頭。

走過走廊，盡頭站著一個舞妓，正從圓形的窗戶眺望窗外。她回頭看到小長井，以大大的羽毛毽子拍遮住了嘴。

「你來啦。」岬老師以京都腔說。

○

小長井等人來到大樓的屋頂，眾人正在山田川敦子的指揮下鋪設榻榻米，陳列從樓下搬上來的骨董。好幾個大學生搬著拉門走來走去。冷清的屋頂上鋪滿了榻榻米，好一副奇妙的光景。

不久，丸尾他們也上來了。

「對了，小長井同學，你練習粽子塞嘴了嗎？」

小長井一把抓住丸尾，單手用力捏他的臉頰，逼他張開了嘴，然後以電光石火之速塞進粽子。「嗚喔！嗚喔！」丸尾睜圓了眼呻吟。在一陣混亂之後獲得解放的丸尾吐出粽子。「太過分了！」他罵道。「不過，身手不凡哪。」

「這用的是餵我老家的狗吃藥的方法。」小長井笑了。

「那，敵人現在在哪裡？」

「現在啊，應該在世紀亭和乙川學長碰面。學長應該很快就會甩掉敵人來這裡。」

「不知道能不能順利進行。」

「安啦。對方是傻蛋啊。」

「你也是。」

「你也是。」

然後，丸尾走到屋頂正中央，拍手叫道：「嗨嗨——！注意！來練習一下最後金魚鉾出場的那一幕。負責拉門的，在那裡排好，圍起來。小長井同學，你進去看看裡面是什麼樣子。」

小長井在榻榻米上盤腿坐下，拉門便整片圍了上來。蓋上布做的天花板，儘管有些勉強，但倒也像個房間。小長井坐在約有五坪大的房間正中央發呆。拉門後，丸尾他們的聲音聽起來有種不可思議的感覺。天色略暗之後，放在一角的傳統斗櫃卡嗒卡嗒地搖動，山田川敦子從裡面爬出來。

「啊，原來你在這裡？」

「原來如此，原來如此。」

山田川自顧自點頭，在小長井身旁輕輕坐下。「做出來的樣子還可以。」

「嗯，我很拚。我已經受夠了。」小長井說。

「我也是。」

「少騙了。」

「這種事，哪能做上好幾次啊。」

「是嗎。那你滿足了？」

「嗯，滿足了。」

「你不能回劇團了？」

「……嗯。因爲我已經滿足了，而且小長井同學也不在。」

這時候，外面傳來丸尾的暗號聲。

房間天花板迅速從一端掀開不見了，露出被夕陽染成桃紅色的夏日天空。圍住四方的拉門轟然倒下，微微的晚風便撫上臉頰。或許是眼睛已經習慣了昏暗，從屋頂上瞭望的一大片密密麻麻的街景令人有種懷念的感覺。

山田川敦子畢生大作「金魚鉾」在正面巍峨聳立。

這詭異而混沌的印象，令人想起她去年秋天創作的「風雲乖僻城」。小長井親手做的駒形燈籠、封住金魚的玻璃球、纏繞在亂插一氣的晾衣竿上閃閃發光的無數燈飾——天黑之後，當這些亂七八糟的東西在黑夜中閃爍起來，也會顯得十分美麗吧。小長井這麼想。

山田川「啊！」地叫了一聲，伸手指著某處。對面住商混合大樓屋頂上，大大的緋鯉擦過球形高架水塔，搖搖晃晃地飄動著。

「鯉魚。原來它在那裡。」

「等它掉下來就去撿吧。」

「喏，小長井。」

「幹嘛？」

「我啊，一直以爲金魚長大了會變成鯉魚。」

「不是哦。」

「嗯，不是。」

有一名男子在金魚鉾下方雙臂環抱，佩服地點頭。他大步往這裡走來，要跟坐在榻榻米上的山田川握手。

「謝謝你，做得超乎我的預期。一整個莫名其妙，太棒了。」

山田川開心地笑了。

一聽丸尾問「乙川學長，覺得怎麼樣」，他強而有力地豎起大拇指。

「那麼，諸君！」

乙川學長宣布：

「這就出發去騙傻蛋吧！」

Chapter 04
宵山迴廊

千鶴從來沒有一個人住過。

她家位在洛西的「桂」這個地方，學生時代也是從家裡通學。出社會工作之後依然沒變，在淀屋橋的大阪總行上班時，是搭阪急電車到梅田，而這個春天轉調京都烏丸分行後，也只是換了等電車的月臺而已。

到車站騎腳踏車要十五分鐘，所以她每天經過古道上的老街，經過路旁潺潺而流的水渠，經過殘存的旱田與雜木林，前往桂車站。若是遇到雨大得連傘都沒辦法撐的日子，她就到最近的公車站搭市公車，然後再搭阪急電車到四条烏丸，到面烏丸通的銀行去上班。

有些同事很羨慕她能夠住在家裡。工作地點所在的四条烏丸一帶是她從小常去的地方，也有認識的人。一直上到中學的洲崎芭蕾舞教室就在衣棚町，而舅舅就住在往南一點的獨棟樓房裡。

看到洲崎老師來到櫃檯前，她著實吃了一驚。

老師一看到身穿制服的她，便客氣地喚她的名字。「既然在這麼近的地方，怎麼不來露個臉呢？」老師質問的語氣帶著半開玩笑的意味，但千鶴心中仍牢記老師往年的嚴厲，身體都僵了。老師竟然還記得她也令她感到驚訝。因此，在辦理開戶手續時，總甩不開不協調的感覺，無法像平常那樣應對。事後她回想起來就覺得很丟臉：「老師一定覺得我這個人很不牢靠。」

她覺得，就算平常一副獨當一面的樣子，但意外遇見知道自己來歷的人，外面那層皮就一下子被揭開。

在從小熟悉的地方工作，眞不是容易的事——千鶴這麼想。

○

星期六下午，千鶴來到四条烏丸。

她下了阪急電車，從月臺上樓，來到四条通東西向的地下街。這條地下街貼著黯淡的磁磚，單調枯燥的印象從她懂事以來就沒變過。由於這裡是地下鐵烏丸線與阪急電車交會之處，假日人相當多，這天更是特別多，其中也有人穿著浴衣。

這天是祇園祭的宵山。

在地下道往西走，天花板反彈的嘈雜聲變小，來往的行人也少了。她走到盡頭，爬上左手邊短短的階梯。那裡是產業會館大樓的地下，老式的理髮店、格局狹長的咖啡店以及小小的旅行社在這裡比鄰而居。小時候，父親和舅舅常帶著她進出這家咖啡店。這地下街昏暗寂寥的氣氛與當時如出一轍。她總覺得這一隅令人懷念，有時下班還會特地經過這裡。只不過千鶴下班時，咖啡店都已經打烊，若不是假日偶爾有機會出來玩，是看不到咖啡店開門營業的。

從理髮店與咖啡店中間往後走，裡面是公廁，驀地，入口處飄動的一個紅色氣球進入千鶴的眼簾。昏暗的地下街裡的一個鮮紅色氣球，給人異樣的感覺，她莫名感到害怕。

地下街轉了彎便是旅行社，她進去了。

她和幾個同事計畫去旅行，結果由她負責辦理諸多手續。千鶴不太喜歡和別人去旅行，也覺得辦這些事很麻煩，但她好不容易才融入職場，不敢有太多主張。接待她的男子很親切，事情順利辦妥。出來的時候，她感到宛如卸下了重擔，神清氣爽。

她還沒決定接下來要做什麼。可以去柳畫廊走走，也可以去洲崎芭蕾舞教室看看。

邊想邊沿著地下街折回，聽見有人從背後叫：「千鶴小姐？」

一回頭，柳先生就站在那裡。

柳先生年紀還不到三十歲，但舉止洗練、談吐溫文，與「三条高倉的畫廊老闆」這個頭銜十分相稱。每次見到他，千鶴都有「一國一城之主」的感覺。

柳畫廊與舅舅來往很久了。去年冬天她到舅舅的畫室拜訪，與柳先生有了一面之緣，之後只要收到個展的邀請函便去畫廊玩。雖然從沒買過畫，但柳先生總是細心地招待她。她聽說柳先生大學畢業後本來在東京的畫廊工作，但由於父親驟然病倒，為了繼承家業回到京都。她不知道柳先生創作過什麼樣的作品，也不敢冒然要求欣賞，因為她看了也說不出適當的意見，只怕讓柳先生失望。

「你在忙？」

「不忙，我只是到處晃晃而已。」千鶴說。

「那麼，要不要喝個咖啡？」

柳先生指著面地下街的咖啡店說。

一踏進咖啡店，輕柔的音樂和咖啡香立即包圍了他們。穿休閒服或西裝的常客坐在大大的橢圓形餐桌旁看報或看雜誌。戴著帽子的老人默默地抽著菸。四人一組的老小姐的熱鬧笑聲顯得特別響亮。

他們在看得見地下街的窗邊桌位就座。

「我好久沒來這家店了。以前，我都和爸爸跟舅舅一起來。」千鶴說。

「老師很喜歡這裡。」

「雖然不是什麼特別的店，不過有種昭和的氣氛。」

「不，這是個好地方。太講究的店，待在店裡反而緊張，不適合當祕密基地。」

「祕密基地？」

「我有時候也想一個人躲起來。因爲我和母親兩人不但住在一起，連工作也在一起。」

兩人的對話沒有停頓。

千鶴造訪畫廊時也大多是這樣，在無關緊要的閒聊當中，時不時地提起舅舅的畫作或上一代畫廊老闆別具一格的逸事。柳先生很擅長將這些片段串起來，不讓對話中斷，但也不會給人刻意串起話題的印象。感覺就像行雲流水。每當造訪畫廊與柳先生談話，她的心緒就會沉澱下來。

咖啡店牆上掛著舅舅畫的一幅小小的畫作。

「千鶴小姐，你待會兒順道去老師那裡嗎？」

「不知道。我也想過要不要去，可是今天畢竟……」

「因爲今天是宵山的關係？」

「……是啊。」

「那件事，先父大致告訴過我。」

「我雖然也記得，不過都是一些片段。以前覺得很怕，可是畢竟都十五年了……」

千鶴試著想起大家一起到松尾大社那時表妹的模樣。但她能想起的卻不是表妹活生生地在那裡的模樣，而是照片裡的樣子。她家裡的相簿中，有著她們打扮得像洋娃娃般站在松尾大社裡的照片。她們長得很像。那是父親與舅舅相約帶女兒去慶祝七五三*的時候拍的，所以舅舅家也有相同的照片。

「千鶴小姐，這是我的請求……請你去看看大師。」

「咦？」

柳先生欲言又止，視線從她身上移開。她第一次看到柳先生這樣，彷彿有什麼心事。

「……柳先生，有什麼不對嗎？」千鶴問。

「我舅舅怎麼了嗎？」

沉默降臨。

「請看那邊。」柳先生說。

她抬起頭來。柳先生指著面向地下街的窗戶。往那裡一看，紅色的氣球在理髮店的玻璃窗前飄動。

「那個氣球。」

柳先生喃喃地說。

才說完，氣球在玻璃窗外無聲破裂。

○

那是時序剛進入七月不久的時候，千鶴下了班走在路上。

譯注

＊日本每年十一月十五日，到神社爲當年五歲的男孩、三歲與七歲的女孩舉行慶祝成長的儀式。

從大樓林立的街道抬頭向上望，天上布滿厚厚的雨雲。雨下了一整個下午，此時雨勢漸稀，雨點化成細細飛沫飄進傘內，撐傘也沒用。天氣悶熱，在雨濕而發光的人行道上才走個幾分鐘就會冒汗，也因此，夜晚的街道顯得迷迷濛濛。

她從四条烏丸的西北角往南過了馬路。

來到產業會館大樓前，正準備照常往地下走的時候，忽然聽見銅鉦聲中傳來笛音。她不由得停下腳步，環視四周。聲音是隔著四条通從對面大樓的二樓傳來的。玻璃之後，函谷鉾保存會的年輕人人手一件樂器，正在練習祇園囃子。她加入市公車候車處等候的人群，抬頭看著他們，傾聽在輕柔雨聲中暈染整個市區的音色，任憑因悶熱而滲出的汗水沿著鬢邊流下。

從此以後，她回家時一定從市公車候車處前面走。聽到這些音色時的淒清之感並不令人愉快，不如說反而令她不安，但她又忍不住每晚要去確認。沒有練習的日子，大樓二樓便漆黑一片。這樣的日子雖然讓她失望，卻也因爲不必聽到而鬆一口氣。

那天，她和柳先生一同來到地面上，只見函谷鉾在市公車候車處對面擎天而立。在柳先生身邊聽到的祇園囃子一點也不會令人不安。

產業會館大樓前掛出了「祇園祭綜合服務處」的招牌，有人正在發送印有山鉾位置圖與明天遊行路徑的傳單。她拿了一張。日已偏西，四条通和烏丸通已經禁止車輛通行，大批人群在馬路中央行走。警察已經出動了，還有人舉著寫有「請配合單向通行」標示。

站在四条烏丸的十字路口中央，無論朝哪個方向看都是人。每個人都往自己的方向走，不禁令人目眩。南北向的烏丸通兩側擺滿了攤販。

「關於大師的事，我不該管那麼多，真對不起。」柳先生說。

「哪裡，謝謝你這麼關心舅舅。我會去看看的。」

「謝謝。大師一定很高興的。」

柳先生在十字路口中央有禮地鞠了一個躬。臨別之際，她突然感到不安，想留住柳先生。她覺得自己好像被單獨留在人群中。她想就這麼拉住柳先生，請他一起到舅舅那裡去。

但是，柳先生已經在令人頭暈眼花的人群中消失了。

「我是怎麼了……」她喃喃地說。

「又不是小孩子了。」

大樓林立的上空，天色晴朗而美麗，金黃色的陽光照耀著微微幾朵浮雲。走在平常不可能走的烏丸通中央，感覺彷彿會被吸到天上去。

每次經過蛸藥師通或六角通，她總是探頭過去看，只見整條巷子被大群遊客淹沒。不時聽到孩子叫賣粽子的聲音。與鬧區中狹小的道路相比，烏丸通好走些，因此她邊看著攤販邊走。遊客隨興在辦公大樓前席地而坐。攤販溢出的香味在大樓峽谷中形成漩渦，誘來鳥兒成群飛舞。她向攤販買了雞蛋糕。

她走過舅舅家所在的六角通繞到三条，因爲她還是提不起勁去看舅舅。在烏丸三条那棟紅磚建築的銀行轉了彎，來到洲崎芭蕾舞教室前。門旁那盞深綠色老式電燈、牆上的細長窗戶，仍是她在這裡學舞時的模樣。這幢老大樓的大廳裡掛著舅舅畫的油畫。

她停下來抬頭看大樓時，一對看似姊妹的小學生合力推開玄關大門，滾也似的來到三条通上。兩人梳的同款包頭油亮亮地發光，彷彿兩顆滾動的橡子。姊妹倆笑著穿過她身邊。她們形影不離地奔過的模樣，好似彼此間綁了繩子互相拉扯一般，令人莞爾。

我們以前也是那樣。

她回頭看著那對姊妹這麼想。

由於附近巷子擺出了山鉾，平常行人不多的這一帶熱鬧得令人難以置信。千鶴穿過人群走向舅舅家。

舅舅所住的獨棟房本來是外公外婆的住處，房子舊得都染上了線香的味道。與外公死別後，外婆搬到桂的住屋，與千鶴一家同住，這裡空了一陣子，但離了婚的舅舅把這裡當作畫室兼住處也已經十年了。在住商混合大樓與公寓的包圍之中，這幢木造房子彷彿被時光遺忘。她很喜歡這裡。日照雖然差，但後面有院子，有外公種的山茱萸。儘管是在繁華的鬧區中心，對外的通道卻只有一條穿過住商混合大樓縫隙的石板私人小巷，她從小便對這種「隱祕之家」的印象莫名懷有好感。

私人小巷的入口有一道鐵格子門，掛著寫著「河野啓一」的信箱。推開鐵格子門，鑽也似的走過白天也昏暗的石板小巷，喧囂立刻遠去。抬頭看，便是住商混合大樓切割的細長天空。

屋簷下擺著防火用的紅色水桶，格子門緊閉。

她正要伸手開門，門突然打開，舅舅探出頭來。她倒抽一口氣，頓了一下，才總算怒道：「不要嚇我啦！」

「哎，抱歉。」

舅舅低聲說。「我想你也應該到了。」

她覺得奇怪，舅舅怎麼知道自己今天要來？卻因爲舅舅的外貌而分了神。「舅舅，你怎麼了？」

「什麼怎麼了？」

「你臉色好差，好像一下子變老了。」

「你最近老這麼說。」

「哪有。我這是第一次說。」

「這樣啊？來，進來吧。」

舅舅露出有氣無力的笑容，轉身背向她。

進了飄著餿味的玄關，她看著舅舅站在前面的背影，頸項上的肌膚讓她想起去世前的外公。上一次來找舅舅不過是不到一個月前的事，舅舅的白頭髮卻好像突然變多了，問答也心不在焉的。她感到不安。

走廊一直延續到通往二樓的樓梯旁。舅舅走過走廊，進入三坪的起居室。她說

「我來泡茶」，要走向走廊後面的廚房，舅舅卻一面往榻榻米上坐，說「我已經準備好了」。她停下腳步往房裡一看，托盤上備好茶壺和茶杯，水壺裡水正沸著。

「舅舅，你有千里眼？」

「來這邊坐。來吃雞蛋糕吧。」

她搖搖袋子。「啊，你聞出來的？」

「嗯，算是吧。」

起居室沒開冷氣卻很涼快。由於拉門全開，看得見狹小緣廊之外的庭院。兩人眺望著院子喝茶，吃了雞蛋糕。

「你剛才見過柳君了吧？」

「啊，他打電話給你？」

舅舅不回答千鶴的問題，說：「柳君是個好男人。他爸爸也是個好人，不過兒子也很了不起。他們很照顧我。」

「我有時候也會去畫廊呢，因爲柳先生會寄邀請函來。」

「他爲人很親切。」

她指著舅舅拿在手裡的小黑筒問：

「那是萬花筒？」

「嗯，在那邊攤販買的。」

「好漂亮。借我看。」

舅舅搖搖頭，握緊萬花筒。「不行。」

「舅舅好壞心。」

「小千馬上就把東西弄壞。」

○

和舅舅說話，事後會感到十分疲憊。

舅舅是看著千鶴從出生到大的，握有她的弱點。舅舅年紀也大了，閒聊時為了找共同的話題，便會回溯過往，有時候會重提千鶴自己也記不得的惡行，使她不得不乖乖聽話。舅舅還把「小千」當小孩看待。儘管在眼前的是二十幾歲的外甥女，但在舅舅內心某處，仍是看成七歲的小女孩吧。每當千鶴這麼想，就覺得自己的袖子好像被停留在照片中七歲模樣的表妹緊緊揪住。

曾經，她與舅舅的對話中幾乎不會提到表妹。在那段時期，他們無法好好交談。舅舅和她共有的回憶中，總是有表妹的身影，避開表妹讓他們什麼話都沒辦法說。後來總算可以談到表妹了，但總是一遍又一遍談著表妹往日的回憶，避開最重要的地方。只有不提宵山發生的事，他們才能談話。

但是，她不想在宵山之夜提到表妹。

「工作怎麼樣？」

「嗯，能畫的我都畫了。」

舅舅微笑道。「已經夠了。」

「別說這種喪氣話。舅舅又不是老公公。」

「是老公公了。我已經是老公公了。」

「媽媽要是聽到，一定很傷心。」

「也難怪她傷心，因爲我要是成了老公公，姊姊就是老婆婆了。」

「我不是這個意思。」

舅舅拿起雞蛋糕，不斷嚼著，緩緩轉動脖子看著庭院。這動作讓舅舅看起來更像上了年紀的老人，千鶴不禁感到悲哀。

這個院子就連中午也只能射進一點點陽光，在太陽西斜的這時候早已暗了。這幢獨棟房子四周縱橫密布的巷子都感染了宵山的熱鬧，但喧囂與燈籠的燈光卻送不進這房間。她聞著緣廊下傳來的蚊香味，豎起耳朵。不禁懷疑自己才剛經過的宵山的熱鬧是不是幻覺。

「好不眞實喔。」

「怎麼說？」

「這麼安靜。今天明明就是宵山。」

「是啊，這裡總是很安靜。」

舅舅喃喃地說。

「舅舅，你還好嗎？」

「什麼還好？」

「我看你氣色很不好呢。柳先生也很擔心。」

舅舅凝望著她的臉，喃喃地說：「反正你是不會相信的。」

「不相信什麼？」

「不過，我還是告訴你吧。」

「快告訴我。」

「柳君啊，他人眞的很好，所以要我把事情告訴你。」

「什麼啦，舅舅，不要嚇我了。」

「舅舅沒有要嚇你。事情很簡單。」

舅舅說出令人不解的話：「從明天起，你就再也見不到我了。」

冷靜的語氣讓她更加害怕。明明是自行追問的，卻又想堵住舅舅的嘴。

「你在說什麼啊？」

她強作笑容，舅舅把萬花筒拿給她。

那是罕見以漆器做的，樣子與她在孩提時代玩過的不同。精巧地描繪了幾隻小金魚，彷彿在表面上游動。

○

在組裝了鏡子的筒子裡，加入色紙或碎破璃。一面轉動筒子，一面從筒子的一端望進去，筒內便有各式各樣的圖形旋轉，出現後又消失。這就是名叫萬花筒的玩具，明治時期又稱爲「百色眼鏡」或「錦眼鏡」。

舅舅在半年前的冬天，開始對萬花筒產生興趣。

每次柳先生來舅舅的畫室看新作進度，一定帶上伴手禮。有時候是關心舅舅的健康而帶吃食，有時候則是帶舊貨店買的稀奇東西或租借畫廊的年輕畫家的作品來聊聊。舅舅曾笑說「他就像在我這裡進出的骨董商」。

那天，閒聊了一會兒之後，柳先生拿出萬花筒。

「這東西還眞叫人懷念啊。」

「前陣子整理先父的遺物發現的。我覺得挺有意思的。」

「讓我看看。」

萬花筒的確是具有魅力的玩具。專心看著一個接一個出現又消失的圖形，會發現同樣的圖形不會出現第二次。就像池水上生成的波浪一樣。舅舅著了迷似的看著。「眞有趣。小時候倒不覺得有什麼。」

「喜歡的話，就送給您。」

「可以嗎？」

「反正我本來就想處理掉了。」

「那我就收下了。」

爲了爭取僅有的陽光，他們往緣廊靠，正雙雙看著萬花筒讚歎時，千鶴來了。看到兩個大男人低頭在緣廊下湊在一起，她問道：「怎麼了？」

「哦，小千。」舅舅回頭低聲說。柳先生輕輕放下萬花筒，端正儀態向她鞠躬。看到本來專心看著萬花筒的大男人擺出正經八百的神情，她的臉上不由得浮現微笑。

舅舅依然正色說：「這一位是畫廊的柳君，這是我外甥女千鶴。」

「舅舅平日承蒙您關照。我是千鶴。」

「敝姓柳。哪裡哪裡，我們才是受老師關照。」

從這個冬天以後，舅舅就開始研究萬花筒，也畫進自己的畫裡。舅舅特別感興趣的，是一種叫作望遠萬花筒（Teleidoscope）的東西。與觀測孔相反的那一端以一個小小的玻璃球封住，形狀和望遠鏡一樣。萬花筒盡頭呈現出來的現實的影像會不斷旋轉變形。

後來，到了七月。

由於秋天要在柳畫廊舉辦個展，舅舅全心投入準備。一旦專心創作，好幾天不出家門也不稀奇。窩居家中工作了一段時間，隔了許久才外出，才發現街上好熱鬧。在室町通轉個彎，聳立的鯉山便映入眼簾。駒形燈籠的燈光照亮了來來去去的行人。

是宵山之夜。

走在路上，舅舅一再重溫十五年前的宵山發生的事。儘管悲傷仍在心底，現在也已經不再外露了。街上擦肩而過的人一定也只是把身穿浴衣的他當作輕鬆愉快的遊客吧。生病咳久了，最後會連咳嗽的力氣都沒有，但這卻不代表病已經好了。

舅舅經過好幾座燦然生輝的山鉾，最後來到轉角的香菸鋪休息。由於有菸灰缸，他便抽了菸。從香菸鋪轉角往西延伸的小巷似乎是宵山喧鬧的盡頭，充滿了令人驀地裡眷戀起體溫的寂寞氣氛。

明明連行人也沒幾個，卻有一家攤販在這裡設攤。舅舅受到堆在店頭的舊貨吸引。不知是不是燈泡那暈黃燈光的誤導，貨架上的東西顯得特別有魅力。一個板著臉的老人正在舊貨後面往茶壺裡倒茶。

舅舅掃視了貨架。

單調的木製貨架上，擺著各式各樣的萬花筒。

拿起來往裡一瞧，貨架上陳列的東西在橙色燈光包圍之下，頓時增殖旋轉。當時舅舅心裡想的是：透過這個萬花筒來看宵山的情景，不知道會是什麼模樣？雖然是攤販，價錢卻絕對不算便宜，但舅舅沒殺價便買下了那個萬花筒。

回到熱鬧的街上，舅舅不時駐足，拿起萬花筒來看。反正到處都是興致高昂的觀光客，不然就是醉漢，不必為這種孩子氣的玩耍感到難為情。

山鉾的燈光、攤販豎立在巷弄間的燈光、街上的燈光，在萬花筒裡一一旋轉變形，讓舅舅眼花繚亂。路上行人紅通通的臉分裂成無數個，然後消失。只見：年輕男女手牽著手的身影；警察維持交通秩序的身影；與自己一樣穿著浴衣的中年男子的身影；父親母親帶著孩子的身影；穿著紅色浴衣，宛如悠遊於幽暗水渠中的金魚般，在人群中穿梭而去的女孩的身影。在一一旋轉變形的景色中，浮現出一張小女孩白瓷般的臉蛋。

那張臉在萬花筒裡分裂成好多張，一面旋轉，一面露出堪稱妖豔的微笑，頓時讓舅舅忘了呼吸。他把萬花筒從眼前拿開，伸手想抓住輕盈地從身邊經過的紅色影子，卻抓了個空。

那是女兒京子沒錯。

一回頭，只見她就快被人群淹沒。

○

「我沒追上。」舅舅說。

那天晚上，舅舅找女兒找到深夜，才疲勞困頓地回家。手裡緊握著萬花筒，往從不收拾的鋪蓋中一倒便睡著了。

一醒來，天已經亮了，但他有如作了一場漫長的噩夢，連起床的力氣都沒有。舅舅凝視著睡夢中似乎也一直握在手裡的萬花筒，在床上過了一天。都十五年了，女兒不可能以同樣的模樣出現。這麼一想，便知道自己是看到幻影，不禁痛苦萬分，心想乾脆窩居在家裡，等到宵山的形跡完全消失再出門。

就這樣又過了一個晚上。第二天傍晚，舅舅好不容易才又走過石板小巷來到大街上，宵山的熱鬧卻迎面而來。

「從此之後，我的每一天都是宵山。」舅舅說。

「一醒來，就是宵山當天的早上，然後天黑，我到街上，看萬花筒，找到京子，伸手抓她，抓不到。已經不知道重複多少次了。」

「等等，舅舅，你冷靜點。」

「我很冷靜。」

「我完全聽不懂。」

「但我懂。她一直都在宵山裡，所以我也會一直待在宵山裡。」

院子變得更暗了。千鶴心想，如果稍微熱鬧一點就好了，但是她又怕在這裡聽到祇園囃子。

「這麼說，舅舅一直重複過著同一天？」

「所以才會老得這麼快，白頭髮也變多了。」

「我不相信。」

「我出不了這一天了，所以我想把事情好好告訴你。你會有明天，但是我沒有明天了。我和那孩子一起停留在宵山。這樣也好。」

「那是舅舅的幻想。」

她心想，非打電話給媽媽不可。

「你準備打電話給姊姊是吧？」舅舅說。「上次你來的時候，就打電話給姊姊。姊姊問你『什麼時候回來』。」

「媽每次都問。」

「她正在做煎餃，你可以打電話回去問問看。」

她從包包裡取出手機。

舅舅望著昏暗的院子。「哪，小千。」舅舅說。「我找到京子了。所以小千，你再也不必感到內疚了。」

她丟下一句「別說了」，站起來。

「到了明天，小千就知道了。」

她把舅舅留在房裡，來到走廊。走進廚房，急忙打電話給母親。果眞如舅舅所說，母親以悠閒的語氣問：「千鶴？你什麼時候回來？」

「媽，你趕快來。」

「幹嘛突然叫我去？我正在做煎餃。」

「舅舅的樣子很怪。」

母親的聲音變了。「病了嗎？」

「不是，不是生病，可是他講的話好怪。」

母親似乎從她的語氣聽出她不是在開玩笑。「我這就過去。」母親說。「你一個人行嗎？打電話給柳先生，我想他會願意幫忙的。」

她立刻打電話到柳畫廊，但沒有人接。

聽著空虛作響的電話鈴聲，她想起十五年前的那個宵山。

表妹在十五年前的宵山當天失蹤了。人那麼多，孩子迷路也不足爲奇。但是，當晚誰都沒有想到，天亮之後，第二天、第二年、十五年之後，表妹也沒有回來。舅舅舅媽、外公外婆還有千鶴一家人，在接下來的好幾年一直找表妹。他們向警方報案，尋找目擊者，希望能找到線索，但一切都是徒然。

她無法回想起表妹活生生的模樣。

腦中只能浮現照片裡表妹微笑的樣子。

那一夜好漫長。

舅舅和舅媽出去找表妹，遲遲不回來。

腦海裡出現的是臉色發青、沉默不語的外婆。外公從宵山的人群中回來、馬上說「我再去繞一圈」又離開玄關的背影。在走廊深處彎身打電話的父親。來接她的母親擔憂的神情。母親牽著她的手，沿著陰暗的小巷走到外面的那一瞬間，立刻包圍住自己的宵山的喧鬧，把表妹藏起來的宵山的光。

她握著手機，一時之間無法動彈。

○

回到天色完全變暗的房間，卻不見舅舅的身影。

千鶴收起手機，來到走廊。「舅舅！」她喊，但沒有回答。她心想舅舅會不會在二樓，豎起耳朵細聽，屋子裡卻沒有任何聲音。

來到玄關，舅舅的鞋子不見了。

她連忙穿上鞋，打開格子門。

才來到石板小巷上，鞋子就掉了，她嘖了一聲，重新穿上鞋，一面抬頭看天，天已經完全黑了。除了門口的一盞燈泡，舅舅家沉浸在黑暗中。她穿過石板小巷。

打開鐵格子門來到外面，宵山的喧鬧與亮光像波浪般一湧而上，將她包圍。她覺得喘不過起來。

她大口吸氣，走在巷弄中尋找舅舅的身影。

擠滿了人與攤販的巷弄又悶又熱，衣服馬上就汗濕了。黑鴉鴉的遊客發出的熱氣，聳立的山鉾的光亮，攤販飄來的食物的味道，一波接著一波逼近。感覺好像被又衝又撞的，讓她又急又恨。她撞開行人般猛向前走，一路挨罵，卻看不到舅舅的身影。

舅舅被幻想囚禁了——千鶴這樣認爲。表妹失蹤對她而言也是非常痛苦的事，但她無法想像失去女兒的舅舅有多麼痛苦。「咳久了，最後連咳嗽的力氣也沒有」——她想起舅舅曾經悄然說過的話。

「舅舅，舅舅！」

她停下腳步。

行人露出訝異的神情，繞過她繼續走。她停下來喘息，忽然因自己身在宵山中感到害怕，連站著也覺得吃力。眼前的景色有如不眞實的幻覺，微微晃動。

「不行了，貧血了。」

她按著額頭，往路邊靠。

「小千。」聽到遠遠有人叫她，她抬頭一看，舅舅就隔著巷子站在對面。看到舅舅呆呆望著自己的那張臉，心中的感覺又像悲哀又像生氣。

「舅舅！」她叫道。「我好擔心。」

「不用擔心。」

「我們一起回去吧！媽媽馬上就來了，我做晚飯給你吃。」

舅舅不答，往人群深處看。

「來了。」他說。

紅色的東西輕盈地從她身邊跑過。那是一群穿著浴衣的女孩，飄飄飛舞的袖子好似金魚的鰭。狹小的巷子擠得水洩不通，女孩們卻像順流而下一般，暢行無阻地飛奔。最後一個人跑過的時候，千鶴伸長了手，想抓住紅色的袖子。嘴裡不禁低喊：「小京。」

對方回頭，嘻嘻笑了。「小千，你不去嗎？」女孩說。

「……我不去。」

千鶴做出了和那個宵山的夜晚同樣的回答。

那個宵山發生的事復甦了。

她和表妹手牽著手走著。和舅舅與父親他們走散的時候，她們倆是在一起的。待在屋簷下不知如何是好，一群年紀和她們差不多的女孩來找她們說話。表妹和她不同，是個不怕生的孩子，跟誰都能打成一片。她很快就和那些女孩交談，好像約好要一起去看什麼。「小千也去嘛。」表妹笑著對她說。她不明白為什麼表妹想跟那種不認識的小孩一起走。她只想趕快回到父親和舅舅等她們的地方。可是表妹卻自信滿滿地說：「我自己回得去。那不然，小千就在這裡等。」她對自作主張的表妹感到很生氣。當時她心裡一定是想著「那就隨便你」，想著「害爸爸和舅舅擔心，你就等著好好挨罵吧」。

「我不去。」她冷冷地說。

表妹氣呼呼地鼓起臉頰。「那我要去了。」

然後，表妹就和那些女孩子一起跑走了。她想起表妹消失在人群中的身影非常輕盈，宛如跳舞般飛奔而去。

和那天一樣，現在站在她眼前的表妹也鼓起了臉頰。

「那我要去了。」

看到表妹轉身要走，她叫道：「不可以！別走！」

舅舅就站在表妹要走的方向。在舅舅身後，鯉山的駒形燈籠的燈光彷彿要堵住小巷一般聳立。

「舅舅拜託！抓住她！」

舅舅彷彿迎接奔跑而來的表妹般伸出右手。

但是，舅舅也無法留住表妹。他沒有試圖抓住女兒，只是輕輕碰觸那紅色的浴衣而已。表妹的樣子看起來就像是沒注意到伸長了手的父親，直接從他身邊經過。鉾燈光中的表妹一度停下腳步，向舅舅回頭。那時候開始留長的頭髮，也和當時一樣在肩上搖曳。與舅舅視線交會片刻之後，表妹又再度輕盈地奔跑。

舅舅目送她之後，回頭看千鶴。臉上並沒有哀傷的神情。舅舅朝她輕輕揮了揮手，追著女兒，消失在宵山的亮光之後。

她想追舅舅，卻失去平衡，腳步踉蹌，一個跑過來的男子扶住了她，但她卻甩開男子的手想掙脫。舅舅和那群女孩子已經混進來來往往的人群當中了。當她掙扎著拚命想往前走，駒形燈籠的燈光因爲眼淚而潰散。

男子在她耳邊說：「千鶴小姐，冷靜點，不能追。」

她任憑柳先生抱著，凝望表妹與舅舅消失的宵山深處。她喘不過氣來，呼吸困難，又開始感到頭暈目眩。柳先生看著臉色蒼白、用力吸氣的她，說：「慢慢來，慢慢來。」她閉上眼睛，把宵山的光亮從腦海中驅逐，讓她的心在柳先生的聲音中靜下來。

呼吸總算緩和下來之後，她還是不願睜開眼睛。宵山底下流動的無數人群的熱氣與嘈雜包圍著她。

她依舊讓柳先生扶著，好不容易才開口低聲說：「你一定不會相信的。」

「我相信。」

柳先生靜靜地說：「我相信。」

Chapter 05
宵山迷宮

那個早上，我照常七點半起床走出房間，卻不見母親的身影。

夏天也依舊涼爽的餐廳裡飄著味噌湯的味道，電視正在播映晨間新聞。我往面中庭的玻璃門看，覺得奇怪。紫薇之後有倉庫，石灰牆在朝陽的照射下顯得非常明亮。倉庫的門半開著。我打開玻璃門，喊聲「媽」，倉庫裡傳來回應。我心想，媽不知道在做什麼。

我到洗臉臺去。早餐前以鹽水漱口是父親傳給我的習慣。在小窗戶照進來的日光下，母親的牙刷紅色的柄鮮豔地發亮。不久，後門傳來開門聲，拖鞋的啪嗒啪嗒聲靠近。「已經這麼晚了啊。」母親說著從我背後走過。

我回到餐廳時，母親已經站在廚房。

「一大早去倉庫幹嘛？」

「昨天杵塚商會打電話來，所以我想再找找看。」

「他們也真是不死心啊。」

「是啊，不過我也很擔心。」

「我們家還有法事要辦，也是很忙的，是不是打個電話請他們死心比較好？」

母親在餐桌邊坐下，喃喃地說：「是啊，還是應該這麼做比較好。」

我望著電視。「今天是宵山呢。」

「咦，什麼？」

「今天是宵山。」

「是啊。」母親喃喃地說。「是啊。」

吃過早餐，我和母親一起出門。

沿著相國寺長長的牆走，從東門穿過相國寺內，是我們每天必經之路。看到寺內的樹木綠油油的，我想起昨天的雨。昨天離開畫廊是傍晚七點的時候，但烏丸通上已經擺了攤，點了燈。由於下雨的關係，人應該算少吧，即使如此，狹小的巷弄仍層層疊疊擠滿了各色雨傘。

「今天是好天氣，人一定很多。」

「是啊。」

我們在今出川車站搭地下鐵烏丸線。「柳畫廊」位於三条通轉高倉通往南某棟住商混合大樓的一樓，離烏丸御池站路程大約五分鐘。柳畫廊本來是由父親和母親兩人經營的，父親過世之後，在東京畫廊工作的我回來幫忙，並找來念藝大的工讀生。

我和母親在事務所裡就著桌子坐下，討論工作。一進畫廊，母親的神色和語氣就有所不同。我們有很多工作待辦，例如製作展覽會的邀請函和目錄，支付畫家薪酬或交貨給客戶等等。

「河野老師還沒給展覽會的提案呢。」母親皺起眉頭。「不知道進行得怎麼樣了？」

「今天下午我去看看。」

「那就麻煩你了。」

○

這天下午，我把畫廊的工作交給母親，決定去拜訪河野大師。

走在三条通上，來到烏丸的商業區。距離交通管制開始還有一點時間，但街上已經有大批遊客走動了。離開有冷氣的畫廊走在路上，額頭立刻冒汗。我轉入室町通，走進狹窄的巷子。人愈來愈多了。驀地裡我停下腳步，抬頭看垂掛著駒形燈籠的黑主山。

河野大師一個人住。他把了頓圖子町一戶被住商混合大樓與公寓包圍的老獨棟房子當作畫室兼住處。短短一年前，父親還經常造訪，現在則由我代替父親出入河野大師家。房子位在住商混合大樓與咖啡店中間的窄石板小巷深處，連大白天也是靜悄悄的。開了門鑽進小巷裡，彷彿潛進水中一般，喧鬧驟然遠去。

我按了對講機才把拉門打開。裡面傳來古木的香味。

「我是柳畫廊。」

大師露出帶著睡意的臉。「哦，柳君，進來。」

每次都是在面庭院的小房間和大師討論。由於四周大樓環繞，房裡少有日照。在淡淡照明之中，大師的臉宛如生活在地下室的人，顯得很不健康。我解開包袱巾，取出炭酸煎餅*。大師看了包裝紙，便低聲說：「去了有馬啊。」

「家母和朋友一起去的。」

「健康是件好事，這樣就好。」

「託您的福。」

於是我們的話題從閒聊移到工作。畫廊的展覽預定於秋天舉行。

但是，大師卻只是含糊地附和，不給明確的答覆，顯得有些心不在焉，一直注意逐漸變暗的院子傳來的動靜。我終於想到今天是宵山，只覺背上冷汗直冒。我朝放在傳統斗櫃上的大師女兒的照片看。照片裡有兩個穿著和服的小女孩，另一位是大師的外甥女。

大師的獨生女在十五年前的宵山之夜失蹤。這件事我聽父親說過好幾次。「河野先生繼承那個家，就是爲了等女兒回來。」父親是這麼說的。「那個家，好像從十五年前，時間就靜止了。」

這麼常聽父親提起，我怎麼會忘了呢？

我含混其詞，結束了工作的話題。

大師望著冷清的庭院，喃喃說道：「宵山啊。令尊過世也快一年了。」

「是的。」

「宵山之夜，眞叫人不平靜啊。對我來說是這樣，對你來說也是。」

「眞是非常抱歉，竟然在這樣的日子來訪。」

「不。」大師搖搖手。「那沒什麼。倒是我心神不寧，抱歉抱歉。」

「我改天再來打擾。」

「這一年來，你也很辛苦吧。」

大師以平靜的眼神注視我。「你看起來很累，最好稍微休息一下。」

譯注

＊ 日本有馬溫泉、寶塚溫泉等地的名產，以麵粉、砂糖、鹽等材料加入含有炭酸成分的溫泉水烤成的圓形薄餅。

穿過石板小巷來到街上，大馬路上更加熱鬧了。忽然間我失去了現實感，覺得眼前的景色看起來好平板。的確，就像大師所說的，也許我自己也沒注意到自己已經累了。父親去世以來的這一年，就只是一味忙亂。

我才在六角通上走沒幾步，成排招牌中的「杵塚商會」便映入眼簾。杵塚商會位於內有外語教室、房屋仲介事務所的住商混合大樓一樓。這家舊貨店從父親生前便有往來，但這陣子老是打電話來，是我煩惱的泉源。我想順路過去抱怨幾句，卻看到店裡掛出休息的牌子。外面的玻璃門緊閉，店內沒開燈，暗暗的。舊紙箱堆得有人那麼高，光從外面看，看不出裡面做的是什麼生意。這家店從以前便令人不明究裡，店主杵塚也是個神祕的男子。

我來到室町通，往四条通走去。

剛過鯉山，便聽到有人從上面叫我。抬頭一看，一對中年男女從面馬路的公寓三樓陽臺上探身而出。是一對曾經光臨畫廊好幾次的夫婦。

丈夫晃了晃啤酒罐，說：「來一杯如何？」

我笑著搖搖手，說：「我還沒下班呢。」

太太說：「辛苦了。」

從三条到四条這段室町通，一路過去各町有黑主山、鯉山、山伏山、菊水鉾。到了日暮時分，點亮的駒形燈籠輝煌燦爛的，燈光連成一片。我心想：「下了班來看一下再回家也不錯。」

來到四条通，我進了位於產業會館大樓地下室的咖啡店。

我從包包裡取出文件和筆，準備構思展覽的企畫。在面地下道的桌位坐下來時，一抹鮮紅色從我視野一角閃過。通路另一側的理髮店前，飄著一個紅氣球。我覺得簡直就像地面上宵山的碎片飄進了地底下。

我正這麼呆想著，只見一名女子從玻璃窗前走過。她一度停下腳步，朝氣球看了一眼。看到那張側臉露出微笑，我頓時愣了一下。那是河野大師的外甥女千鶴小姐。我想叫住她，但隔著玻璃叫人實在不妥。

我和她是在半年前的冬天認識的，當時我帶著碰巧入手的萬花筒到大師那裡去。我還記得，我們兩個大男人憑藉著緣廊的光線看萬花筒的模樣被她撞見，實在很糗。後來，她也到畫廊玩過好幾次。我目送千鶴小姐走過地下道。

回頭做桌上的工作，卻沒什麼進展。耳裡只聽到其他客人的話聲。

工作告一段落後，我喝著咖啡發呆。

「令尊去世也快一年了啊。」

河野大師的話在腦海中響起。

一年前的宵山傍晚，父親昏倒在鞍馬的山道上。要不是爬山的大學生發現，父親恐怕會不為人知地死去。父親身上沒有可疑的外傷。我從東京回到京都時，父親已陷入昏迷。據說是腦溢血，就這樣沒能恢復意識，一週後便撒手人寰。走得好突然。

父親的死因雖然毋庸置疑，卻有一點令人不解，那就是父親為何到鞍馬去。

那天早上，父親顯得非常疲倦，母親便勸他在家休息。父親老實點頭，在寢室躺著。可是，為什麼他特地跑到鞍馬去？雖然有熟識的陶藝家住在當地，但據說父親並沒有去拜訪。這一年來我思索過無數次，唯一的結論卻是父親一時心血來潮。也許父親躺了半天，覺得身體沒有大礙，忽然起了遊興吧。

即使如此，為什麼父親偏偏在市區因宵山而熱鬧非凡的晚上，獨自倒在天色漸暗的鞍馬山中呢？明知比較沒有意義，但那明暗的對比卻令人感到無比寂寞。

我朝玻璃窗外看。

頓時，在地下道飄動的紅色氣球無聲破裂。

○

回到畫廊，母親正在喝紅茶休息。「千鶴小姐來過了呢。」母親說。看來我在四条地下街看到她之後，她便到畫廊來了。

我在畫廊工作到傍晚。母親說她頭痛，先回去了。

商會的人在母親離開畫廊後隨即來訪。

我還以為是母親忘了東西回來拿。但只聽到有人進門，卻再也沒有別的聲響，我覺得奇怪，便從辦公室來到展示室，只見一個與我年紀相當的年輕人站在那裡，正微笑著看畫。

「歡迎光臨。」

我出聲招呼，他便回過頭來。「柳先生？」他露出和氣的笑容。

「我是。」

「我是杵塚商會的乙川。」

聽到這個名字，我臉上還來不及露出不悅的神色，便被乙川搶先一步。「一再前來打擾，眞的很不好意思——但我們實在無法死心。」

「哪裡，我正想和杵塚先生聯絡，你來得正好。杵塚先生呢？」

「杵塚因爲另一件事出差去了，所以才派我來。」

我請乙川先生坐，倒了紅茶。他津津有味地喝了紅茶。「開始交通管制了。」他說。「路上擺滿了攤販，好壯觀啊。」

「宵山嘛。」

「是的，就是宵山。」

男子逕自點頭。「畢竟是個獨特的日子。」

「是啊。不過，關於那件事……」

「是的是的。」

「去年秋天吧，杵塚先生光臨的時候，我們應該已經請他看過倉庫了。能夠處理的東西應該都請他買下了，剩下的眞的都只是一些破爛了。」

「哪裡哪裡，沒這回事。」

男子臉上雖然笑容可掬，眼神卻是認眞的。

我不耐煩了。「你們爲什麼認爲還在我們這裡？」

「因爲除此之外沒有別的可能。東西確實在令尊手上，而且事後也確實沒有流到外面，那麼自然就會得到這樣的結論。」

「那是水晶球沒錯吧？」

「是的是的。」

男子愉快地笑著，雙手做出圈出空氣般的形狀。「就像這樣。」

「我沒看到。」

「是啊。所以，請您再仔細找找……」

「可是，我們也有很多事要忙，先父的週年忌也快到了。」

「沒問題，這件事不急，只要您肯耐著性子仔細找就好。明天、後天、大後天都沒關係。杵塚說願意一直等下去。請您慢慢來。」

說完這一番話，乙川一臉正經誠懇的樣子。看到他雙手撫膝正襟危坐，想斷然拒絕趕人送客的氣勢便餒了。

「我明白了。」

我嘆了一口氣。「我會抽空找的。」

「那就麻煩您了。眞的很不好意思。」

乙川行了禮走了。

我就這麼坐在畫廊的椅子上，發了好一會兒呆。我之所以感到極度不愉快，一方面是因爲無法明言拒絕杵塚商會的要求，另一方面也是因爲乙川這個人的無可捉摸。一旦離開，乙川和氣的印象便淡然遠去，只留下一股莫名的令人發毛的感覺，久久不去。

話說回來，杵塚商會爲什麼那麼想要父親的遺物？

我把剩下的工作整理好，關上畫廊的門。

爲了甩開不悅的心情，我到街上散步。

好久沒有逛宵山了。由於父親是在宵山那天倒下的，因此我去年回京都時，宵山已經結束了。在東京生活的那段期間，也沒有理由特地選擠滿觀光客的宵山時期回來。但最主要的原因是，我覺得我受夠京都了。

在三条通轉彎來到烏丸通，平常的商業大樓的景色爲之一變，路上全是攤販，一連擺到遠遠的南邊。烤雞、烤玉米的味道混在一起飄過來。天空是美麗的晴天。寬闊的烏丸通化爲行人徒步區，大批人潮各自往北往南而行。我邊看攤販邊走，兩個手牽手梳著包頭的女孩從我面前跑過。光看那個髮型，就知道她們是三条某間芭蕾舞教室的學生。想到千鶴小姐小時候大概也是打扮成那個樣子去學舞，我不禁爲之莞爾。

從烏丸通向西的小路都擠滿了遊客與攤販，黑鴉鴉的一片人海之後，山鉾宛如發光的城堡般矗立。

我邊走邊看，一直走到北觀音山，但因爲人太多而感到噁心反胃。我對於宵山竟如此人多擁擠感到意外。從室町通到新町通這一段人多得嚇人，讓我想起第一次到東京的時候。本來是打算走到四条的，走到這裡我就放棄折返。

隨著腳步漸漸往北，宵山的喧鬧便漸趨平淡。

在室町六角的十字路口，我看到河野大師。我當下的反應是出聲喊他，但看到對方的神色，讓我沒喊出來。大師專注地看著前方，眼神卻是空洞的。只見他活像幽魂般，幽幽穿過了人潮洶湧的小路，腳步快得簡直像滑的。不知道他要往哪裡去。

我的心情沉重萬分。或許是因爲和乙川那段不愉快的對話，也或許是受到大師的過去影響，又或許是因爲父親的死。睽違許久的宵山在我看來不是美麗，反而有如陌生的異國祭典。

我邊這樣想邊走，在黑主山北邊踩到一小團橡皮般的東西。腳下很暗看不清楚。我彎身一看，躺在我腳下的是一條金魚的屍體。

○

翌日，我七點半起床走出房間，卻不見母親的身影。

我朝玻璃門後看。母親今天早上也在倉庫裡東摸西摸。我叫聲「媽」，聽到與昨天相同的回應。我到洗臉臺漱口，不久便聽到後門打開，拖鞋的啪嗒啪嗒聲靠近。「已經這麼晚了啊。」母親說著從我背後走過。剎那間，我感到非常不對勁。

回到餐廳，早餐已經準備好了。

「一大早去倉庫幹嘛？」

「昨天杵塚商會打電話來，所以我想再找找看。」

我注視著母親。「又來了？」

「什麼又來了？」

這時，我看到電視畫面。電視正在播放宵山前一天的影像，並配上「預計今天宵山有三十萬名遊客湧入」的旁白。

「今天是宵山？」

母親偏頭看了電視，喃喃說道：「是啊。」

「昨天不是宵山嗎？」

「欸，你這孩子真是的，睡昏頭啦？宵山是今天。」

母親指著電視說。

「我好像作了夢。」我低聲說。

我度過了奇妙的一天。

所謂的既視感，過去我也曾經體驗好幾次。那是一種不可思議的感觸，「以前在夢中看過這場景」的感覺非常清晰，眼前的風景彷彿驟然遠去。這種既視感從那天早上起一直持續了半天。相國寺內的情景，奔過去的柴犬，晴朗的天空，畫廊的味道，與母親的討論，造訪畫廊的客人的面孔——一切都與昨天相同。

中午過後，母親說「你今天怪怪的。好像老是在發呆」。

「嗯，對啊。」

「不如出去散散心吧？」

「我會去河野老師那裡看看。」

在大太陽底下來到街上時額頭冒汗的感觸，聳立在街上的山鉾，在巷弄中川流的人潮。

又是宵山。

我來到河野大師家門前，突然停步。冷冷清清的石板小巷就在眼前。走在那條小巷所感到的清涼，打開格子門時木頭的味道，與河野大師在房裡相對而坐的樣子，這一切我都能清清楚楚地在腦海中描繪出來。傳統斗櫃上大師女兒的照片，十五年前時光便靜止的那個房間的情景。

「今天是宵山。」我在內心低語。

然後過門而不入。

○

我來到室町通，再朝四条通的方向走。剛過鯉山，便聽到有人從上面叫我。抬頭一看，一對中年男女從面馬路的公寓三樓陽臺上探身而出。是一對曾經光臨畫廊好幾次的夫婦。

丈夫晃了晃啤酒罐，說：「來一杯如何？」

「眞不錯。方便去打擾嗎？」

「來來來，歡迎之至。」

上了三樓，太太便出來迎接我。丈夫四十歲，據說在烏丸的銀行工作。客廳裡掛著在柳畫廊買的畫。畫旁有個大水族箱，紅色的金魚在裡面游動。丈夫從搬到陽臺上的椅子上站起來，笑道：「大白天喝啤酒最痛快了。」我也跟著喝啤酒，三人閒聊起來。太太說，由於祖父是做和服買賣的，她對這一帶很熟。我則打了通電話給母親。

從陽臺往下看，感覺有如俯瞰走在室町通人群中的自己。這當然是不可能的。不過，重複過著宵山這種不可思議的感觸究竟是怎麼回事？就算「昨天」的那一切是夢，但這場夢也太清晰了。像這樣採取與「昨天」不同的行動，既視感便會減弱，但猛然間我還是不由得想著「現在千鶴小姐可能已經行經四条的地下街，正走向畫廊」。

由於這對夫婦是造訪過畫廊好幾次的熟面孔，又很健談，我不由得久待了。在這裡聊天，既視感便會遠去，我的心情因此輕鬆許多。我開始覺得「昨天」的事情，一定都是發生在夢中。

日頭西斜，天氣變涼了，太太便說要到外面去。她熱切地說三個人一起出門，但丈夫卻不怎麼起勁。太太便一臉遺憾地單獨出門了。

「沒關係嗎？」我問。

「哎，我不太想到處亂晃，我最怕人擠人了。」

「宵山的人潮的確是很累人。」

「像這種日子，當然是要在陽臺上悠哉地眺望了。這樣最舒服了。」

說著，丈夫喝了啤酒。

接下來是片刻的沉默。

「我們銀行有個客戶叫作杵塚商會。」

丈夫忽然一臉正色地說。「昨天，他們那裡一位乙川先生來了。」

「乙川？」

「是啊。他來訪是爲了另一件事，但他有話希望我順便轉告柳先生。因爲這樣，剛才我看到柳先生的時候嚇了一跳。」

「哦。是什麼事呢？」

「他說，只要說一個姓乙川的先生要找你，你就知道了。很奇怪吧？」

好不容易才開始接受「昨天」的一切是夢，便立刻聽到這種話，我不禁爲之語塞。主人見我不作聲，一臉擔心地問：「柳先生，如果有什麼困難，我可以分憂。」

我連忙搖手。「不不不，不是什麼複雜的事，是跟處理先父的遺物有關。」

「哦，這樣啊。杵塚商會是做骨董的嘛。」

「我想他指的應該是這件事吧。」

「原來如此，那我就放心了。因爲乙川先生的說法好像在打啞謎，我才會擔心。」

丈夫快活地說著站起來。「有冰好的香檳。」他喃喃說著，朝廚房走。

我獨自留在陽臺上，想著乙川這號人物。「昨天」見過的人。但是，既然丈夫實際見過乙川先生，就代表乙川先生眞的存在。這麼一來，我與乙川見過面的事也就是現實，既然如此，「昨天」發生的事就不是夢。這究竟怎麼一回事？

拿著香檳回來的先生「哇」地大叫一聲。

我抬起頭來，看見他正仰望對面大樓上方。大樓屋頂上，飄著一隻足足有汽油桶大的緋鯉。大概是被水塔勾住了，只見牠嘴朝上，以狼狽的模樣在微風中擺動。

「那是氣球吧？」丈夫邊坐下邊喃喃地說。「啊啊，嚇我一跳。」

○

傍晚六點半過後，到宵山散步的太太回來了。拉著買回來的氣球來到陽臺，說著「啊啊，好熱」邊擦汗。

「你那是什麼？」

「這氣球很有意思吧！在新町街那邊有和尚在發。」

透明的氣球上淡淡地畫了綠色的海藻，裡面飄著假金魚。看起來簡直就像一個繫了繩子飄在半空的金魚缸。「這是怎麼做的？」丈夫很佩服，從各個角度觀看氣球。「難得要到一個，你可別弄破了哦。」太太笑道。「跟小孩子一樣。」

「這東西眞有意思。」丈夫很佩服。

「柳先生，吃過晚飯再走吧。」

「不了。」我才剛開口，太太便打斷了我。「就是啊，吃過飯再走。」說著便站起來。

我望著這對夫婦一起站在廚房做菜的樣子。

窗外天色漸漸變成深藍色，大樓後方稀疏的雲朵染成了蜜桃色。我們把晚餐的菜拿到陽臺上時，山鉾不知幾時亮了燈，照亮了巷弄。我從陽臺上探身出去。右手邊就是光芒萬丈的鯉山，左手邊稍遠處有山伏山。遊客在室町通川流而過的嘈雜聲令人感到十分安適。攤販冒出的煙在白熾燈與燈籠的燈光之中形成漩渦，撫過無數交錯的電線與和服公司的招牌，消失在深藍色的天空中。

「你看。」在我旁邊往下看的太太指著人群說。「那幾個孩子眞奇怪，從剛才就一直經過這前面，不知道有多少次了。」

「迷路了嗎？」

「看起來不像。在同一個地方一直打轉……這樣很好玩嗎？」

一看之下，一群穿著紅色浴衣的女孩子暢行無阻地奔過室町通。

明明擠得水洩不通，她們卻像被吸入人與人之間的縫隙般，輕盈地前進，好似順流而下的金魚。我的視線追隨著她們，看著看著，便發現有個男子站在鯉山燈光下。是杵塚商會的乙川。

乙川愉快地目送那群金魚般的少女從身邊飛奔而過，然後回頭向這裡看，簡直是早就瞄準好一般，抬頭正視我的臉。他露出微笑，深深行了一禮。

「柳先生，怎麼了？」

太太望著我的臉。

我在晚間八點左右離開這對夫婦家。天完全黑了。離開公寓的時候，宵山的熱氣令我感到害怕。我以最快的速度逃離人群，來到烏丸三条，搭上地下鐵。回來到相國寺一帶，才覺得總算能夠呼吸。在深藍色的夜空下，御苑之森漆黑一片。一進入住宅區，周遭更加安靜。

我走在一盞盞街燈照亮的路上。

走在相國寺長長的圍牆旁，聽到微微的祇園囃子。應該是附近人家的電視機傳出來的，但即使如此，我仍然覺得不舒服。我也不明白自己爲什麼如此心浮氣躁。

相國寺圍牆之後，偏紅的光閃爍了二、三次。

我停下腳步，抬頭看牆，但牆後卻又恢復原狀，沉沒在昏黑中。

當時，踩到金魚死屍的感觸忽然在腳底栩栩如生地重現。

那一晚，我作了一個不可思議的夢。

我走在宵山的人群中。領先走在我前面的是父親。父親拿著裝了金魚的氣球。

「怎麼會有那個氣球？」我問。不知爲何，我是個孩子。父親回過頭來，說：「這不是氣球。」然後把線往下拉，捉住氣球，雙手環抱般交給我。「你看看。」他說。我抓住氣球。裡面就好像裝了水，或者也可以說就好像是水晶球。金魚在透明的球體中悠遊來去，眞是不可思議。不知不覺間，金魚增加成兩尾。我正感到吃驚，紅色小球便不斷出現，於是一整個氣球中滿滿都是金魚。不久便撐破了氣球，金魚一一往下掉。掉落在路面上的金魚發出令人厭惡的彈跳聲。我試著不去踩到金魚，但我的腳每動一下就會踩到。

我在床上呻吟時，母親叫醒了我。

母親伸手按住我的額頭。「怎麼啦？作噩夢了？」

「沒，我忘了。」

「跟小孩子一樣。」

我起床走出房間，餐廳裡飄著味噌湯的味道，玻璃門外灑落了明亮的陽光。我往電視畫面看。電視正在播映宵山前一天的影像，旁白說：「預計今天宵山將有三十萬名遊客前來觀賞。」

「今天是宵山？」

母親歪頭看了電視，喃喃地說：「是啊。」

這天，我沒有離開畫廊。

○

要是爲了什麼事停下手上的工作，各種場面就在我腦海中復甦。與河野大師的對話，金魚死屍的觸感，從室町通公寓看到的宵山情景。一再重複的宵山記憶不斷沉積。要把這些當作一場漫長的夢的記憶實在太難了。但是，要是不這麼想，我又該怎麼想呢？

畫廊外，宵山的一天即將過去。幾乎沒有客人。

下午四點剛過，展示室傳來母親叫我的聲音。我一出去，千鶴小姐就站在那裡。「好久不見。」她低頭行了一禮。

「哦，你好。」

「我想來看看畫。」

「那眞叫人高興。你慢慢看。」

她靜靜地四處看畫。這種時候，我都不太與客人交談。

看完畫之後，我們加上母親，三人一起喝紅茶。感覺得出千鶴小姐的精神似乎不如平常。我凝視她的側臉。她也在思考宵山的事嗎？

由於沒有客人上門，我們便悠哉地閒聊。發覺千鶴小姐精神不佳，母親更加刻意說些愉快的事。

對話告一段落，母親離席之後，千鶴小姐好像有話要說。

「怎麼了？」我說。

「想請柳先生幫個忙……可以請你陪我一起去舅舅那裡嗎？」

「現在嗎？」

「是的。我想柳先生一定很忙，可是……」

我搖搖手。「不，沒有關係。我和你一起去。」

我把畫廊交給母親，與千鶴小姐來到街上。

山鉾的燈籠逐一點亮，雲朵染成了蜜桃色。

石板小巷暗得有如已經入夜一般，位在深處的大師家門口的燈顯得淒清。

千鶴小姐打開拉門叫舅舅，大師卻沒有回答。屋裡很暗，而且靜悄悄的。「不在嗎？」她低聲說。然後她脫了鞋，打開走廊的燈，走進去。探頭看了面庭院的房間和餐廳之後，歪著頭感到納悶。

「要不要等等看？」

「好。柳先生，你請坐。我來泡茶。」

這裡幾乎聽不到宵山的喧鬧。

上次和大師談話是幾天前的事呢？自從宵山一再出現以來，我就沒有見過河野大師了。一直坐在安靜的房裡，眼前似乎就浮現出大師在微弱日光下的臉。

我和千鶴小姐坐在房裡，等大師回家。

「其實，我本來打算早點來的。」

千鶴小姐抬頭看著鐘擺掛鐘，擔心地說。「偏偏就是提不起勁來。」

「對不起，還把你留在畫廊。」

「哪裡，別這麼說。」

「提不起勁來，是因為宵山嗎？」

「……是的。都已經十五年了，我也自以為已經長大了，結果還是不行。那件事柳先生也知道吧？」

「我聽先父說過。」

她抬頭看放在傳統斗櫃上的照片。

「雖然我也記得，但都是一些片段。那時候，我和表妹都才七歲。」

「眞是令人心痛。先父也一直很擔心。」

忽然間玄關傳來開拉門的聲音。

「啊。」千鶴轉頭面向玄關。「好像回來了。」

我豎起耳朵細聽，玄關卻沒有任何聲響。只感到什麼人的氣息不斷膨脹放大。我和千鶴小姐對望，只見她的臉色漸漸發白。一會兒，傳來一個小聲的聲音說「請問有人在嗎」。她說聲「請問哪位」，想站起來，我阻止了她。

我來到玄關，杵塚商會的乙川就站在白熾燈燈光下。他低著頭正在看三和土的一角，聽到我的腳步聲抬起頭來，露出笑容。「您是柳先生吧？」

「我是。」

「我是杵塚商會的乙川。」

「我知道。」

乙川點點頭。「剛才我看到您進了這條小巷，所以雖然明知失禮，但我們終究無論如何都無法死心……」

「這我知道。但是你們這樣糾纏讓我很困擾。」

「對不起。」

「今天你就先請回吧。」

乙川嘆了一口氣，微微一點頭。「那麼，一件事就好。」

「什麼事？」

「這件事不急，只要您肯耐著性子仔細找就好。明天、後天、大後天都沒關係。杵塚說願意一直等下去。請您慢慢來。」

然後乙川一鞠躬，打開玻璃門走了。

我一回到房間，千鶴便問：「怎麼了嗎？你的表情好可怕。」

「沒事，遇到來推銷的。」

屋裡唯有時鐘作響。庭院已經被暮色淹沒。

「如果有明天的話……」

我不由得自言自語。

「如果明天？」千鶴小姐歪著頭問。

○

我七點半起床走出房間，不見母親的身影。我朝玻璃門後看。母親果然在倉庫。不用看電視我也知道今天是宵山。

我雙肘撐在餐桌上以手掩面，聽到母親走來的聲音。「你還好嗎？」她擔心地問我。我抬起頭來，說：「今天有點不舒服。」

「看得出來，你臉色也很差。」

「好像是這陣子太累了。」

「沒關係，你今天就休息一天吧。」

我回到二樓的寢室。

由於窗上掛著細竹簾，早晨的陽光像水光一樣閃閃爍爍。我躺在涼爽的床上看著天花板。不久，聽到母親出門去畫廊的聲音。每當我迷迷糊糊地入睡，身體就會因為突然僵硬而醒來。我就這樣一次又一次不安穩地睡著，努力叫自己盡可能忘記自己正在度過宵山這一天。我幾乎什麼事都沒做，只是望著透過細竹簾射進來的光變強，顏色愈來愈濃。

下午四點左右，放在枕邊的手機突然響了。

「柳君。」是河野大師的聲音。

「大師。」

「我有點擔心你。上次你不是帶有馬特產來給我嗎，那時候你看起來很累的樣子。」

「對不起，讓您擔心了。就像大師所說的，我今天在家裡休息……」

說到這裡，我把話吞回去。

頓了一頓，大師以平靜的聲音說：「你拿有馬特產來是什麼時候的事啊？」

「大師。」

「你也一直在重複吧？」

我什麼話都沒說。

「明天，你能來我家一趟嗎？」

「好的。」

「柳君。我想，這八成也和你父親的死有關。」

「爲什麼？」

「我不知道，是直覺。但是，既然同樣在宵山發生了好幾起不可思議的事，自然想歸咎於同一個根源。這就叫作人之常情啊。」

然後大師掛了電話。

我在床上坐起來。父親的死。父親的遺物。

我起床到倉庫去。

倉庫裡涼涼的，甚至有點冷，裡面空蕩蕩的。除了幾個遺留下來的大衣箱之外，就只有幾件母親的東西，其他什麼都不剩。大衣箱裡是父親的藏書，我想找時間看而留下來的。我花了一個鐘頭左右的時間查點衣箱裡的東西，但裡面沒有乙川所說的玻璃球。我也把母親的東西打開來看，裡面也沒有那種東西。

我在舊行李箱上坐下。

敞開的門外漸漸變暗了。待在倉庫裡，幾乎什麼都看不見。我望著半開的門，思索每天早上母親進倉庫的事。母親說的是「昨天杵塚商會打電話來，所以我想再找找看」，但是真的是這樣嗎？

這時，一陣惡寒爬過背後。

我豎起耳朵。

不知何處傳來了細微的祇園囃子。

○

叡山電車一走，鞍馬車站月臺便人影全無。周遭籠罩在藍色的暮色之中，日光燈的光照亮了月臺。從山上降下來的寒意將我包圍。

父親爲何來鞍馬？

我站在月臺上思索。父親是否爲了逃離幻聽般傳入耳中的祇園囃子，蒙頭往北走？父親是否不一定非去鞍馬不可，只是想逃離窮追不捨的宵山幻影？換句話說，父親是否和我一樣，每一天都是宵山？而在找出脫離的辦法之前便死了？

父親和我被關在宵山的理由，就是父親的遺物。

我想先在車站四周走走，便走向收票口。就在這時候，一個紅色的東西閃進我的視野。一回頭，穿著紅色浴衣的女孩獨自坐在對面月臺的盡頭，晃動著雙腳。我覺得好像聽到祇園囃子。一個氣球從我眼前飛過。

「柳先生？」

背後有人叫我。

一回頭，一個男子穿過收票口走過來。「我是杵塚商會的乙川。」

「是你殺的嗎？」

「您是指令尊嗎？我怎麼敢。」

乙川連忙搖手。「我怎麼會做那種事呢。」

「可是我父親……」

「據杵塚說，令尊是因病過世，並不是死於非命。但是，他也和您一樣，每一天都是宵山。」

「你也是嗎？」

乙川微笑。「我不是妖怪。今天是我第一次和您碰面。然而，您卻認得我，眞是奇妙。」

「你不是妖怪，但是你的客人呢？」

「關於這一點，恕我無可奉告，眞是抱歉。」

說到這裡，乙川嘆了一口氣。「不過，我想這樣您應該明白了……」

「是啊，我非常明白。」

「明天下午五點，在三条室町往南的倉庫碰面吧。您一去就知道了，外面玄關是開著的。」

「我不能保證明天能不能拿去……」

「那麼，您就只是會再過同一個明天而已。柳先生，令尊是碰巧撿到，卻執著於不該執著的東西。我只能說，令尊受到了報應。」

「就算是這樣……爲什麼連我都要受到報應？」

「需要理由嗎？何必呢？」

乙川燦然微笑。「您要做的便是把東西還給失主，然後把一切都忘掉。」

○

清早的倉庫裡寒浸浸的。晨光從小窗戶微微透進來，倉庫中遺留的種種物品照得白白的。我坐在舊行李箱上等。門留著半開。

不久，有腳步聲靠近。來人似乎爲半開的門吃驚。好一會兒沒有任何動靜。

「伸一郎？」來人說。

「我在裡面。」

門開了，露出了母親的臉。

「你在這種地方做什麼？」

「我在等媽。」

「爲什麼？」

「希望你把水晶球還我。」

我雙手環成一個小球的形狀。「媽現在正準備藏起來的東西。」

母親嘆了一口氣。

「你怎麼知道的？」

「直覺。」

「你爸爸好寶貝這個球，一直不肯交給杵塚先生，就算對方不斷糾纏也一樣。所以我就想，至少要把這個留下來。」

「媽，這樣做讓我很困擾。」

「爲什麼你會困擾？」

「原因我沒辦法解釋清楚，但就是很困擾。這個一定得還給他們。這東西不該是爸的。」

母親盯著我的臉直看。

「你的神情和你爸那天一模一樣。而且……你爸就像你一樣，我要做什麼他都看穿了。」

「放心，把這個還給他們就沒事了。」

「我很怕。」

「我不會像爸那樣的。東西在哪裡？」

「就在你坐著的那個行李箱裡。」

我站起來，打開行李箱。

裡面有一個布包起來的透明的球。

○

那天下午，我到大師的畫室拜訪。大師什麼都沒說，領我到房內。緣廊射進來的白光照在鬍子沒刮的大師臉上。大師從茶壺裡倒了茶給我。我看著傳統斗櫃上的相框。裡面是大師的女兒的照片。

大師拿出黑色的萬花筒，說是在宵山的地攤買的。他告訴我，透過這個萬花筒，他看到十五年前失蹤的女兒，就此闖入這個一圈又一圈不斷循環的世界。

「我啊，柳君，認爲我停留在這個宵山的世界也無妨。但是，爲什麼像你這樣的人也會誤闖進來呢？你做了什麼？」

「老師，您看過這個嗎？」

我解開包袱巾，把倉庫裡找到的水晶球放在榻榻米上。大師一臉訝異地拿起來，透光看了好一陣子，最後搖搖頭。「不，我沒印象。」

「這是先父的遺物。」

「是嗎？」

我說明了與杵塚商會相關的一切經過。

大師聽完我的話，再次拿起水晶球。「這也許是萬花筒。」他說。然後指著自己的萬花筒前端鑲的小小水晶球，說：「就是這個部分。」

「有這麼大的萬花筒嗎？」

「這就代表，擁有這個東西的不是人。」

我點點頭。

「一切順利的話，你就能迎接明天，不過那個明天裡就沒有我了。」

「眞的會這樣嗎？」

儘管我自己也有過相同的經驗，仍感到難以置信。我以爲，大師遲早會脫離一再來臨的宵山，再度出現在我們眼前。

「眞的會。我也會好好向千鶴道別的。」

「千鶴小姐會很傷心的。」

「千鶴就拜託你了。」

離開大師家，我在因宵山而熱鬧不已的市區往南而下。如果能夠迎接明天，我想我往後恐怕不會再踏進宵山一步了。

我來到產業會館大樓的地下。

我坐在咖啡店窗畔的桌位喝了咖啡。紅色氣球在玻璃門之後飄蕩。這是我看過的光景。不久，她經過了。她一度停下腳步，朝氣球看。看到她的側臉露出微笑，我內心一驚。

我爲了叫住她而離席。

○

我依照約定的時間，來到乙川指定的町屋。

外面玄關敞開，有大批看似大學生的年輕人進進出出。看樣子似乎是包下町屋要舉辦什麼活動。我向戴著草帽、身上掛了好多工具的女子問：「請問乙川先生在嗎？」

「啊，乙川先生嗎？應該在倉庫裡。」

她說，然後爲我帶路。

我開了門進了倉庫，裡面伸手不見五指。在令人窒息的一片黑暗之後，傳來乙川明朗的聲音：「柳先生嗎？」

「是的。」

「我是杵塚商會的乙川。不好意思，可以請您把門關起來嗎？」

「你要的東西我帶來了……」

「好的，請稍等一下。」

乙川不知在擺弄些什麼，忽然間倉庫裡微微地亮起來。這個倉庫和我家的一樣，什麼都沒有。往牆上一看，上面映出了不可思議的影像。各式各樣的色塊不斷旋轉，一下湊在一起，一下分開，形成種種不同的形狀。那影像令人不由自主地看得出神。

「這是投影式的萬花筒，我拿到幾個樣品。」乙川說。

我把水晶球遞給他，他接過去後瞇起眼睛。

「確實是這個沒錯。」

「在倉庫裡找到的。」

「果然是這樣啊。不過，能夠這麼簡單地回來眞是太好了。」

說到這裡，乙川苦笑道：「啊，不簡單嗎？我是不知道的。再怎麼說，我今天還是第一次見到您。」

「我知道。」

「關於謝禮……」

我舉起手。「謝禮就不用了。但是，可以告訴我這是什麼嗎？」

「很抱歉，照規矩我們是不能談論客戶的。」

「這不是萬花筒嗎？」

乙川露出「喔？」的表情。「您竟然知道啊。啊，我說出來了。」

「是萬花筒沒錯吧。」

「這個嘛，我只能說到這裡，您請回吧？」

乙川爲了送我來到倉庫外。

剛才還很熱鬧的町屋突然冷清下來，只剩下明晃晃的燈亮著。「啊，大家已經去排演了啊。」乙川念念有詞地低語。

「有件事我可以告訴您。」乙川拿水晶球透著町屋的燈光說。「據說這是世界外側的球。今晚的我們，就在透過這個球被觀望的世界裡。」

我覺得水晶球中似乎有紅色的金魚一閃而過。

我一回頭，應該空無一人的倉庫裡卻有穿著紅色浴衣的小女孩彷彿溢出來似的，一個接著一個嬉笑著跑出來。

○

深藍色天空下，山鉾的燈光如夢似幻地發亮。我靠著木板牆前一整排自動販賣機發呆。

不知道過了多久？

室町通那邊傳來一聲「舅舅！」，是千鶴小姐的聲音。我從自動販賣機之後挺身而出，衝進人擠人的室町通。

燦然生光的鯉山燈光聳立在正前方，下面是川流而過的遊客。千鶴小姐站立在人群中。河野大師站在她對面，回頭往這裡看。我正要跑過去，四周便像起火般閃現紅色。穿著浴衣的小女孩從我兩側穿過，往鯉山跑。我看到千鶴小姐想抓住像金魚魚鰭般翻動的浴衣。

「舅舅拜託！抓住她！」

我看到紅色浴衣的小女孩從大師身邊一一穿過。大師伸手去搆最後一人，卻抓空了。

大師就這樣準備朝鯉山的燈光走。臨走之際，回頭看了一眼，似乎對千鶴小姐說了什麼。

千鶴小姐想追過去，腳步卻蹣跚不穩。我趕到她身邊，扶住她。她忘我地想甩開我的手。「千鶴小姐，冷靜點。不能追。」

她喘息著，眼睜睜看著河野大師和小女孩們消失的人群。臉上雖然沒有血色，但已經不再掙扎了。「慢慢來，慢慢來。」我這麼一說，她的臉頰便靠在我的胸前，良久沒有動彈。呼吸恢復平靜之後，她也沒有睜開眼睛。只聽她喃喃地說：

「你一定不會相信的。」

「我相信。」

我靜靜地說。「我相信。」

「事情眞的非常不可思議。」

「我也遇到了不可思議的事，所以我相信。」

Chapter 06
宵山萬花筒

她與妹妹上的洲崎芭蕾舞教室位於三条室町西入衣棚町，一幢面三条通的懷舊風格四層樓建築裡。每到星期六，母親便要她們離開聖母院女子大學後方藤蔓爬滿白牆的家，搭地下鐵到市中心的教室上課。

那天，課也照常進行。

她在大大的老鏡子前活動雙腿，忽然間心思被毛玻璃窗吸引。面三条通的毛玻璃窗只會透出霧銀的光芒，不肯透露一點街上應該已經開始的宵山的動靜。不過，和妹妹一起在地下鐵車站下車時起，一路上看著相伴走過月臺的浴衣男女，她就知道今天是宵山。

她有個毛病，只要被什麼東西吸引住，就對其他事物視而不見。經常跳錯舞步挨洲崎老師的白眼，她也毫不在意。明明是自己吵著要學芭蕾舞，還把妹妹拉下水，但現在周遭的事物卻已經完全失色，讓她無聊得想大叫。

即使如此，休息時間溜出教室爬到四樓還眞有趣。那裡放了好多不可思議的東西，簡直就像宵山悄悄從屋頂上偷溜進來似的。搞不好屋頂上也在辦宵山呢！

「不過那條魚眞是嚇了我一大跳。」她邊踩著教室地板邊想。「怎麼有那麼肥的魚啊？」

漫長的課程結束之後，洲崎老師對學生說「要直接回家，不可以在外面亂跑」。這句話等於是說給她聽的。

充滿汗味的更衣室裡，學生嘴裡說的都是宵山。其中有人接下來要和父母親或朋友一起去逛宵山。她豎起耳朵聽其他同學的話，聽著聽著，聽得心癢難耐。戳戳妹妹微微汗濕的肩頭，低聲說：「我們去逛逛。」妹妹回視她，皺起眉頭：「不要。」

「別這麼說嘛。」

沒有冒險精神的妹妹很倔強，她邊換衣服邊說服妹妹，妹妹仍然不肯答應，下樓梯的時候還是不斷搖頭。妹妹總是在怕些什麼、擔心些什麼。

在鋪著紅毯的樓梯間，她用力拉住不情願的妹妹的手。

「走嘛！走啦！」

「老師說不可以到處亂跑的。」

「我們不要告訴老師。」

「不會被發現？」

「不會的！」

她們下了樓梯，兩人一起推開重重的門，來到大街上。

潮濕沉悶的空氣籠罩了街頭。抬頭一看，金黃色陽光照射在住商混合大樓的邊緣，空中的雲朵也是金黃色的。三条通上來去的行人比平常多得多。

她們來到烏丸通。

化爲辦公大樓峽谷的大馬路上竟然連一輛車都沒有。下班的上班族和身穿浴衣的男女和孩子在車道正中央行走。平常車水馬龍的馬路上，現在是行人走來走去，眞是難得一見的景象。光是看到這個情景，她的心情便快樂得想跳起來。

她牽著妹妹的手，來到大馬路正中央。西斜的陽光下，大馬路兩旁水洩不通地擺滿了攤販，而且已經點亮了燈泡。她從來沒看過這麼多攤販。烤東西的香味隨著潮濕的風飄送過來。天空和平常走在大樓底下的時候不同，感覺好寬闊。

她們看著遠處的京都塔，走過烏丸通。走進橫向延伸的巷子，裡面更擁擠，她幾乎被熱氣與嘈雜震懾住。就連小巷裡也有攤販，遊客又推又擠地走著。

她想去看更衣室裡聽到的「螳螂」。巷弄有如網目一般，她不知道山鉾都躲在街上哪些地方，便拿了路邊大哥哥發的地圖來看。但是地圖很難她看不懂，很快就放棄了。她牽著哭喪著臉的妹妹，走到哪裡算哪裡。

攤販的燈光與人潮的熱氣，加上欲走還留的梅雨的濕氣，讓巷子簡直像是泡在溫水裡。牽著妹妹的手因爲流汗變得好滑。她牽著妹妹穿過巷弄，只要發現有趣的東西就歡呼。烤玉米、炸雞塊、撈金魚、抽籤、熱狗、荷包蛋仙貝、雞蛋糕、烤雞、氣球、章魚丸、射飛鏢、大阪燒、刨冰、草莓糖葫蘆、蘋果糖葫蘆、面具、塡充娃娃……

她們在各處巷弄中都看到光輝燦爛的山鉾在黑鴉鴉的人群之後高高聳立。

○

她連方向也搞不清、覺得亂走不是辦法的時候，遇到了柳先生。柳先生在三条高倉旁一家畫廊工作。母親曾帶她們去拜訪過，當時柳先生請她們喝了甜甜的紅茶。柳先生拿著一個小小的布包袱，在自動販賣機旁發呆，看起來有點累。

她叫了柳先生，輕快地彎腰鞠了一個躬。

「柳先生您好。」

「喔。」柳先生應了一聲，微笑道：「你們好。」

「請問您知道螳螂在哪裡嗎？」

「螳螂？……你是說螳螂山嗎？」

「對對對。」

柳先生微笑著，以簡單易懂的方式仔細告訴她們怎麼走。最後又叮嚀：「不可以放手哦。你們手要牽好，別走散了。」

她們照著柳先生說的路走，終於找到「螳螂山」。

找到螳螂山之後，妹妹就一直吵著快回家快回家。她還不夠盡興，但也開始覺得這麼想回家的妹妹很可憐。

正當她沿著剛才來的路回頭時，看到了穿紅色浴衣的一群女孩。

巷子裡明明擠滿了遊客，這些女孩卻像一群金魚般游水也似的前進，簡直就像被人潮中偶然形成的縫隙吸進去。她心想，像她們那樣穿著浴衣來逛宵山，一定很開心。連拉著她的手吵著「回家回家」的妹妹也看得出神，靜了下來。這群金魚也似的女孩便是如此華麗，看起來一點也不像世上應有的人物。妹妹傻傻地半張著嘴，汗濕的手無力垂下。

那時候，她為什麼會放開妹妹的手呢？

等到她事後回想起來，一定會認為自己汗濕的手滑脫般放開妹妹的那一瞬間是駭人的一瞬。不管妹妹說了多麼膽小不中用的話，奇怪的是，她從來不覺得妹妹煩人。即使自己有些舉動讓妹妹為難，但她從來不曾主動試圖作弄妹妹。把害怕的妹妹留在宵山的人群中——這種事，是平常的她絕對不會想到的惡作劇。

不知是在想汗濕的手滑脫了，還是看浴衣女孩看呆了，妹妹沒發現姊姊從自己的身邊消失了。話雖如此，那也是轉眼間的事，一下子就回過神來的妹妹急急忙忙向四周看。她在人群的縫隙中都看到了。妹妹才剛癟著臉、一副隨時哭出來的樣子，接下來竟朝著完全不相關的方向走去。

她跟在後面。

妹妹的身影在一波波遊客當中時隱時現。雖然有時候會消失一下，但要找到那顆梳得油亮的包頭很簡單。至少她是這麼想的，而她也因此大意了。走了一陣子才察覺妹妹的腳步異常沉著。剛才明明還一臉快哭出來的樣子，現在已經開始逛起地攤了。明明不見了姊姊，卻也沒有要找的樣子。她感到意外。

「喂——！」

她出聲叫妹妹。

回頭的不是妹妹，而是和她們上同一間芭蕾舞教室、剛才在更衣室裡熱烈談著宵山的女孩，身邊跟的人大概是她爸媽。對方看到她獨自站在人群中，似乎感到不解，手中拿著一串沾著口水而發亮的小小草莓糖葫蘆。

「你一個人？」

對方又說道：「要直接回家，不能亂跑啦。」

「嗯，我知道。」

她只說了這句，便趕緊離開。

放開妹妹的手已經好一段時間了。她回到先前的地方，但到處都見不到妹妹的身影。妹妹可能連方向都搞不清，就算在這裡等，她也不敢保證妹妹能夠回到這裡。她一面尋找妹妹，一面穿過巷弄，專注凝神望著人群，看得頭昏眼花。剛才明明還沒事的，現在卻突然覺得人群讓她很不舒服。

爲了打起精神，她買了草莓糖葫蘆。一咬碎硬硬的糖衣，裡面酸酸的草莓果汁便流出來，味道眞好。

站在攤販前啃著糖時，她看到行人拿著神奇的氣球。輕飄飄的氣球上畫著像金魚缸一樣的水草和碎石，裡面看起來好像裝了水。氣球裡有小小的金魚。她覺得很有趣，一直盯著看，看到金魚撥動魚鰭翻身。

「那個氣球是在哪裡買的？」

她一問，拿著氣球、身穿浴衣的阿姨開心地笑說：「這個？這不是買的，是人家給的。」

「不用錢？」

「那邊那棟咖啡色的大樓前面，有一個和尚在發。你去看看吧。」

她邁開腳步。

她告訴自己，「我正認眞在找妹妹」。可是妹妹如果能得到那種氣球，一定會很高興。去要兩個，一個給妹妹，然後爲她在人群中放手這件事道歉——她心裡這麼想。

○

她在咖啡色大樓前找到的，是一個穿著袈裟、一張臉長得好嚇人的大鬍子光頭和尚，手裡拿著裝了金魚的氣球站在那裡，好一副不可思議的景象。大和尚不時抬起頭來，看看氣球中悠哉遊哉的金魚，吹吹口哨。彷彿回應口哨一般，金魚會靠到氣球底部，撥動那可愛的鰭。

「喂，你看什麼看！」

大和尚以骨碌碌的牛鈴大眼俯視她。「走開。」

見她仍抬頭看著氣球，和尚搖搖氣球問：「你在看這個？」

她用力點了一下頭。「那個可以給我嗎？」

「這可不行。這個是要給狸谷的外甥的。」

「去哪裡才要得到？」

「剛才宵山大人還在發，不過已經發完了，畢竟人人都想要啊。你就等明年的宵山吧。」

她雙肩頹然下垂，其中帶有幾分演技。

大和尚碩大的身體一低，彎腰細看她的臉。飄得高高的氣球一下子來到她伸手可及的地方。她伸手輕輕一碰，氣球像水球一樣涼涼的。透過氣球看天空，淺桃色天空像蜘蛛網般爬滿了電線，好像有金魚飄浮在上面似的。

她故意跺腳。

「你這麼想要？」

「想要想要，我想要兩個。」

「這孩子怎麼這麼貪心！」

「一個給我，一個給妹妹。」

「原——來。」大和尚喃喃地說，抓了抓鬍鬚叢生的下巴。「原——來。」

「原——來是什麼？」

「就是原——來如此。」

「原——來。」

「不要學我。你妹妹呢？」

「走散了。等我要到氣球就要去找她。」

「眞是說不聽。沒有氣球了。」

她不滿地鼓起腮幫子。

大和尚也不認輸地鼓起腮幫子。「眞是的，那是什麼臉？誰教你這樣就能得逞的？」

「沒有人教我。」

「就算你擺那種臉，沒有的東西就是沒有。」

「你管我。我就是要一——直這樣。」

她站在大和尚身邊，說到做到，擺出氣鼓鼓的臉。一個外表詭異的大和尚身邊站著一個小不點女孩，還一臉氣鼓鼓的，相當引人側目。經過他們面前的人無不往他們多看幾眼。

她的臉頰開始抽搐的時候，大和尚先認輸了。

「好吧好吧，我幫你找。」

她呼的吐了一口氣。

「跟我來。」

大和尚領先走進咖啡色大樓與理髮店之間的窄巷。

就連如此狹窄的小巷裡也染上了宵山的顏色。好幾戶人家門前都掛著大大的燈籠，點點橙色燈光一直連到小巷深處。打赤膊的大叔在納涼臺上盤腿而坐，喝啤酒喝得滿臉通紅。不知何處飄來蚊香的味道。

這景象很有趣，她邊看邊走，忽然覺得有毛毛的東西黏上穿著涼鞋的腳。

「哇！」她尖叫一聲，抖動她的腳。很像蜈蚣的蟲摔落在昏暗的路上。她當場脫下粉紅色涼鞋，一跳一跳地亂甩。

「有毛毛的東西！好噁心！」

「慌什麼，不過就是孫太郎蟲嘛。」

大和尚指指巷子旁的排水溝。

往裡面一看，「孫太郎蟲」排成一列列在排水溝底部走著。數不清的腳毛絨絨地動著。她再度尖叫，抓緊大和尚的袈裟衣襬。

「不要挨過來！好熱！」

大和尚撢撢衣襬。「孫太郎蟲在宵山跑出來是理所當然的事。」

「爲什麼？」

「什麼為什麼？」

「為什麼？」

「因為理所當然所以理所當然。乖乖接受就是了。」

「原——來。」

她總算平靜下來，重新把涼鞋穿好。

大樓後門掛著小小的招牌。看到巷子裡擺著圓桌和椅子，她低聲說「好像法國」。招牌上寫著「可爾必思、彈珠汽水、啤酒」。半個客人也沒有。無人的白圓桌上放著一臺老收音機，播放的淨是哀愁的外國歌曲。

「和尚，你在那裡做什麼？」

聲音是從上面來的。

一個可愛的舞妓從面向小巷的四樓窗戶探出身來，揮著雙手。窗邊掛著風鈴，發出沁涼的聲音。

「喔，你在那裡啊。」

「攤販馬上就要來了。」

「這孩子吵著要氣球。」

「哎呀，氣球不是已經沒了嗎？」

「宵山大人那裡還剩幾個吧？」

舞妓頭一偏。

「要去看看嗎？」

「嗯，麻煩你了。」

「既然這樣，等我把飼料餵完。」

大和尚和舞妓對話的這段期間，她踮起腳尖，往大樓面巷子的圓形玻璃窗裡望，因爲她覺得裡面有一個大大的東西在動。滿是塵埃的玻璃窗後方和水底一樣暗。她把臉頰貼在玻璃窗上，冰冰涼涼的，很舒服。冷卻發熱的臉頰的同時順便朝玻璃窗裡看，裡面竟冒出一顆大得占滿整個窗戶的眼珠子，瞪著她直看。

「嗚哇！」

她從窗邊彈開似的往後退。

「你不能安分一點嗎？」

「有一個好大的眼睛！」

「是鯉魚吧。」

大和尚看了看玻璃窗，叩叩敲了幾下。不久，眼前突然有鱗片拂過，足足有西瓜那麼大的鯉魚眼從黑暗深處浮上來。

「這一整棟大樓就是水槽。」

「好大！」她感嘆道。

「這隻鯉魚很有派頭吧，般若波羅蜜多。」

「般若波羅蜜多是什麼？」

「這隻鯉魚的名字，是我幫牠取的。」

「原——來。」

「你這丫頭，不是叫你不要學了嗎。」

○

「我像你這麼大的時候，都在幫忙養金魚。」

「你小時候就在工作了？」

「在鞍馬那邊。沒辦法像你們這樣整天玩。」

他們爬上螺旋階梯，大和尚說起金魚氣球的事。

鞍馬深山裡，有好幾座很深的山谷，其中人跡罕至的最深的山谷中，有一片河灘源源不絕地冒出比空氣還輕的水。有時噴出西瓜大的水珠在樹梢上飄動，但絕大多數的水珠都只有彈珠大小，壽命也很短，很快就被風吹散，讓山谷籠罩在濃霧中。如果不去管它，這些水便與一般的水混在一起，失去它的輕盈，最後化爲溪水流走。於是，便衍生出以玻璃瓶和細水管做成的裝置來集水的生意。

這個山谷旁有個金魚養殖場，在開闢森林一角做成的廣場上，飄著好幾個又圓又大的氣珠。氣球裡裝有會飄的水和金魚。當時還是小和尚的大和尚，就是餵這些金魚來賺零用錢。從氣球下方的孔插進細水管，把飼料放進去，金魚便會一一靠過來。從幼魚便以這神祕的水飼養，即使長大了，魚身也會變得輕盈。等到金魚長大，再一隻隻連水一起封進小氣球裡。

京都街上的湧泉雖然也不少，但大和尚說，那個山谷至今仍不斷冒出不可思議的「會飛的水」。

「那水就叫作天狗水。」

「爲什麼？」

「又是『爲什麼』啊。從以前就是這樣叫的，所以就是這樣。」

「原——來。」

他們爬到樓梯盡頭，來到大樓的屋頂。

太陽西沉的天空中，飄散著淡桃色的雲朵。夜色從東方慢慢爬上來，吹著清涼的晚風。屋頂正中央有個圓形水池，與挖空了大樓做成的巨大水槽相通。水面上飄著濃濃的霧。一艘小船浮在上面，拿著大羽毛毽子拍的舞妓坐在船上，朝水面撒閃閃發亮的小石頭。

在大和尚示意下，她往池裡一看，鯨魚一樣大的鯉魚嘴巴一張一合，正朝水面過來，把舞妓扔的小石頭一顆顆吃掉。她發現舞妓丟的是硬糖。

「鯉魚吃硬糖啊？」

「如果不是什麼都吃，長不到這麼大。本來是這麼小一隻的。」

大和尚豎起大拇指給她看。

「眞了不起！」她好佩服。

「金魚長大了會變成鯉魚。那鯉魚長大了會變成什麼？」

「不知道。」

「嗯，你以後就知道了。」

她跟大和尚站在池邊，看了一陣子餵鯉魚。

最後，舞妓倒轉罐子，把剩下的硬糖全部倒進池裡。舞妓拿毽子拍當槳，把船划到岸邊。鯉魚在水裡翻身，池面波濤起伏。搖晃的小船差點沖上岸，舞妓高興地說「餵完了餵完了」。

「辛苦了。」

「這樣已經長得夠大了吧。」

「那麼，我們到宵山大人那裡去吧。」

舞妓細看她的臉：「你這麼想要氣球？」

她大大點頭：「可是，宵山大人是誰？」

「宵山大人就是宵山大人呀，是今晚最偉大的人。」

「這孩子老愛問東問西，眞傷腦筋。」

舞妓走到屋頂邊緣，拿好毽子拍。

毽子拍像西遊記的如意棒般變長，搆到隔壁棟大樓。當場造出一座橋的舞妓伸出腳踏了踏，確定橋是堅固的，便回頭對她跟大和尚說：

「來，走吧！不快點，夜晚就要開始了。」

她開始遊歷由密密麻麻的住商混合大樓形成的高高低低的屋頂世界。

每一棟大樓的屋頂，就像散落在被宵山淹沒的市區中的一座島嶼。這些島嶼上有水塔、空調室外機、小神社、電線、天線。舞妓牽著她的手，飛越大樓與大樓間的空隙。一開始她很害怕，但很快就習慣了，甚至還把大和尚拋在後頭。

「這孩子有天狗的素質。」

大和尚追上來，擦著汗說。「比我還在行。」

「人家是小孩子呀。」

舞妓笑盈盈地說。

從大樓與大樓之間的山谷望下去，看得到山鉾聳立在狹小的巷弄裡。站在地上的時候，山和鉾看起來像城堡一樣，從上面看又是另一種風貌，像家裡起居室那盞西式提燈一樣可愛。狹小的巷弄中擠滿了遊客。遊客也小小的，那蠕動的樣子像極了她在巷子裡排水溝看到的孫太郎蟲。

「要不了多久，這裡也會滿的。」舞妓說。

有一個被老舊大樓圍起來的地方，多年來積水形成一個很深的池塘。屋頂邊緣架設了船塢，他們在那裡上了小船，大和尚便「嘿咻嘿咻」吆喝著划起槳來。小船前端掛著一盞舊提燈，朦朧的光投射在水面上。

她和舞妓一起伸長了手，摸摸黑暗的水。

「別掉進去哦。這裡可是很深的。」

大和尚以可怕的聲音說。

「爲什麼積這麼多水？」

「以前這下面有一口很有名的井。四周被大樓圍起來以後，這裡的人也努力守住這口重要的井。後來井慢慢乾掉了，然後就有人提議把井填起來蓋大樓。這一提，井裡就冒出水來。因爲出水的力道太強，始終沒辦法把井封起來。最後是在周圍用大樓把井圍起來，就成了這個池塘。過了七年，水才滿到七樓。」

池面上顯得特別昏暗。

他們划著船慢慢向前，便看到開在對面大樓上的露天啤酒屋，紅色燈籠在黑暗的池面上發光。一個醉漢從屋頂欄杆上探出身來，朝他們揮手。這時候，小船好像撞到什麼，發出叩叩聲，她便探身出去看，原來水面上飄著好多玻璃球，小小的紅色火焰在裡面燃燒。

「宵山大人是什麼樣的人？」

「什麼樣的人啊，這個我也不知道。」

「你沒見過嗎？」

「就算見了也不知道啊。」

「很可怕？」

「很可怕。」

對岸的大樓窗戶是敞開的。

「小心你的頭。」大和尚說。「把頭低下來。」舞妓說。

船順著被大樓窗戶吸進去的水流繼續往前。長長的走廊變成河，文件櫃和紙箱在河上載浮載沉。牆上掛著燈籠。走廊盡頭有一條很粗的管子通往隔壁大樓，讓小船可以繼續流過去。「簡直就像流水素麵。」她心裡想。就這樣不斷前進，水流漸漸變緩，最後來到一個只有一張氣派的椅子倒地的會議室。河水在這裡來到盡頭，他們又爬樓梯來到屋頂。

要從一個屋頂到另一個屋頂，方法五花八門。

有時候是搭纜車般的籠子，有時候是乘著大電風扇搧起的風飛到隔壁大樓。有時候鑽進藏在小小神社裡的屏風，鑽出來便是另一棟大樓的屋頂。領先而行的舞妓對所有的通路瞭若指掌。

「沒有直接通到宵山大人那裡去的纜車或什麼的嗎？」

「要到宵山大人那裡，必須按照一定的路走，不然是到不了的。」舞妓說。

「就算想直接飛過去，也辦不到。」

「原——來。」

她見識了各式各樣的屋頂。

有的屋頂上是一整片風車，像花海一樣。大和尚與舞妓拔起風車，一邊呼呼吹著一邊走。她也有樣學樣。每當晚風吹過，各色風車便一起轉動，閃閃發亮。走到盡頭時，她的眼都花了。

也有竹林茂密的屋頂。走在竹林當中的小徑，她真不敢相信自己是在屋頂上，覺得好像到祖母家玩。舞妓告訴她，那棟大樓屋頂上的竹林根往下扎，所以每年一到春天，一定有某一層樓冒出竹筍。

「我哥哥在這裡上班，每年春天一到，我就有辦公室長出來的竹筍可吃。」

穿過竹林時，她看到茂密的竹林後方有紅色的東西若隱若現。她停下腳步盯著竹林深處看，透過綠竹縫隙看到紅色浴衣飛舞。

「喂——！不等你哦！」

大和尚一叫，她連忙加快腳步。

經過下一個屋頂時，她嚇壞了。

那裡擺滿了數不清的布袋和尚。最大的布袋和尚有她的三倍高，最小的只有蠶豆大小。每個都仰望著逐漸變暗的天空大笑。看著無數個笑臉，她不由得握緊大和尚的手。

「你會怕？」

「爲什麼有這麼多布袋和尚？」

「當然多了，這可是花了一年的時間蒐集的。」

「爲什麼要蒐集？」

「別說話。走路不小心一點，會踩到布袋和尚的。」

其他還有擺滿招財貓的屋頂、擺滿女兒節人偶的屋頂、擺滿信樂燒陶狸的屋頂等等，各式各樣的屋頂散布於市區之中。

最後，一行人來到滿是又圓又紅的東西的屋頂。

因爲數量太多，遠遠地看不出那是什麼。走近一看，才知道是不倒翁。密密麻麻擠在一起的無數個不倒翁之後，矗立著一座掛著許多燈籠的鉾。

「那上面寫什麼？」

「金魚鉾。」

她腳邊有東西動來動去。那些東西排成長長的隊伍，朝著金魚鉾前進。

「孫太郎蟲！」

數量驚人的孫太郎蟲抵達金魚鉾，便硬邦邦地不再動彈。從後面不斷湧上前的孫太郎蟲則往上一層又一層地堆上去。現在她知道了，金魚鉾是無數孫太郎蟲組合起來的。

「孫太郎蟲會在宵山聚集，就是這個緣故。」大和尚說。

「明白了嗎？」

「原——來。」

鉾上擺了一個巨大天文望遠鏡般的東西，卻不是朝向天空，而是朝著眼底下的街景。一個留著小鬍子穿著和服的大叔在望遠鏡前端的部分東摸西摸，好像是把從懷裡拿出來的透明的球嵌上去。不久工作結束，這個小鬍子男朝這裡走過來，舉起手向大和尚與舞妓說聲「嗨」。

「賣骨董的，你在幹嘛？」大和尚說。

「沒幹嘛，就是修萬花筒啊。終於從商會那裡買到了。」

「哦，那眞是太好了。」舞妓笑道。「那個東西不見了，我還在想該怎麼辦呢。」

大和尚彎身在她耳邊說：

「那是宵山大人的萬花筒。」

「萬花筒？」

「轉一轉，就能看到各種形狀的東西。你沒玩過嗎？」

「有啊。不過我沒看過那麼大的。」

「宵山大人就在那裡。」

大和尚指著鉾的旁邊：「去打招呼吧。」

一直以爲「宵山大人是個威風的大叔」的她，看到宵山大人是個與自己年紀相當的女孩，大吃一驚。宵山大人坐在屋頂邊緣，好像正把腳伸出去晃來晃去。她從不倒翁的縫隙中走過去，宵山大人轉過頭來微微一笑。

宵山大人穿著金魚般鮮紅的浴衣。

把她推向宵山大人那邊之後，大和尙跟舞妓就不見了。

「鯉魚就要來了。」

宵山大人美麗的臉蛋上露出笑容，指指東邊的天空。

遠遠地響起打雷般的聲音，在屋頂世界傳送開來。

下一瞬間，先前她所在的咖啡色大樓的屋頂便噴出水來。一條巨大的鯉魚衝破水氣般飛向黃昏的天空。這條鯉魚大得非比尋常，就連這麼遠也能清楚看見牠圓圓的嘴一張一合的樣子。鯉魚腹部朝天，緩緩地像後空翻一般在天空中畫出一道弧形。只見牠像電視上的體操選手般身軀一扭，忽然間魚鱗四散。穿過銀色煙霧時，鯉魚變身爲龍。只見牠扭動光滑的身軀，穿過屋頂的水塔和電線的縫隙，有時潛入大樓峽谷，又揚起牠可怕的臉。

「很好，很好。」

宵山大人拾起地上的不倒翁，一個接一個擲鉛球般扔過去。

飛過空中的不倒翁進了龍的嘴巴，像蘋果糖葫蘆般被咬碎。龍在頭頂上飛過時，吹起了一陣很像磨碎螫蝦的腥臭熱風。她被風吹倒，宵山大人卻若無其事地挺立，讓長長的頭髮隨風飄逸，一面呵呵大笑，說著「還有還有」，扔出不倒翁。一度飛走的龍又翻身回來，咬碎宵山大人丟的不倒翁。

她嚇壞了，一屁股坐在地上。「沒什麼好怕的。」宵山大人說。「牠只是長得像龍，其實是鯉魚啊。」

「可是還是很可怕。」

她受了驚，喃喃地說。

吃了一陣子不倒翁之後，可能是吃飽了，龍往高空飛去。一下子就變得像蚯蚓那麼小。

「已經變得那麼小了。」

「等牠肚子餓就會回來的。除了不倒翁之外，我還準備了很多飼料。」

「嚇了我一跳。」

「我讓你看更有趣的東西。」

宵山大人把她帶到鉾上面的萬花筒那裡。

「你看看吧。」

她往萬花筒裡看，宵山大人便轉動裝在萬花筒旁邊的方向盤。

隨著萬花筒不停轉動，被山鉾的燈光、攤販、遊客填滿的巷弄——宵山景色的片段陸續出現在她眼前，形成各式各樣的圖案，然後又改變形狀。和父母親走散而哭泣的孩子、邊走邊擦汗的浴衣大叔、手牽著手走在一起的年輕男女，出現了又消失。

她著了迷似的一直看。

不知道過了多久。

「好玩嗎？」

宵山大人在她耳邊輕聲說。

她的視線離開了萬花筒。

向晚的天空呈現深藍與桃色相間的神奇色調，隨著天色漸暗，眼底街道的燈光浮現上來。在她看著萬花筒的時候，這一帶似乎更加接近夜晚了。宵山的聲音從遠處傳來。天色有這麼暗嗎？——這時她才不安起來。

「你看。」

宵山大人向西指。「已經來到油小路了。」

彷彿要淹沒高低不平的屋頂似的，一排排都是小小的攤販燈光。

「等攤販來到這裡，天狗鉾就會來了。我就是這樣從金魚鉾看著街上。這就是我的工作。」

「哦。」

她歪著頭問：「等宵山過了，宵山大人要做什麼？」

「宵山不會結束的。」

「會啊，就只有今天而已。」

「我們是不會離開宵山的。昨天也是宵山，明天也是宵山，後天也是宵山。一直都是宵山。我們一直都在這裡。」

「你說『我們』……還有別的宵山大人嗎？」

「所有的人是一個人，一個人是所有的人。」宵山大人露出微笑。

「你也是。」

「我才不是。」

「你也是宵山大人呀，因爲你在這裡。」

宵山大人把一個朱漆小碗遞給她。碗上有碗蓋，溢出來的水化成彈珠般的圓球，飄浮在空中。

「你渴不渴？」

「不渴。」

看她搖頭，宵山大人便像鯉魚般張開嘴，把半空中發出銀光的圓球吞下去。

「眞好喝。」宵山大人說，然後又要她喝。

「我不要。」

她向後退。

她踩到地上的不倒翁，一屁股跌在地上。站在眼前的宵山大人的臉，白得像日本人偶。應該和自己一樣高的宵山大人，看起來變得好大。

「喝了這個，就給你氣球，也給你金魚，給你很多很多。」

「我不要。我要回去了。」

「接下來就是宵山了，一直都是宵山。」

「已經很晚了，我要去找妹妹。」

「你不必擔心，她很快就到這裡來了。」

一看到宵山大人微笑的臉，她頓時覺得害怕得不得了。拿起手邊最大的不倒翁，不顧一切地丟過去。不倒翁打中萬花筒的筒身，發出悶悶的「叩」的聲音。宵山大人大叫「啊！」轉過身去。只見萬花筒前端的水晶球掉下來，宵山大人連忙去追。

她爬起來，幾乎是跳著下了金魚鉡逃走。她踢開不倒翁般撒腿跑過屋頂。滿地的不倒翁嘴裡不知哇啦哇啦叫什麼。

她頭也不回地來到屋頂邊緣，大和尚跟小鬍子就站在那裡。

舞妓也在旁邊，拿著兩顆氣球。

「你這孩子真亂來。」舞妓笑道。

「你最好是趕快回去。」

大和尚這麼說，迅速將氣球綁在她的腰上。

「以你的體重，兩個就好。要是綁上一串，就會飛到琵琶湖去了。」

大和尚把她抱起來，探身到屋頂邊緣之外。

下面是狹窄的巷弄。

「這樣你得到教訓了吧。以後可別隨便跟著別人走。」

「就算有你想要的東西也不行。」

大和尚輕輕放手，她便輕飄飄地靜靜往下降。她抬頭看從屋頂上探身出來的大和尚等人，說：「謝謝。我要去找妹妹。」

「動作要快哦！」舞妓說。

「要趕快找到她。」大和尚說。

◯

她降落在昏暗巷弄底，朝傳出熱鬧聲音的方向跑。綁在腰上的兩顆氣球讓她的身體好輕盈，跑起來輕鬆得令人難以置信。從昏暗的巷子裡跑出來，宵山的亮光便像洪水般一擁而上。

妹妹在哪裡？

她有如順流而下般穿過人群。

不久，她來到有香菸鋪的十字路口，看到一群穿紅色浴衣的女孩從眼前橫越而過。妹妹被她們牽著手跑著。

她一個勁兒追在她們身後。她身上綁著氣球，應該變得很輕盈了才對，但跑在前面那群金魚般的女孩更加輕盈，有如被吸進人群中些微的縫隙一般，不斷向前跑。她無論如何也追不上平常跑不快的妹妹。她好氣那些在伸手不可及的地方翩翩飛舞的紅色浴衣。

無論在巷弄中跑了多久，宵山似乎都沒有盡頭。她知道那群女孩準備把妹妹帶到宵山的最深處去，心裡很著急。

「不能跟她們去！」

她扯開喉嚨拚命大喊，聲音卻被祭典的熱鬧吞噬了。

穿過「鯉山」旁，她看到走在巷弄間的許多人高高興興地拿著氣球。推擠般搖晃的氣球中有金魚，在攤販的亮光中，魚身閃閃發亮。

紅色浴衣的女孩一經過，本來飄在巷弄間的氣球便一個接一個像葡萄皮一下子被剝開般無聲破裂。天狗水化爲無數小球在空中四散，無數金魚在住商混合大樓的峽谷中往空中飛去。路上的行人驚歎連連，抬頭看著這一切。

「不可以！」

她對自己的兩個氣球下令，卻是枉然。氣球破了，金魚逃向宵山的天空，她的身體突然變得像鐵一樣重。汗水一下子泉湧而出。

正當她以爲跟丟了、差點哭出來的時候，她看到妹妹和那群女孩被吸進大樓峽谷中的窄巷。

那是一條左右緊臨灰色大樓牆壁的石板小巷。

裡面好暗好暗，淒涼地點著一盞門燈，而這唯一一盞不明究裡的光源，卻讓不知通往何處的窄巷深處顯得更加黑暗。耳裡聽到領先的女孩們竊笑般的笑聲，以及踢著石板跳躍的聲音。她看到昏暗的小巷深處，在僅僅一絲夜間祭典的亮光中，紅色浴衣的衣袖翻飛。

而女孩一個接一個像逃離了氣球的金魚一般，往藍色的天空中飄起。

「來吧來吧。」不知是誰愉快地低語。

有人被先飄起的女孩拉住了手，笨拙地踢著石板。

是妹妹。

她全身力氣集中在腳上，筆直奔過石板路，緊緊抓住正要飛起的妹妹的腳踝。妹妹踢著腳想掙脫，但她不顧一切，緊緊抱住妹妹的雙腿。

「姊姊。」她聽到妹妹叫她。

抬頭一看，飄在半空中的妹妹向她伸出了手。她抓住妹妹的手，把體重贅上去。先飄起來的女孩像朝著魚餌游過來的金魚一般，聚在妹妹身邊，把妹妹固定頭髮的髮夾一根根拔走。巷子深處吹來一陣溫濕的風，妹妹鬆開的頭髮隨風而起，突然間身體變重，她們一起跌落在地。

她扶起妹妹，卻察覺翻動紅色浴衣、臉上露出冷笑的女孩又想抓妹妹。她氣得腦中一片空白，一巴掌往那女孩的臉頰打下去，發出好大的聲響。即使如此，對方仍不畏怯，臉上帶著冷笑往上飛去。

「你怎麼可以跟著別人走！明明就這麼膽小。」

「對不起。」妹妹說。

她與妹妹緊緊擁抱，一面看著朝天空飛走的女孩。飛走的女孩，每一個都和宵山大人長得一模一樣。

「所有的人是一個人，一個人是所有的人。」

她喃喃地說。

○

她拉著妹妹的手跑，一回過神來，已經來到寬闊的烏丸通。這裡有很多人在攤子買了小吃，席地而坐吃將起來，她們也混在人群中間坐下。

一時之間，什麼話也說不出來。

她用力握緊妹妹的手，妹妹也回握。

終於，妹妹對她說起不相干的話來。

說的是五月舉行的發表會，在後臺一起吃便當，像遠足一樣開心。還有，在舞臺旁的布幕之後一起看學姊跳舞的回憶。跟坐在觀眾席上比起來，她們更喜歡在幕後看芭蕾舞。看起來有種說不出的神祕感。總有一天，她們也能跳得跟學姊一樣，融和在那片光景。這樣的想法讓她們興奮不已。

「明年的發表會不知道要跳什麼什麼角色？」

她們坐在宵山的一角，說著這些話。

由於心情已經平復，她們不約而同地站起來。朝著烏丸通中央走，默默望著愈來愈熱鬧的宵山景色。攤販的燈光照亮了整個市區，大樓的峽谷中，遠遠露出蠟燭也似的京都塔。

「回家吧。」她說。

於是，她們緊緊握著彼此的手，朝著母親等候的白牆上爬滿了藤蔓的家，離開宵山之夜。

國家圖書館出版品預行編目資料

宵山萬花筒 / 森見登美彥著；劉姿君譯.
--.初版.— 臺北市 ； 麥田出版 ：
家庭傳媒城邦分公司發行, 2011.10
面 ； 公分.-- （森見登美彥作品集：6）
譯自：宵山万華鏡
ISBN 978-986-173-683-9
861.57 100017291

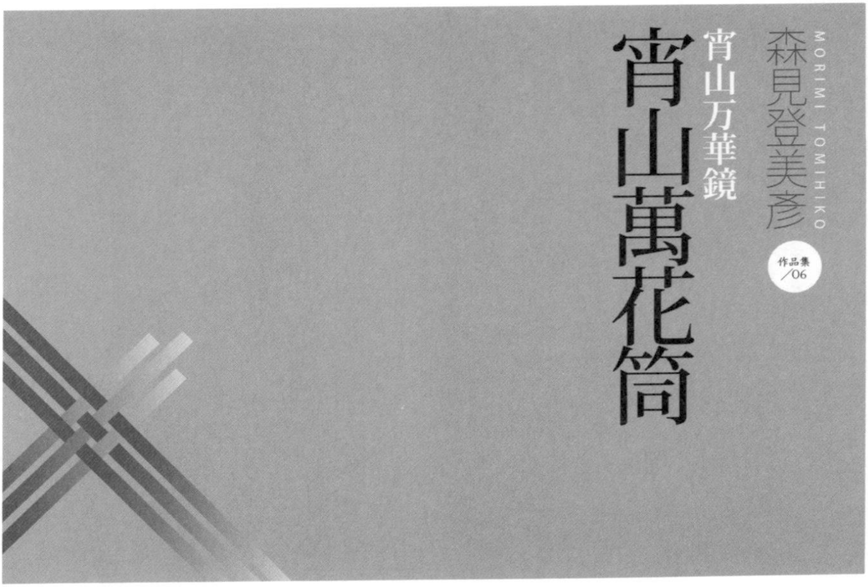

原著書名＝宵山万華鏡｜原出版社＝集英社｜作者＝森見登美彥｜譯者＝劉姿君｜責任編輯＝陳瀅如｜封面設計＝黃暐鵬｜排版＝浩瀚電腦排版股份有限公司｜副總編輯＝陳瀅如｜編輯總監＝劉麗真｜總經理＝陳逸瑛｜發行人＝凃玉雲｜出版＝麥田出版．10483臺北市中山區民生東路二段141號5樓．電話：(02) 2500-7696．傳眞：(02)2500-1967．部落格：http://ryefield.pixnet.net｜發行＝英屬蓋曼群島商家庭傳媒股份有限公司城邦分公司．10483臺北市中山區民生東路二段141號11樓．http://www.cite.com.tw．客服專線：(02)2500-7718；2500-7719．24小時傳眞服務：(02) 25001990; 25001991．服務時間：週一至週五09:30-12:00; 13:30-17:00．劃撥帳號：19863813．戶名：書虫股份有限公司．讀者服務信箱service@readingclub.com.tw｜香港發行所＝城邦（香港）出版集團有限公司．香港灣仔駱克道193號東超商業中心1樓．電話：+852-2508-6231．傳眞：+852-2578-9337．電郵：hkcite@biznetvigator.com｜馬新發行所＝城邦（馬新）出版集團【Cite(M) Sdn. Bhd. (458372U)】．11, Jalan 30D/146, Desa Tasik, Sungai Besi, 57000 Kuala Lumpur, Malaysia．電話：+603-9056-3833．傳眞：+603-9056-2833｜印刷＝前進彩藝有限公司｜ISBN＝978-986-173-683-9｜初版＝2011年10月｜售價＝NT$270

宵山万華鏡

YOIYAMA MANGEKYO by Tomihiko Morimi

城邦讀書花園 Printed in Taiwan
www.cite.com.tw 本書若有缺頁、破損、裝訂錯誤，請寄回更換。

讀者回函卡

謝謝您購買我們出版的書。請將讀者回函卡填好寄回，我們將不定期寄上城邦集團最新的出版資訊。

姓名：________ 電子信箱：________

聯絡地址：□□□ ________

電話：（公）________ 分機 ____ （宅）________

身分證字號：________（此即您的讀者編號）

生日：____年____月____日 性別：□男 □女

職業：□軍警 □公教 □學生 □傳播業 □製造業 □金融業 □資訊業 □銷售業

□其他 ________

教育程度：□碩士及以上 □大學 □專科 □高中 □國中及以下

購買方式：□書店 □郵購 □其他 ________

喜歡閱讀的種類：（可複選）

□文學 □商業 □軍事 □歷史 □旅遊 □藝術 □科學 □推理 □傳記

□生活、勵志 □教育、心理 □其他 ________

您從何處得知本書的消息？（可複選）

□書店 □報章雜誌 □廣播 □電視 □書訊 □親友 □其他 ________

本書優點：（可複選）

□內容符合期待 □文筆流暢 □具實用性 □版面、圖片、字體安排適當

□其他 ________

本書缺點：（可複選）

□內容不符合期待 □文筆欠佳 □內容保守 □版面、圖片、字體安排不易閱讀

□價格偏高 □其他 ________

您對我們的建議：________

遲緩的陽光

百年荒蕪系列

楊照　著

目錄

「百年荒蕪」緣起

W.H.Auden 寫過一首詩，獻給愛爾蘭前輩詩人 W.B.Yeats，詩句中有：Mad Ireland hurt you into poetry. 「瘋狂的愛爾蘭傷你為詩人」，勉強這樣翻譯，卻翻譯不出詩裡那種無奈的情感。Auden 試圖要說的，應該是愛爾蘭不尋常的歷史經驗，使得 Yeats 不得不用詩來表達，來發洩。詩與瘋狂之間，有一種既抵抗又親和的關係，應該也有一種既神妙又痛苦的彼此印證吧。

有一段時間，我常常想起 Auden 的這句詩，還有，Yeats 與愛爾蘭與瘋狂。從詩句我回頭去想，小說之於我的意義究竟為何。我知道就像詩和 Yeats 之間夾著愛爾蘭一樣，小說跟我，必然糾纏著台灣。不過，Auden 精準地替 Yeats 捕捉到了「瘋狂」這個主題，那麼台灣呢，台灣是什麼？或者說台灣逼著我不管走到哪裡，不管做了什麼事，不管別人給我掛了什麼頭銜，在內心深處都無法放棄小說，掙扎要用小說表達出來的是什麼？

一度我以為是「荒謬」。老是有不應該出現的事出現了，關連到完全預期不到的人，在錯亂不合邏輯的時間與場景中。應該就是「荒謬」。相應的感覺是啼笑皆非，是無奈慨嘆，是憤怒的情緒上升到一半，就轉成了嘲弄，對錯置與顛倒的嘲弄，也是對自己的憤怒的嘲弄。的確，台灣，過去現在與可預期的未來，都充滿了荒謬。

可是，我無法解釋，為什麼是小說？如果那逼著我不放棄，宿命地與小說綁在一起的，是深烙於我生命情調上的台灣荒誕，那麼，斷裂、跳躍、閃爍、曲折、省略、飄搖、浮動、挑戰著所有文法語法成規的詩，不才是更適合、更對的選擇嗎？

然而，我明明白白，在寫小說的時候，有某種東西，像雷雨來臨前突然遮蔽住天空的濃密烏雲般，雖然無法觸摸，卻絕對沉重、真實、無可取代。

有一天，在北海岸一家新開的時髦地中海風味咖啡館裡，望出去是一片雜亂的沙灘，有人在戲水，有人在開沙灘車，有人在放風箏，有人在擺攤賣冷飲，還有人無所事事單純只是在增加畫面上的雜亂程度。我沒來由想著，我一定要把這個畫面寫進小說裡，一定要讓一件最重要的事，在這個畫面裡發生，因為這個畫面中有我不能錯過的氣氛，一種絕對的、純粹的情緒。

那是什麼樣的情緒？是孤寂嗎？我想起馬奎斯名著《百年孤寂》，想起那本書的英文譯名「One Hundred Years of Solitude」，突然腦中迸出了另一個字，destitute，荒涼荒蕪，destitute 和 solitude 幾乎可以互相押韻，用 destitute 代換 solitude 的話，就成了「One Hundred Years of Destitute」，百年荒蕪。唯一問題，這不是對的英文，對的英文應該寫成「One Hundred Years of Destituteness」。

不管他，重點是，百年荒蕪，是「荒蕪」而不是「荒謬」。我發現了這正是我在追索探問的。一種特殊屬於台灣的荒蕪性格長期壓著我的胸臆。為什麼台灣老是缺這個缺那個，為什麼台灣的景致總是顯現著刺眼的荒乾和逼仄？是了，這是讓我多年來逃躲不掉的大問題。

荒蕪只能用複雜來接近。最複雜的文類才能碰觸到荒蕪。而小說最大的本事，小說存在的根底理由，就是複雜，就是拒絕簡化。海浪呼呼襲拍，我悟知了小說迷人與不可抗拒的地方。荒蕪來自於簡化，於是當我們用複雜的小說去探測荒蕪的歷史地景時，就建構了一片想像的，依附於荒蕪，卻又對反否定荒蕪的視野。那視野，是荒蕪的一部分，離開荒蕪便沒有了意義，然而虛構視野浮顯，荒蕪便失去了其絕對性，失去了定義主宰我們生命情調的霸道力量。在這裡，小說與荒蕪，就像詩與瘋狂，拉扯跳著漾動心魄的激烈雙人舞……

Auden 寫給 Yeats 的詩說：「現在，愛爾蘭依舊有著他的瘋狂與他的天氣。」愛爾蘭不會因 Yeats 的詩而改變其瘋狂，更不會改變其天氣，不過詩不會白寫，多少愛爾蘭人藉由 Yeats 而找到了擺脫瘋狂，化瘋狂為文明力量的崎嶇道路。那路，不再通往愈來愈黯潮的精神病院，而在繞過一片割腳的嶙峋岩場後，豁然開展一片美麗的大海。

那個下午，我決定開始一個長期的小說寫作計畫。為二十世紀的台灣，寫一百篇小說，每一個年分一篇，用歷史研究與虛構想像的交雜，挖開表面的荒蕪，測探底層的複雜。在一切似乎都無可回頭地走向簡化，走向輕薄的時代，我相信，我更加相信，只有在厚重與複雜中，藏著我們文明的救贖。或許有一天，也有人會通過我的小說，看到不一樣的，荒蕪之外的台灣。

一九〇一　文明開化記

一

撫台街上搭起一排木架子來。幾個穿短衣的木匠，在秋陽下鋸木頭、刨木頭，遠遠就看得到一片煙塵時高時低飛揚著。不多時，傳來了鐵鎚打釘的聲音，一鎚一鎚節奏清楚。還不到中午，木架子基本成形了，簡單的結構一格一格接起來，每隔半公尺左右就在後面釘連上一根斜腳來把架子撐住。

突然間，木匠分頭工作的凌亂聲音停歇了，代換上低沉憤怒的吼叫。一個日本軍官站在剛成形的木架子前，被木匠各式各樣姿態包圍著，他的身影對比顯得格外直挺。就連那排木架，和軍官的脊椎相較，看起來都歪歪扭扭的。隨著短促的吼叫，軍官的上身會有快速的顫動，不過他的下盤始終如同種入地面的樹根般堅實、穩固。

下一聲怒吼爆發，他的腿跟著抬起，就夠讓人嚇一跳了。那腿毫不猶豫地踢向木架，木架立刻從他踢的那一點上，像個有生命的動物因痛苦而搖晃痙攣般，接著就斜向一邊，轟然倒地。木匠們原本聽不懂日本軍官在吼叫什麼而驚慌疑懼著，木架子倒了，他們反而在臉上露出了鬆了一口氣的神色，理解了為什麼。

軍官踢倒了木架子之後，現場一片靜止、沉默。然後，軍官將雙手交在背後，退開了幾步，木匠們領受了他動作的訊息，上前七手八腳將扭折在地上的架子拆了，一邊低聲彼此商量著要用什麼工法做出更堅固的木架子。

「這麼長，十幾尺的架子，要給他那隻牛腳踢不倒，那真拚喔！」其中一個木匠嘟噥著。

二

因為這樣一段插曲，第二天，附近大和町的居民紛紛過來看這排新立的木架子。來得夠早的人趕上了看到幾個洋式打扮的人，將木架上大片的木板都貼了一層厚厚的白紙；他們還能看到一個嘴上留著時髦仁丹鬍的傢伙，帶著一個手捧墨盒的小廝，當場在白紙上寫下中日文對照的啟事。

「此乃閱報欄也，為文明開化國家所必備者。進出往來北門之士民廛氓人等，一應駐停此欄前，或閱或聽，得以與聞新知，參贊進步。」

來得晚一點的，則看到這簇新新的「閱報欄」上，貼了第一張報紙。那是從東京飄洋過海而來，上面寫滿了日文的紙張。靠近過來盯著看的人，一大半先搖搖頭，表示看不懂；另外一小半則好奇地既像自言自語又像對近旁識或不識的人說：「啊，這就是日本人的字啊？跟我們的漢文很像，又不太一樣是不是？」

中間有一個，留著一般漢文先生會留的長鬍子，一邊撫著鬍子一邊斷斷續續地唸：「支那、事件、皇帝、皇軍、北京城……」

一會兒，昨天一腿踢倒木架子的日本軍官出現了，本來圍著「閱報欄」的民眾，本能地返頭避走，然而才一轉身，耳朵邊就爆出了響雷般的聲音：「不准走！」然後是以彷彿唸戲白的方式唸出來的話：「一等人眾暫且不得離開。」

本來外散的腳步停了下來。與其說是那話發生了命令功效，不如說大家都忍不住好奇想看看這樣說話的究竟是什麼人。

是個站在軍官三步開外的年輕人，個子中等，相貌平常，穿著也和大家都差不多，米色麻布粗衫，褲頭綁條布繩、褲角略略捲起的黑長褲，如果不是突然出聲，看起來倒像是本來就混在人群裡的。

日本軍官還是站得挺挺的，右手握住插在左腰上的劍柄，用低沉到只有十步以內的人才聽得到的嗓音說了幾句話。他話語稍落，三步開外的年輕人立刻以誇張的語調高喊：「皇國子民聽了——總督特令在此處設立文明開化據點，規定台北城內外居民，至少每隔三天，要來這個所在了解現實消息。」喔，大家明白了，這年輕人原來是個聽得懂日語的通譯啊！

軍官又說了幾句話，通譯轉述：「民人中有不識字的，沒關係，可以選擇巳時及申時前來，會有講者用你們聽得懂的話，將報紙上的內容講給你們聽。不管是用讀的，或用聽的，了解報上內容後，必定要將內容廣為轉知。」

軍官再簡短地說了兩句話，說完不待翻譯，轉身就走，他所到之處人眾都早早避到五呎之外去。通譯對著軍官背影鞠躬，直起身才說：「叫你們怎麼做就怎麼做，切莫違背！」

三

儘管辰時未到，通譯不計較，承受著睽睽眾目注視，走近「閱報欄」，抬手堂皇地拍了拍上面貼的報紙，環視一圈還給眾人自信銳利的眼光，問：「知道上面講什麼？」

留著漢文先生長鬚者，似乎早已準備有此一問，立即回答：「日本人用真多我們的文字，看看也就懂了，應該是講最近發生在中國的代誌……」

通譯猛搖頭，打斷了長鬚者：「不行不行，你們要學學文明開化的講法，別再說什麼中國中國了，會給人家笑的。文明開化的講法叫做『支那』，shi—na—，全世界都講shi—na—，你們知道『全世界』什麼意思吧？全世界都講shi—na—，只有中國自己還在講中國！」

長鬚者不服氣這樣被搶白，抓住通譯的語病，指出：「嗯，那你現在不也說中國，『只有中國自己還在講中國』，還說了兩次，你也沒有文明……文明什麼的……」

通譯明顯臉紅了，刻意皺著眉誇張地連珠砲般叫：「文明開化、文明開化、文明開化、文明開化，不是文明什麼的……」為了阻止長鬚者再冒出什麼話來，他趕緊接著說了一長串的話：

「支那出現大變化。自三年前，皇帝帶領一干書生，想要學習日本『維新』，結果觸犯到皇太后，皇太后將皇帝關起來，關在一片洪洪大水池間，同時將一干書生抓來殺頭。去了書生，來了拜神拜鬼的一群人，誇口可以刀槍不入，支那皇太后竟然相信，派好幾萬拜神拜鬼的人，到處攻擊外國人，外國政府知情之後，聯合用兵，這些拜神拜鬼的人根本抵擋不住，支那皇宮都被占領，皇帝和皇太后逃到不見影。

「大日本軍隊在福島安正大將主持下，兩萬人進兵支那，獲得大勝利。支那皇太后派人來求和，差不多十天前，大日本答應自支那退兵，但支那必須交付幾百萬兩銀給大日本。

「各位鄉親，幸好我們已經不屬支那了，不然這幾百萬兩銀我們也得幫忙付。現在非但不用付幾百萬兩銀，還能夠收到支那的幾百萬兩銀，這就是因為我們屬於文明開化的大日本。

「不文明不開化，相信拜神拜鬼的，結果賠了幾百萬兩銀，文明開化的，結果就得了幾百萬兩銀，這件事情寫在報紙上，你們返頭就趕緊去說給眾人聽。」

四

下午，離撫台街不遠的青山宮前，真的有人談論著「閱報欄」的事情。不過，關於支那和文明開化，講講就過去了，引起較多興趣的，反而是那個年輕通譯的來歷。

一個人說，年輕通譯自澎湖來的，厝內幾代人都是打魚的，說是說打魚，不過船一出港，去到海上究竟做什麼，誰知道又誰管得著呢？澎湖的漁船有兩種，一種短些、平頭，船艙只有一層，還沒上船，甚至還沒到碼頭，遠遠就聞得到船上的臭腥味，一般人上這種船，船出港前就先被熏得吐了一陣。可是呢，還有一種漁船，船身長一半，船頭又窄又尖，像是用刀削出來似的，船艙有一層半，漂在水上外表看不出來，不過靠近船尾的所在，船的龍骨會往下多出一塊，在那裡另外藏了半層的船艙。這種船，當地人說，掛起兩排帆來，一路可以穩穩航到日本去。最怪的是，這種船不管新舊，總是乾乾淨淨，就連船上都聞不到魚腥味。那個年輕通譯，就是跑後面這種船的。

一個人不相信地大聲質疑：「講什麼曉話，哪有漁船上沒魚味的！」話一說完，圍在廟庭的人都笑了出來，本來說話的人故作惱怒狀：「跟你說有就是有，漁船沒魚味就是重點，哪有人這樣都聽不懂的！」

趁著他們一來一往相爭的空檔，另一個人發言了，他知道的不是這樣，那年輕通譯應該是雞籠人，家住在雞籠港最彎凹的地方。老爸原來是打魚的，有一天和另外兩個雞籠人出海釣小卷，早上出去晚上卻沒回來，等了一夜，第二天，船在深澳打上岸來，船上沒有人，船板上只留了一件染得蔭紅蔭紅的上衣。那件衣服有著奇怪的，沒人看過的扣子，用多種顏色的絲線真厚工反覆纏捲出來，那個纏法，還有那個雜色的分配，讓扣子看起來就像一顆顆縮小的鬼頭。

三個出海釣小卷的人的家屬，都沒看過這件衣服，那為什麼衣服會浸了水又好像浸了血丟在船上？沒有人回答得出來，看著那一顆顆從不同角度看好像會有不同表情，有時甚至會顯現獰笑的鬼頭扣，讓人連猜都不敢猜。

這個孩子沒有了老爸，沒有人管，就在港口邊亂亂跑。常常跑不見，找不到人。問他去哪裡也不說。有人說看到他往港邊的山上跑，看到他跟一道黑影在一起，一下子就不見了。有人說那不是什麼黑影，是山壁上的一道裂縫，小孩夠瘦，一下子鑽了進去。可是誰也說不清他鑽進去的山壁裂縫到底在哪裡，也沒有人敢跟著他、追蹤他也去鑽鑽看。

幾年前，黃虎旗掛出來的那一次，不是有一些兵勇去守崙仔尾上頭的砲台？他們守了兩天，看到日本船下錨在好遠好遠的地方，卻沒看到一個日本兵下船。突然，一大隊日本兵出現在砲台後面，從更高的位置對他們打槍。聽說，就是這個人，長得半大不小的孩子，帶日本兵過去的。

原先說通譯是澎湖人的那個耐不住了，拉高聲調問：「這什麼意思？他哪會知道日本兵在哪裡？他自哪裡學來日本話？我從來沒認識一個懂日本話的雞籠人啊！」

「這樣也聽不懂！你以為日本人是甲午年和中國打一打，不小心打贏了，隨便主張那不然你們輸一個島給我們好了啦？日本人計畫真久了，你不知道？他們早就派人偷偷來台灣活動，那種鬼頭扣就是他們的暗記，孩子他老爸運氣壞，在海上識破了日本人活動，被日本人幹掉了！日本人想這樣也好，就把沒老爸的孩子帶去山洞裡，給他好吃的、給他好玩的、教他講日本話，指使他要幫助日本人，這樣你聽懂了？」

旁邊的人一致點頭，都聽懂了。只有一個人跟人家動作不一樣，拚命大幅度地搖頭，扯著喉嚨不甘心地繼續說：「不是啦，就跟你說雞籠走透透，不曾遇過一個會講日本話的人嘛！你們這些沒去過澎湖的，澎湖才有這種人，不曉得嗎？日本話有那麼好學？人家澎湖那些海賊底的，作海賊作好幾代了，阿公教阿爸，阿爸教後生，才會懂日本話……那是澎湖人啦……」

近黃昏了，秋風颯颯，榕樹葉子一陣抖動，蓋過了庭前眾人開講的聲音。

五

暗暝時分，在艋舺的一家飲食店裡，一位顯然是從茶行過來，身上泛著濃濃茶葉味道的紳士，等待著遲遲未到的客人。熟識的酌婦體貼地先端了幾碟小食、一壺溫酒，陪在桌邊。

紳士隨口說起上午從大稻埕進城途中，經過撫台街所見所聞。說著說著，微微激動起來，不滿地批評：「日本人到台灣這幾年，還是認不清台灣人。總以為台灣人不識世事，要他們來教我們外面怎麼樣。我還沒出世之前，我老爸小時候，台灣就開港了，幾百個英國人就來到台灣，在我們家附近跑來跑去，算算，快要六十年了，六十年前，我才不相信日本人知道英國什麼東西啦！」

恰好此時，客人進來了，看見主人臉色，連忙道歉：「歹勢，來得晚了，讓你等得氣跳跳了！」

被客人這樣一說，換作主人不好意思了，趕緊解釋臉色凝重鐵青的來由，以及正對酌婦宣說的內容。客人一聽釋然了，也就迎合著主人嘆聲說：「唉，給人家這樣看不起，實在沒道理，今天如果是英國人說這種話，我鼻子摸摸也就吞了，他們真的眼界開闊，但是日本人，他們知道什麼啊……」

此話正中主人下懷，於是兩人你來我往，東一句西一句，互相發洩胸中的不滿。

台灣開港十幾年，接了幾百艘洋船，日本人才第一次看到美國人和美國船，嚇得一直發抖，甚至認不出來那是鐵殼船，只知道看顏色，把美國鐵殼船叫做「黑船」。

是啊，日本人以為船都是木頭做的嗎？他們不相信鐵能做船，想說鐵塊放在水裡一下就沉，不敢相信西洋人能讓鐵浮在海上，幾千里這樣浮過來……

日本人看到洋人，不過就這麼些年，更不用說他們看到中國人了，他們知道中國皇帝嗎？會比我們更知道中國發生什麼事？竟然要我們定時去撫台街聽中國消息？

是啊，聽說中國皇帝去給他老母關起來，是怎麼回事？天大皇帝大，還有人敢關皇帝？

天大地大，都沒有老母大。皇帝再大，遇到老母也都是兒子，這種道理不會因為他是皇帝就不一樣。就是因為皇帝以為自己是皇帝，高興怎樣就怎樣，看日本人不爽就跟日本打仗，輸得塗塗就把我們台灣送給日本，看誰跟他關係好，就派誰去帶兵，不管他會不會打仗，看誰跟他關係好，就派誰去日本談判，這樣亂搞，當作是你兒子，你不會想給他教訓一番？

是啊，是啊，這個皇帝太不該……不過這個老母好像不是真懂世事……

哈，她真懂啊！多派頭啊，指甲留著長長長，長得尖尖捲起來，這什麼意思你知嗎？什麼事情都不可能自己做，要人服侍，連洗身軀都要七、八個宮女在桶子邊忙來翻去，她就拿長長指甲一指：「你這個臣子不像樣，抓下去打一打……」

啊，邊洗身軀邊見臣子？有這款事情？

不是啦不是啦，兩回事兩回事，是說指甲不簡單啦，手指一動，旁邊的人就嚇得發抖。她手指指著，問這個大臣：「有哪個國家比中國大的？」大臣發抖回答：「有露西亞比中國大……」話未說完，「抓下去打一打！」再問那個大臣：「有哪個國家比中國大的？」大臣發抖趕快說：「咱天朝最大……」「那有哪個國家和所有國家宣戰的嗎？」所有大臣都發抖說：「沒有沒有……」她都講：「咱天朝對所有國家宣戰！」她懂世事啊，知道要對所有國家宣戰，表現天朝威風，哈哈哈……

唉唉唉……

六

巳時將到，閱報欄前聚了二、三十個人，顯然其中不乏昨天來過的。白衣黑褲通譯現身時，立刻有人私語指點著。比起昨天，少了日本軍官在身旁，通譯的神色黯淡了些，連開口的聲調都減了幾分清亮。說的，還是「支那」要賠償日本幾百萬兩的事，說法也和昨天沒什麼差別。說完後，人群中一名老者提問：「幾百萬到底是幾百萬？是一百萬還是九百萬，你也說清楚一點啊！」通譯朝聲音來向投去匆匆一瞥，又立刻將眼光收回，裝作若無其事轉身離開，又有人對著他的背影大聲說：「幾百萬兩，咱台灣人能分到幾兩銀？」他也完全不理會，自做自走了。

留下一街狐疑的三三兩兩猜測討論。

我就知道沒有那麼簡單啦……什麼事情沒那麼簡單？……那些舞大刀的，會武功的，你以為他們都憨到爬牆，不要命？……你聽過蛇山頂有一個北邊來的，不會講我們話的拳頭師傅？我看過他一個人打五個，五個人都靠不了他的身，鑽來鑽去，跳高跳低，一下子五個人都倒下去，只有他站著。你想想看，人會動拳頭會轉彎，都打不到他，槍啦砲啦，直直不會彎曲的，拿他有辦法？……不是說就已經輸了？……我也聽講其實是中國皇帝假輸的……是中國皇娘，不是皇帝，那個皇帝有什麼用……就是因為上次海戰戰輸日本，才用這次的辦法……

海面那麼廣，水上只有砲打來打去，全無功夫……那是在比銀兩，看誰花了比較多的銀兩，買比較多船、比較多砲，誰就贏，清國皇娘跟我們一樣，一兩銀打二十四個結，捨不得花……不是啦，她是把錢拿去花在起厝造花園自己享受，清國海軍才會那麼弱，這也不知道？……知啦知啦，換做你，你要起厝造花園，還是去買船來準備跟人家用砲打來打去打到海底去？你真慷慨啦……只知道享受，享受到將台灣輸輸去……

我聽說這次真正厲害的，不是功夫，是符仔，不知哪一國的軍隊上岸在北方，走一走，路中間一個中國人站著，他們叫他走他不走，三叫兩叫叫不動，指揮官不耐煩了，命令軍隊給他踩過去，沒想到快碰到那個人時，那個人不見了，一看，他又站在軍隊前面百尺外，軍隊繼續走，咻，他又到前面，然後他拿一把劍，劍頂一張符，揮啊揮，一時之間風塵大作，風塵上端出現千尺外萬人軍隊，嚇得外國人差一點從馬上跌下來……

這樣就對啦！你們知道北京城發生什麼事嗎？他們那些幾十萬軍隊進入北京，進去皇殿，沒看到皇帝，也沒看到皇娘，只有十幾位朝官迎接他們，他們說要清國怎樣怎樣，朝官通通答應，才不是幾百萬兩呢，是幾萬萬兩，外國人畫唬濫，愈畫愈大，清國朝官都是聽一句點一次頭，十幾個人卻只講一句話：「請貴國退兵」，意思是只要你們退兵，一切都好啦。這些外國人歡喜賺到了，趕緊報回去討功勞，這就是為什麼日本人叫咱來這裡看報紙，展他們有多行。不過啊，就在現此時，那些外國將軍歡歡喜喜帶領兵馬，要退兵回國領賞，你們猜怎樣？對著北京東門行，行了又行，行不出東門。將軍發現不對，命令全軍正彎改往東南門，突然間，北京城內變成迷魂陣，路有腳、厝會閃避，哈哈，日本大軍在裡面繞不出來了，所以今天說話就沒氣力了……

七

秋日將落未落時分，陽光低斜到一個角度，突然在河面照出一片燦亮，原本面河攏手站著的幾位士紳眼睛被刺痛了，紛紛轉身成為背河的方向。他們原本居河岸高處，河畔景色一覽無遺，客人紛紛向陳家主人讚賞著「芳蘭三塊厝」的大好風水，開門見觀音，後背靠芳蘭山，瑠公圳帶來的水源繞屋而過，在屋後形成兩口池塘，讓位居中央的「義芳居」看來像一隻長鬚躍動，活靈靈的大蝦，蓋好沒幾年，就庇蔭了陳家財源滾滾，又蓋了「玉芳居」，台北南郊就數「芳蘭大厝」、「義芳居」和「玉芳居」三塊厝特別雄偉搶眼……

轉身之後，主人提起：一代之前，先人建造「義芳居」，特別嚴加防盜匪，面對來路的一側，蓋了兩層廂房，牆上開的不是窗戶，而是銃眼，內大外小可以架槍防衛的孔洞，而且每個銃眼底下都配一個擺槍的銃櫃，誰不要命了敢妄想靠近「義芳居」啊！不過，怎麼想到日本人來時，防都來不及防啊……

伺候在旁的老帳房聽主人如此感慨，心有不甘，忍不住說起：「其實當時想過要防日本人，還從唐山請了一位拳頭師傅要來幫忙……」

主人打斷帳房的話：「什麼拳頭師傅，這麼沒價值嗎？人家來的時候，押了兩船槍銃彈藥一起來，是被城內的小人出賣，船未入港，先給日本人給攔住了，師傅當斷即斷，兩拳擊碎兩船底板，讓船沉入海中，自己一轉身海浪踏行，日本人根本找不到人影……」

這一番話引起了客人們高度興趣，紛紛探問：「有這種事？」「後來呢？」「怎麼之前沒聽人說起過」……

像是怕客人們還不夠好奇似的，主人嘆口氣又出奇語：「這是真上師，兩年前就靠他這番水上踏行的功夫，進入北京皇宮救皇帝，差一點就被他救出來，若是那時救得成，今天也不會有日本人再度耀武揚威打進清國的事了……」

大家聽過中國皇帝被監禁，卻從來不知道有救皇帝不成的事，更難得的，這樣大事竟然和眼前的陳家有關？

「這次，清國在劫難逃了，世界聯軍打進去，恐怕打得碎爛爛，未來有國沒國都還不知。天意不回，人事難為，就不用再暗蓋了。真上師山東人，甲午那年在岸邊聽得海上砲聲隆隆，煙火爬上半天，雲都染成茶色，一天之後，遠遠看到清國主力大船變成一大片廢木頭，順風漂流，漁村村民船小不敢出海，只能在岸上合十唸阿彌陀佛。

「聽講割地，真上師先去遼東，當年毛文龍的地盤，要幫忙阻止日本人上岸。後來日本人放棄遼東，只割走咱台灣。真上師本來以為台灣化外，沒人住，不意在遼東遇到毛文龍部將後人，告知他當年國姓爺據台灣抗清人的故事，又告知他台灣早已建省，年年出舉人，他才轉而決定來台灣。

「本來找上台南門前站好幾枝舉人旗的人家，他們嚇得發抖，將他當作惡鬼不敢靠近，他才輾轉找上我們家。不過時間延牽，拿到銀兩回唐山再來，日本人已經入城，城內算計我們陳家財路的人真多，防不勝防，被人家向日本人通報了。

「真上師隻身來到『玉芳居』，神形偉大，手攜一劍，肩掛一袱，就在我們站的這裡，以劍畫地，連畫三卦，坎卦、蒙卦、渙卦，這三卦顯示清國的命運，道理太深，我無辦法全數理解，只記得他強調，當時正在蒙、渙之間，水是災，也是路，敵人趁水而來抵擋不住了，要救清國只剩以水為路，越過漫漫湙湙之水，才能解滅頂之禍。

「真上師真志士，我就收拾庫中所有銀兩，交給他進京使用，他答應，不論成敗，只要留得一口性命，都會回到台灣與我相遇……」

八

「這比你說的什麼演義都更好聽啦！真上師義救光緒皇，假宮女驚走紫禁城——我連回目都幫你想好了。」

城隍廟旁的小屋裡，靠天井借天光的座椅上，之前去了「義芳居」的一個客人，興致勃勃地說著。在他對面微皺眉頭聽的，是講古人「懶仙」。「懶仙」當然是個綽號，擺在小屋外面的木匾上題的字是「月波講古」，正式名號是「月波先生」。

幾年前，「月波先生」講武松和潘金蓮大受歡迎，每日下午城隍廟前人頭攢動，七月初中元前，故事到了結尾最高潮，武松帶刀要去殺潘金蓮。「月波先生」突然心念一動，想到中元是大節，那麼多人要來拜拜，如果每個來拜拜的，都花兩個銅仔進來聽一段講古，那可是一筆大收入啊！東估量、西算計，囊袋裡找不出有哪段講古一開頭就能吸引人人想聽，心底一橫，下了個決心：那就讓潘金蓮活過中元吧，靠武松的怒、潘金蓮的嬌來號召。

於是，那幾天，大家天天都抱著聽完結的期待去「月波先生」那裡，卻天天都沒聽到武松真的殺了潘金蓮。光是武松抱刀要上樓，「月波先生」就講了兩天。武松剛踏上樓梯，「月波先生」就形容武松腳上穿的鞋，那可不是平常的鞋，有來歷的，跟著他在景陽崗上打過虎、踢過虎懶趴的。連鞋都有來歷，那就更不必說身上其他行頭了，褲紮、頂帽，更重要的當然是那把原本背在背上，這時捧在懷中的寶刀了……

武松身上來歷講了一天。再一天，該上樓殺不貞的嫂嫂了吧？要殺！武松一步踏上樓梯，樓梯發出吱哀的聲音，武松想起那天第一次來探訪，也就是這一聲啊，聽起來多像是母親病重時對他最後的叫喚，喚他到榻邊去，叮囑著：「你大兄生來不幸，周歲算命，就算他一生風波不斷，三歲跌斷牙、七歲近水半條命、九歲重病癱了……」武松這一想，就將武大的一生災難詳盡地回溯了一次，又講掉了一天……

幾天下來，「月波先生」牌下人擠人，開場前人人互相調笑打賭：「今日死得成嗎？」「月波先生」一落坐，場中就有此起彼落的聲音叫著：「今日總要死了吧！」大家來聽「月波先生」如何拖棚讓潘金蓮尚且不死的興味，高過了想知道武松如何殺掉嫂嫂了。

從此之後，「月波先生」就得了個「懶仙」的綽號。這「懶仙」二字一方面嘲笑他不準備新內容，硬是拖著武松殺嫂故事，另一方面也讚嘆他可以不顧別人起鬨催促，兀自堅持拖棚的精神與勇氣。

「懶仙」這段時間正煩惱著，哪吒與托塔天王的故事講得有氣無力，日日開場時座中都不到十人，不管他再怎麼賣力，那麼少人的場子，要如何熱得起來？偏偏這時廟口還有傳言，說日本人的新民政規定公布了，屬於「舊風俗」的活動，將來都要登記，然後會有人員來調查。光說他在做的事是「舊」，就夠讓他忿忿不平了，何況想到還要被調查？

知道「懶仙」心情不好，來客先是勸他別在新舊上自尋煩惱，日本人真是新啊，不能否認的。撫台街上天天都在教人「文明開化」，很多人都去了，都在談論呢。至於哪吒的問題……來客就興奮地想起了一個辦法：讓「講古」變成「講今」，改講一個沒兩年前發生的事，那豈不就不再是「舊風俗」了嗎？

「懶仙」幽幽地說：「真上師義救光緒皇，假宮女驚走紫禁城，不好。『上師』不能對『宮女』。」這下子來客也皺眉了：「怎樣不能對？『師』對『女』，『上師』對『宮女』，有什麼問題？」

「懶仙」做沉思狀：「聲音難聽。而且對得不夠巧。『師』可以對『女』，『老師』可以對『宮女』，都是平常用的名稱，但『上師』就不能對『宮女』，只能對『嬌女』。我是舉例啦！」

來客不耐煩了：「唉喲！『嬌女』就『嬌女』啦，反正宮女也可以很妖嬌，妖嬌更好。你到底要聽還是不要聽上師去救皇帝的代誌？」

九

「真上師的名號？」

「什麼名號？真上師就叫真上師。」

「不好。……真上師全名要叫『莊嚴定海疾如風真上師』，你說他山東人嘛？靠海，他的功夫在海邊對著海風練的。高高的山岩上，一所小小的草屋，屬於山腳下一間寺廟，是人家的『禪定房』，你知道什麼是『禪定』？平常時，我說得簡單一點，就說『入關』，知道啦？把自己關起來，不吃不喝，面壁冥想，去除所有慾念，打坐閉眼，眼前先想千千萬萬銀兩，每一顆都金光閃閃，愈堆愈多，堆到快要把人都淹沒了，然後再想，慢慢地，眼前每一顆銀兩都變成尖錐，錐頭對自己，一分分靠近刺過來，千千萬萬銀兩，變成了滿天滿地的尖錐，就算沒刺到，也嚇得你渾身痲痲痲。再來想美姑娘，每個都美，而且個個美的模樣不共款。這個眼睛美，那個額頭美，這個腿細細長長美，那個小腳綁得又尖又翹美，這個另外一個地方又尖又翹美，你知道那個地方，女人前面的那個地方啦，那個又換另一個地方又尖又翹美，女人後面的那個地方啦。哇，身邊滿屋都是女人，聞得到香，好像下一刻就能碰得到又溫又軟。然後再想，慢慢地，眼前每一個美女，頭髮愈生愈長、指甲愈生愈長，身上的皮開始腐爛，身上的肉再來腐爛，內臟露出來，骨頭露出來，香氣沒有了，屋裡都是臭肉味，然後是腐敗味……」

「別講得那麼恐怖，聽講古的人都被你臭跑了！」

「哈哈哈，每個人都跟你一樣膽小就害了。好啦，不說女人，你怕女人，你厝裡有女人。說和尚，你不怕和尚，你厝裡沒和尚。在『禪定房』裡，這『真上師』不吃不喝，半天觀想，半天練功。他觀想的方式，是把人的三百六十五節筋骨，節節拆開想一次，再節節接上去想一次。拆開來時想自己：這樣的筋骨可以允許怎樣的動作，怎樣運氣怎樣出拳出腿；接上去時想對手：肩頭加了手臂會怎麼動怎麼轉，手臂加了手肘會多怎樣的動作，前臂加了手腕又多了多少前後空間……日日觀想，就有了神通，和人家過招時，像是多了一隻站在旁邊幫忙注意的眼睛，看自己如何出招，有何破綻，也看對手怎麼動作，猜測他的下一步。」

「嗯，有道理，不意你還真知武術啊？」

「說武術有說武術的說法，說神功有說神功的說法。你只聽過說武松和李哪吒，就不知道武術怎麼說了。武松前面打老虎，後面殺大嫂，老虎不會跟他打鬥，大嫂潘金蓮也不會跟他打鬥，哪有武術？李哪吒腳踩風火輪，此時仙界，片刻人間，仙來仙去，有神功沒有武術。」

「我感覺武術好聽，比較實在。那他半天練功又怎麼練？」

「借海風來練。人站在高高的岩角，半步之外就是懸崖，先是蹲好馬步，任隨海風狂吹，風向亂轉亂使，一動不動。這是簡單的，再下來，開始動了，先是逆風而動，風從哪裡來，就使出內力來對抗，多大的風用多大的內力，直到剛好平衡，人在風中，卻感覺徹底無風無搖，風布滿整個海岸，唯獨到不了他身邊。這是第二層的練法。再來才是最難的——把力氣放掉，馬步解開，人不再是人，變成像是一件長衫、一片布。微風吹來就抖，輕風吹來就搖，大風吹來就晃，到狂風吹來就飄。把自己從有重量練成沒重量，能飄能飛，風一來，身體一晃，腳就往前離開了岩角，一步踏空，傾斜下跌，馬上就要掉落萬丈岩下，都能不驚不慌，御風而行，這叫做『輕功』。沒有『輕功』，要如何越過層層宮牆，再越過大池水，去救皇帝？」

十

閱報欄前，又多了幾個第一次來的人。來的，幾乎都不識字，當然就更不必說去讀貼在板架上的日文報紙了。這種人會來，也就準備好了要問、該問，除了問報上寫了什麼之外，還更好奇地問報上沒寫的傳言。

有一個顯然過早就穿上青洋皺夾襖的中年人，熱心地將關於北京發生的種種，轉述給大家聽，他身邊一下子圍上了十幾個人。說著說著，圍站在最裡面的一個人突然發問：「北京城到底生做怎樣？有誰去過北京城，怎麼會知道外國軍隊在城內繞不出來？若講台北城，北門這頭走幾步，就看到南門了，軍隊幾百人、幾千人，尾在北門還沒走，頭已經出南門了，哪有可能走不出去？」

站在中間主述的中年人沒料到有此一問，一時語塞，只能咿唔地說：「大多了，

大多了，北京城當然大多了……」另一個人也被挑起了疑惑，追問：「是大多少？是多大？」

不意地，一個聲音從最外圍，閱報架的最北端傳來：「自德勝門進去，是德勝門大街，往南去，看到一條胡同，叫蔣養房胡同，在那裡轉向西，出西口，到新街口，新街口看得到另外一個門，順治門，不過看是看到了，要走到，還有十里路。自德勝門找到蔣養房胡同，就比台北北門到南門遠啦，北京城的城門不是我們這種，站在那裡像山啦！西四牌樓就看得到順治門，西四牌樓你就爬不上去了，順治門還比西四牌樓高三倍！」

當然所有的人都轉過身朝聲音的來向。更令人意外的，說話的人其貌不揚，洗黃了的單衣配半截長短的黑褲，而且看年紀，二十出頭吧。他去過北京城？說得有模有樣的？

他去過。那人驕傲地抬了抬頭，微紅著臉，對眾人提起了淡水兩大家族，一個陳家、一個黃家。啊，有人叫出來了，淡水黃家，出秀才的那個黃家？那人臉上閃過一分不滿，什麼「出秀才」，淡水黃家才出秀才嗎？立即有人用低沉的嗓音冷靜修正：「淡水黃家出過舉人，割台之後，黃家都還有子弟到北京考進士。」

這就對了。那人這才解釋，他就是黃家的家人，父親是黃家長年管家，過去都是父親陪伴黃家子弟去參加科考，前一年，父親身體不適，換他陪著去。

這下，人群立即搬了腳過來，本來被圍住說話的中年人，也跟過來了。被大家的眼光盯視著，那人微微有點激動，想了一下，說：「北京城裡最熱鬧的地方，叫做『平康巷』，有聽過嗎？」

沒人聽過。平康巷一進去，第一間是「福仙班」，第二間是「麗春館」，第三間是「百美班」……聽到這裡，幾個人同時會意點頭，知道那裡熱鬧的理由了。聽說這些天平康巷更熱鬧了，每到晚上擠得水洩不通。外國軍隊真正迷路走不出去的地方，是平康巷。他們的軍隊總指揮天天住在平康巷裡，哪裡都不想去。法國人和德國人打架，義大利人和荷蘭人打架，自己打來打去，根本不干中國人的事。

北京城裡另外有一個地方，叫打磨廠胡同，這些日子也特別不平靜，人來人往的。不過和平康巷不一樣，這裡來往的都是些新進到北京城裡的外地人，各種口音都有，大家說話常常還要比手畫腳。這裡掛的招牌大概不出三種，「客棧」、「鏢局」、「兵器鋪子」。這樣知道了吧？

有人不明白，要求他說清楚些。那人悠悠嘆口氣，就是江湖高人會北京啦。被外國軍隊打敗的那個什麼團，不厲害，不是真會打拳真有武功的，真有武功的人不會參加那種什麼團，他們也要賺食啊，他們賺食的方法就是在「鏢局」裡走鏢。上回打日本，在海上打，他們要幫也幫不上，這次外國人自己送上門，進了北京城，他們就南北相招，通通來到打磨廠胡同，聯手出動殺外國人了。

那人又悠悠嘆口氣，感慨人在台灣，很多事都不知道，都亂猜一氣。外國軍隊走不出北京城，不是符仔咒語啦，是因為平康巷的妓女和打磨廠胡同的功夫高人……

大家聽得入神時，那人的話語突然被打斷了，暴雷般從外圍傳來斥喝聲：「你從哪裡聽來的？你們黃家主人跟你說的嗎？明天日本軍官就會去拜訪你們黃家！」發聲的，是那個要來解釋閱報消息的通譯。他這一吼，所有的人立即哄然散去，半跑半走離開，留下他一個人鐵青著臉，不知道要對誰講說文明開化訊息。

十一

「日本軍官，這麼了不起？」

在青山宮前，有人如此開始了話題。很快地，聚談的人眾就分成了兩群，有著截然不同的看法。

日本就是海賊嘛！打敗大清，不是日本厲害，是大清憨。憨到不會吃米，才跑到海上去跟海賊比拚。幾世人種田長米的，叫他們上船，頭是暈的，心是驚的，怎樣打仗？說什麼現在打仗，遠遠的砲打過去打過來，船都不用接近的，但你要打砲不用看不用量，炮自己會找對方的船去嗎？頭殼茫茫，心底慌慌，連找都找不到人家的船啦！

聽講日本人根本就都是吃魚大的？長那麼大，要吃到多少魚？抓得了這麼多魚，海上功夫當然了不起，人家駛船都比你走路順當，大清要怎樣打贏？

別亂講，日本人有長多大？又矮又短。他們也吃米，你不知道？他們真正厲害的，不是吃魚啦，是開始學西洋人吃肉。以前他們學中國人吃米，現在他們學西洋人吃肉，吃肉生肉，有肉就有力。我們人的腦筋也是肉做的，吃肉也會生腦筋，力比中國人大，腦筋也比中國人大，日本人當然會贏！

吃肉生肉，那吃米生啥？

吃米生肥啦！水肥的肥，只能拿去澆在田裡生更多米出來！

不用說得那麼好聽，日本會的就是這招而已，海上來海上去，大清不要那麼憨跟人家打海戰，哪會輸成那樣？日本海賊底的，不然他什麼不要，要咱台灣幹嗎？就是看中台灣也同款是海賊底的……

日本不厲害，那為什麼上了台灣岸，走了台灣地，也沒有被攔下來？黃虎旗掛了幾天？從雞籠來到台北城走多快啊！難道他們也是坐船進台北城的？

所以我說他們看中台灣也是海賊底啊！這不是今天昨天，是幾代人的事，他們早就在海上來海上去時熟識了也在海上來海上去的台灣人，這些人歡喜他們到台灣來，他們還沒來就開始幫他們了，不是嗎？我才不信日本人要是去唐山，去我們老家漳州那裡，也能這樣一路走進來！

吵到這裡，原本開了話題的人，終於找到機會插嘴進來：「我不是說日本人是多了不起，我的意思是那個日本軍官，牛腳那個，他怎麼那麼高傲？他是誰，憑什麼？」一轉了這話題，一眾竟就沉默了，一時沒人搭話。好像大家眼前都出現了那個帶刀的軍官，看到他挺直的背脊、瞪大的眼珠，被震懾了。半天，才有人陸續開口，但口氣和情緒，明顯比剛剛低抑得多了。

好像是被派來專門管理台灣人的……

故意選了最凶的，原來應該是個武士，日本人的武士本來就習慣佩刀，在街上有時看到不順眼的人就拔刀殺人，別人也不敢擋。

這樣不是沒有王法？

王法？誰的王法？現在如果他拔刀殺了你，你去跟哪個王法計較？大清王法？日本王法？

聽講日本武士訓練很恐怖，從小就丟到墓仔埔裡過夜，練膽。三不五時帶去看人砍頭，練看破生死。一世人沒離開身上那把武士刀，刀在人在、刀無人亡，每天練刀，你想想那多會用刀。除非是武士對武士，一般人遇到武士，絕對是死路一條。

真的嗎？那下次還是離日本軍官遠一點才是了？

眾人又噤聲了。像有一陣冷風吹過似的，一下子不只吹散了眾人的話語，連著也將眾人都吹開了，沒多久，宮前無人了，只見簷下宮燈微微搖晃著。

十二

「義芳居」主人喝著茶，一邊挪來茶海，用手指沾了茶海裡的茶水，在桌上畫將起來。

「圍著紫禁城的護城河水引自北面的水道，元代建大都時就大幅改挖了，除了護城河外，還在紫禁城西邊挖出寬窄不同的一連串水路，看起來就像是好幾個湖塘，但實際上湖塘間都是連通的，都是同一條水源。水從關帝廟一帶進來，入了北京城之後，先是『積水灘』，醇王府就在『積水灘』邊，用『積水灘』的水塘當院景；再往南成了比『積水灘』小一半的『荷塘』，據說最早恭王府要設在『荷塘』邊，但因醇王反對，硬是將恭王府向西挪開了幾百尺，使得恭王府沒有大水塘，只能引水做假山假池，氣派上就輸了醇王府一大截。

「『荷塘』水一部分灌入紫禁城護城河，另一部分經過城牆底再往南流，成了『北海』和『中海』，雖然分稱『北海』、『中海』，實際上是一個長條形的大水塘，加起來長度和紫禁城比，三分倒有兩分，水面總的面積也有紫禁城的三分之二。『北海』、『中海』連起來，中間只有一段像腰身般稍窄的地方，在那裡搭了一座橋，方便從東岸過到西岸去。

「再往南，『北海』、『中海』又連到『南海』去。但這『南海』可不一樣了。『中海』和『南海』間似連似斷，最窄處水路僅剩幾尺寬，有一個閘門控制，關起來就可以讓『南海』全然沒水，打開來，『中海』之水就洶湧盪入『南海』，可以讓『南海』的水位和『中海』一樣高。『南海』之中，有一小島，四方皆不接地，是之謂『瀛台』，光緒聖皇帝就被太后關在那裡。」

說得興起，「義芳居」主人朝右挪了位子，為的是找一塊空桌面，再度用手指沾著茶汁畫起來。這回畫的是放大了的「南海」和「瀛台」。

「『瀛台』在水中，只有北面一道窄窄的石板路和陸地連接，聖皇帝被關進去後，石板就被拆卸下來，只留下不夠容足的石樁。要到『瀛台』就都只能划船過去。『瀛台』的正屋叫『涵元殿』，前面有另外一個小一點的『香扆殿』，再前面是『迎薰亭』，『迎薰亭』外是一排石階，一直通到水裡去，充當碼頭。

「『涵元殿』的後面，有一座高樓，叫『翔鸞閣』，表示那樓蓋得好像會飛起來一樣。『翔鸞閣』遙遙對著南海南岸另一座高高的樓閣，叫做『寶月樓』，在這裡。『寶月樓』就已經很靠近南皇城了，所以從長安西街遠遠就能看得到。」

看著在桌上畫滿了的圖，還有東一個西一個提示的字，來客們不得不發出感嘆：「怎麼你好像不只去過，簡直就是在那裡住過一樣，知道得這麼詳細？」

主人也嘆了一聲，但比客人之嘆要來得深、來得重：「唉，沒去過沒去過，但聽真上師在這裡講了幾天幾夜，每一步交代得清清楚楚，我不想記得也全都記入心中了。……」

十三

「『莊嚴定海疾如風真上師』來到北京城，皇城十丈高，他沒看在眼內。在城北找著一個沒人煙的所在，縱身一跳，就跳上去……」

「懶仙」在天井下一人獨坐，手中拿著收束好的尺半大扇，琢磨著：「不是。在城南找著一個沒人煙的所在，停在那裡，四面觀望，等啊等。等什麼？等風來。這陣是夏日，風從南方來，時有時無，時強時弱。真上師等啊等，風逐漸加強了，心中暗喜，不意眼角瞥見一條荒路上，竟然遠遠來了一輛騾車。不妙，再一時半刻，騾車上的人就會看到他了。艱難艱難啊！這陣風若過，不知又要等多久才有下一陣風；不過要是讓人看到他在此徘徊，更不要說看到他凌空而起，那會帶來多少麻煩，任務不就掩蓋不住了嗎？」

「懶仙」滿意地對自己點了點頭。「不得已，在風灌到八成的時陣，騾車將至未至，真上師雙臂一展，腿腳一蹬，鼓風而起，風不夠透，只能飛到離城樓半丈高處，真上師立即以足尖連點牆面，跳過牆頭堞石，馬上伏蹲。他的動作太快了，趕騾車的人只覺眼前有一黑影，呼呼翻飛，眼神還來不及跟上，黑影就消失在皇城後面了。這人搖搖頭，不敢相信竟然有這麼大隻的烏鴉，飛得如此迅疾，但除了當作是大烏鴉，他也想不出有什麼其他可能了。」

再來呢？這時「懶仙」想像中看到的，不是真上師在城樓上的影跡，而是座中幾十張臉的表情。聽說人家唐山大城裡講古的，聽眾座前有桌，桌上有壺有杯，邊喝茶邊聽，一大廣間中擺了幾十張桌，桌和桌間還要留出過道來，讓提著熱水壺的小廝穿梭倒水。有的甚至還有樓上座位，雕梁畫棟撐起來的樓板，懸在底下眾人頭上，突出來讓樓上的人可以幾乎近接看到講古人的頭頂。那過癮啊，講到真上師凌空一飛，眼神往上急速一挑，短暫似有似無盯視樓上客人，立即又再飛走，逗引他們感覺到好像真有人形從身旁掠過，又飛往比他們高得多的所在去。

太可惜了啊，台北城裡哪有這種處所？你敢想要叫這些聽講古的人多出幾文茶資？他們從此不來聽還算好咧，一定有的會來了坐了一杯杯喝了，最後不肯付茶錢，一定還有一些聽說要算茶錢就掟椅掟桌罵些難聽話了。「懶仙」簡直當下就看得到這些人凶暴橫面的樣子，算了，活該他們只有條凳可以坐，想要掟也無桌可以掟。

所以得想辦法形容那城頭有多高，城牆有多雄偉，不能依照「懶仙」理想上期望的，光靠一道眼神就震懾全場。而且一定要盡量誇大描述，每說一句就引發底下有人大叫：「膨風！」「你們知道紫禁城的城牆怎麼搭起來的？沒有用到一方泥土，全部都是一塊塊大石頭疊疊疊疊起來的，石頭有多大知道嗎？如果有一粒現在從天上掉下來，掉在城隍廟，剛剛好把廟廷占得滿滿滿……」「膨風！那有這麼大的石頭！」「如果另外有一粒掉在河上，那好了，我們過河都不必坐船了，跳上石頭走走走，就走到對岸去了……」「膨風！那不就不用蓋橋了！」

奇怪，就是得有人叫罵「膨風」，這些人才會留著聽下去，才會明天還願意進來付錢，「懶仙」實在想不透這是什麼道理，想了一陣，突然厭煩了，管他真上師假上師，起身伸個懶腰，決定出門到河邊走走。

十四

另一個暗暝時分，同樣的艋舺飲食店裡，茶行來的客人這回誰都沒約，自己悶悶地喝著酒。等酌婦從門口大桌客人處走過來，才開口說話，不意一說就說得令人不得不好奇驚訝：「真上師跟人家相殺，殺著殺著卻沒有影跡了。」

說這話的用意如果是為了要吸引酌婦注意，把她暫留在桌邊，那是完全成功了。酌婦不覺睜大眼睛問：「殺什麼？誰跟誰殺來殺去？」

客人微笑安慰：「不用驚，沒人死，就算有人死也和我們無關。不是什麼恐怖的事，是下午發生的趣味……」說了「趣味」二字，客人停了，帶醉的眼光乜斜看酌婦，擺明了是要吊人胃口。

酌婦不能不追問：「發生什麼趣味的事？」「要聽？」酌婦識相地沒答話，拿起桌上的酒瓶，先坐下來再替客人斟酒。

下午，城隍廟前「懶仙」開講，事先就宣揚了，這回不講古要講今，講這時此刻正在北京城發生的事。平常「懶仙」那裡人三三兩兩，為了等多一點人來，「懶仙」會先派一個學徒小廝出來吆喝，說說昨天講到哪裡，模仿師傅前幾天講的幾個精采段落，順便預報一下今天要說的。常去的人知道，「懶仙」連學徒都防著，那小廝根本從來不知道師傅接下去說什麼、怎麼說，所以他的預報真的是「亂報」，都是自己想到哪裡猜到哪裡的。因而真的閒到完全沒別的事做，才會早早去聽小廝「亂報」，聊將比對小廝猜的和「懶仙」說的有多大出入，當作額外的樂趣。

萬萬沒想到這次不一樣。按著原來的時間去，一屋子已經坐得黑壓壓的了，而且「懶仙」竟然已經開講了，講到一個姓陳還是姓譚的忠臣，犧牲了自己的性命，換來山東真上師承諾，一定盡己之力去救被囚禁的皇帝。「懶仙」這回還真不一樣，有條有理介紹了看管皇帝守住池中孤島的禁衛軍好手們。不在皇宮裡的人有所不知，禁衛軍中最厲害的，是有太監身分的。太監知道吧？不男不女的那種人。

「不男不女的那種人」，這一短句，客人突然尖著嗓子拔高聲調說出來，惹得酌婦忍俊不住，輕拍了他的肩頭一下：「你三八啦！」客人又模仿酌婦的聲音和動作，也回拍一下：「你三八啦！」然後才回復原有的嗓音說：「對對，太監就是這樣。」

這樣的人怎麼會最厲害？「懶仙」正色告誡大家，別看錯了太監，惹熊惹虎千萬別惹沒懶趴的太監。一來，太監都小小就進宮，在宮中沒有別的事做，可以一直練功一直練功。還有，太監心裡最陰毒，沒某沒猴，哪裡都去不了，有些功夫，尤其是最狠最黑的，就只有他們練得來。

太后最信任的大太監，有一個叫什麼阿雜不雜的，滿洲人，連我們漢人的名字都沒有。這個人練的功，專門對付中原漢人的路數。一支劍拿著，從來不跟別人的刀劍相遇，你一劍劈過去，他閃開，卻將劍朝你的耳朵劃過來。我們中原劍術，哪有招呼人家耳朵的？可是人家要切你耳朵，你要不要防？你沒學過怎麼防耳朵吧，猶豫劍使慢了一點，這阿雜不雜劍一轉，換朝著你的腳趾頭來。你也沒想過有這種招，但難道腳趾頭就送給他嗎？好，你又一防，現在都他在主導了，他又一轉，劍對準了你的手指來。他老是攻這些你沒想到的地方，而三攻四攻，要是你支應不過來了，他就要出殺著了。殺著殺哪裡？

客人又停了，吊胃口，酌婦頻頻搖頭表示自己怎麼可能想得出來，客人癟癟嘴，也搖搖頭，不直說，只說：「又是一個中原武術人物絕對想不到的地方。」話落瞬間，鄰桌另一個客人忍不住衝口說出：「一定是懶趴！」

說話的客人也不在意原來鄰桌一直在偷聽，以拳眼擊桌說：「就是！」沒懶趴的太監最恨其他男人有懶趴，頸脖、胸口、肚腩對他來說都沒有懶趴那麼重要，所以他出手對著懶趴一剌一劃的招式，絕對又快又準，甚至他的馬步蹲的高度根本就是為了這一次一劃而選好的，中原門派哪一個不是把攻擊人家懶趴當作下三濫禁忌的，於是中原好漢誰也沒有練過阻擋這一剌一劃的功夫啊！

也和以前不一樣，這回「懶仙」毫不拖棚，一下子就爽利說：「為了救皇上，真上師三次勇闖這個叫『瀛台』的地方，而且三次大戰太監禁衛軍。第一次……」

座中觀眾簡直不敢相信，「懶仙」這樣就開始講第一次大戰，差點忍不住叫出聲：「等咧，等咧，我們還沒準備好啊！」但這時「懶仙」說話的氣勢已經壓過全場了，人人靜悄悄的，凝神注意聽。

第一次，真上師伺機借風，一躍一騰飛上高高的城樓，打算居高臨下好好觀察「瀛台」前後左右，旱路水路總要找出一條可以不擾守衛而接近的路。不料，剛定睛要看，竟然身後一聲風呼撲來，真上師及時低頭，才躲過來襲的一劍。原來連城樓上都布有防備了，真上師太大意了。不待真上師站定，對方劍一壓一掃，直削向真上師的腳趾，他只好趕忙腳一提，順道一退，飄飛退出五步開外。顯然真上師的輕功比對手高啊，對手腳步沒那麼快，趕上來時，真上師已經穩住了，一劍削向真上師的耳際，真上師不閃不躲，探手直接抓向那人的劍柄，在劍碰到真上師耳朵之前，那人的手會先被抓到，那人不得不緊急一轉，背過身卻同時將劍反手一刺，刺向真上師探過來的手。真上師手急收，上身半仰，同時一腳踢出踢向那人的背窩心，就在此刻，突然又有另一把劍由上而下，砍向真上師的腿脛！

哇，緊張緊張，二對一，而且不知道對方還有沒有幫手，就在這關頭，「懶仙」突然開始結巴了，眼睛滴溜溜地朝座下亂轉，然後咿咿啊啊不知說些什麼，劍砍下來有沒有砍到人竟然就不說了。

「怎麼會有這種事？」酌婦和鄰座客人幾乎同時發聲問。茶行客人藉他們發問當口，舉杯喝酒，放了杯，模仿「懶仙」的語氣，帶點驚慌、沒十足把握地說：「各位各位，各位知曉北京城，尤其是紫禁城，不比我們台北城嗎？」「懶仙」竟然撇下了由上而下砍來的一刀，去形容那城有多高有多雄偉，說什麼城都是大石頭砌起來的，一顆石頭就有廟埕那麼大，反正就一堆肖話，沒一句正經的。

台下人眾當然不滿鼓譟啦，大家要聽真上師城樓決戰嘛！但奇了，不管人家怎麼鬧怎麼罵，不管人家掟椅掟桌氣得起身離去，「懶仙」就是不講真上師的決戰了。這不是殺著殺著真上師就沒影沒跡去了？

太怪了，這種事。茶行的客人說想不懂什麼道理，酌婦更沒有主意了，他們一起抬頭看臨座熱心旁聽的人，他們也迷惑地直搖頭。

十五

艋舺飲食店中對話進行時，「懶仙」正關著門懊惱生著悶氣呢。他時而仰頭長吁，時而低頭短嘆。站起來焦躁地繞桌椅走走，隨而又重重地坐下來，方方大大的太師椅都被弄出嘎噠嘎噠的聲響。

夜逐漸深了，「懶仙」突然在太師椅上驚跳了一下，定神之後才察覺原來門上傳來連續的輕叩。「懶仙」直覺地不耐反應，對著大門叫：「沒有人在啦！」輕叩停了，但只停一下，又響起來，比方才更輕卻又更急。

「懶仙」一想，什麼時候了竟然會有人來？恐怕不是一般正常友人吧？下午的事歷歷又回到心上，他深吸一口氣，在恐懼將自己癱瘓之前，走上去拉開了門。門口站的，是個應該見過，卻沒有熟到立即能辨識是誰的中年人。那人沉著堅定，門一開沒等「懶仙」開口招呼，就先自己推了門，跨過門檻入內，回身又將門關上並拴上。

那中年人一拱手，「懶仙」認出來了，進門的是義芳居主人。之前見過，光緒十八年城隍廟修屋頂，義芳居主人捐奉甚多，落成時被奉為上賓。光緒十九年五月，城隍廟要「放軍」，平素都只有大稻埕人士參加的典禮，特別邀了義芳居主人來主持，地方人士當然指指點點，就是那時記得了義芳居主人方方堂堂的面容。

義芳居主人正待自我介紹，「懶仙」趕忙阻止，表示自己當然認識這一方人士，但無論如何想不出對方月夜突訪的理由。

義芳居主人落了座，也就不多客套，直說：「我是為了真上師的事而來的。」接著目光炯炯盯視「懶仙」，又說：「務請不瞞不欺，告知真上師所有的情況消息。」

「懶仙」一下不知該如何應對，本能地先做出一番沉吟思考的模樣，徐圖弄清楚狀況。義芳居主人探過身子，壓低音量說：「下午之事，已經轉知了，先生用心良苦，必有所告。我等幾人反覆商討，所欲告者，除我之外，應該別無他人了，是以不速來訪，若是會錯意了，也請直言無妨。」

聽完這番說明，麻煩的是，「懶仙」仍然摸不著對方究竟會了什麼意啊？他只好盡量拖延套話：「下午之事？先生對下午之事知情多少？」

「先生宣而廣之開講真上師故事，而且一開場說的，就是真上師闖入紫禁城的經過。正是我等年餘來日夜盼望卻盼不得的真上師動向。而且，先生開頭說了一段，突然不說了，似乎另有所待……」

「另有所待？」「懶仙」笑了，回應：「的確是有所待啊！先生知道我待的是什麼？」

「所待的，是對的人，應該要知道真上師動向詳情的人？所待的，……，不就是我？」

「懶仙」急速絞著腦筋，稍微有點頭緒了。決定再試一下：「為何先生會認為……？」

義芳居主人顯然對於這個問題有備而來，立即回覆：「真上師說無論如何會告知這次再回北京的行蹤及結果，年餘來我一直在等，原先擔心真上師已經不在了……」

「懶仙」突然拔高音調：「怎麼可能！先生萬萬不可有這種喪志的想法！」對著義芳居主人抬頭既驚訝又放心的表情，「懶仙」突然有了個念頭，啊，何必講古給這麼多人聽了，再好不過的機會，只需講古給眼前此人，只需聽得他神迷魂飄，我「月波主人」就值得啦！

「先生有所知，有所不知啊！」以此開場，「懶仙」開始了這場關鍵的一人對一人，而非一人對眾人的講古。

十六

有所知的，是「懶仙」下午講真上師鬥太監禁衛軍講到一半，突然好像腦袋壞掉，忘了該怎麼講下去。有所不知的，是那當下發生的凶險狀況啊！「懶仙」邊說邊環顧座下，就在說到第二個太監禁衛軍加入打鬥中時，發現了一件奇之又奇的事，故事正緊張，所有人自然將頭抬得高高的，大部分還把嘴也張得大大的，偏偏竟有一個人保持低著頭。而且絕對不是睡著了，這麼精彩的情節不可能有人睡著的，更何況那人渾身繃直，明顯警戒著。

就是在此瞬間，「懶仙」開始遲疑、停頓了。頭腦左晃晃右晃晃，有人以為「懶仙」忘了講古內容，怎麼可能！「懶仙」是在想辦法觀察那個不抬頭的怪人。為何一直低著頭像是生怕別人看到他認出他來？啊，一定就是故意不讓人家認出來所以才低頭的。

這人我看過！「懶仙」皺眉思考，一邊要講，一邊要搜索記憶，真是難啊，結果畢竟還是在五句，喔，大約十句之內給「懶仙」想出來了。先想起這個人說過的話，叫「文明開化」，然後想起來他說話的表情，然後對照出了他的身分。就是那個替日本人服務的通譯！

他來做什麼？來了又幹嘛躲躲藏藏地怕人家看出他？會不會他也愛聽「懶仙」講古，知道「懶仙」有「講今」新把戲，跟大家一樣來捧場？不可能，「懶仙」立即判斷。若是如此，這人一定囂囂擺擺大模大樣叫人家給他讓出最好的位子來，不會不動聲色坐在半遠不近的角落處。

他來做什麼？他來探聽消息。不，他已經知道消息了，才會要來探聽。這一關關的傳話，從北京城傳了幾千里到台北城，中間必有不嚴之處，洩漏給日本人知道了，所以日本人才派能聽得懂「懶仙」講話的通譯來聽！一定是如此！

先生別急，我會就我所知，將這幾千里的過程，一一說分明。也會將真上師義救光緒帝的前後，一一說分明。還會將真上師去向下落也一一說分明。但事分三路，嘴只有一隻，先說哪路比較好呢？

你沒主意，那就由我的主意，先說結論吧。請先生坐穩了，聽真著了，真上師三闖「瀛台」，每次都殺得渾身是傷，第三次甚至被一劍刺穿左肩，但真上師浴血不退，硬是將光緒帝背出了紫禁城啊！

先生果然大驚，但不是從椅上跌落，而是猛跳起來，簡直像是要竄前吞了「懶仙」般。

還請入座，平復心情，才能領會事實。真上師一闖「瀛台」，沒料到宮中護衛的實力與路數，被他們古怪的劍招困住了，雖得以殺了十數人，但耗去了大半時辰，宮中箭隊已至，要排開陣來，若不走必然死於亂箭之下，真上師只好悵然騰飛，險險脫身，一根箭碰觸他背心窩，上師動作慢一瞬，發箭力道多半分，箭就必將穿肉而入了。

真上師憑藉拚戰中的記憶，一邊休養一邊認真思考，想懂了宮中護衛的劍術門道，也就想出了破解的招式。有備之後二闖「瀛台」，氣勢凶猛無比，刀起人落，絕不留情、更不戀戰，一路殺將進去，不意卻又遭遇了沒想到的困難——突然之間，宮中護衛在水上擺開陣勢！明明是一片大水塘，暗夜中升起數十上百火把，人影鬼魅往來，竟然在水面上游移行走！這簡直不像人，是從塘裡浮上來的水鬼嗎？

迷疑之際，真上師心頭趕緊估量，自己的輕功雖好，然而若在水上打鬥，一次頂多撐四分之一炷香的時間，就得上岸補氣，如此絕對不足以對抗水塘上這麼一大群對手。不得已，真上師再度怏然後撤，離開宮中保得一命，再圖未來。

真上師百思不得其解，江湖上怎有這種水上功夫，而且怎麼可能幾十個看來年紀輕輕的宮中護衛都能練成這等絕頂本事？左想右想，終於懊悔不已地想通了！唉，只有一個可能，自己闖「瀛台」當下怎麼會想不到呢？對手故弄玄虛，在塘中搭了一片架子，恰恰沒在水中，夜裡不可能看得出來，那些護衛哪有什麼神功，根本就只是在那一塊搭架的區域做樣子跑來跑去而已！

想通了，但來不及了。經真上師二闖「瀛台」，太后下令以皇帝生病為由，將皇帝移離開了「瀛台」，每天在紫禁城裡像捉迷藏似的，不斷換不同地方。真上師一時無法掌握皇帝的所在，也就無從出手搭救。

然後，然後就來了向世界宣戰，各國軍隊打到北京城外，太后帶著皇帝逃到遠遠不知哪裡去，久久不敢回到北京。但到底不能總不回來，太后、皇帝終於回來時，慌亂之中也做不了別的安排，就將皇帝還是放回「瀛台」去，聰明如真上師者，當然料到這是上佳機會，立即三度勇闖，這次沒有費太大的力氣，就成功將皇帝救出了。

先生聽著，神情激動不已，但立即在激動中眉頭微微疑惑地一皺。那麼微微一皺，就夠讓「懶仙」醒轉般意識到接著該說什麼了。假裝話說多了、說急了，需要喘口氣，大氣喘完，「懶仙」趕緊解釋，這次皇帝身邊沒有大隊護衛了，只有區區幾個黃袍公公，然而，這幾人，都是萬中之選，高手中的高手啊！

黃袍公公最厲害的，在有「童子眼」，到底他們不論多大年紀，在那件事上都還是「童子身」啊，才練得出「童子眼」。童子夜裡能識鬼，聽說鬼物飄來無形無體，像一陣無色的煙，將人本來看到的東西變得微微輕晃。我們一般人夜中什麼都看不見，眼前只有一片黑，哪還能分得出幾時微微輕晃？

黃袍公公們將真上師逼入宮殿邊的林中，任真上師功夫再高，無月無星的夜晚，林裡幹、枝、葉、花、還有地上高高低低窟窿、高高低低的草，影影迷濛相疊，怎麼看得清？黃袍公公們當然練過，在林間時而靜止時而動，動起來時而平挪時而鳥騰，且此人動必配合彼者突襲，真上師眼睛不夠用，只能靠敏銳的聽覺分辨人的呼吸與起步頓步。纏鬥四十招，打到最緊張處，黃袍公公們看真上師腳上被一棵小樹勾住踉蹌了一下，機不可失，全部一起搶攻上來，就在那瞬間，一劍刺穿了真上師的左肩！

然而也就在那瞬間，戰局逆轉。真上師立即點穴封住了自己的血脈，讓左肩傷口不至於一直流血，同時認清了每一個黃袍公公們的位置與身形。在他們來得及再度隱入夜影中之前，真上師已經快劍傷了其中三人，剩下的也都被劍風逼退在十步之外，真上師隨即縱身一躍，脫出他們的包圍圈，直直闖入了「瀛台」宮中！

「懶仙」停了口，卻沒有停下動作，緩緩搖頭，搖頭，愈搖幅度愈大，搖到整顆頭像博浪鼓般，才說：「救皇帝出來不容易啊，現在救出來了，保護皇帝安全還要更不容易啊！」

北京城內都傳著，經這一番逃出京城的波折，太后看起來比原先老得太多太多了。只要將皇帝送到太后絕對找不到、害不著的地方，等個一年半載，頂多三年五載，太后嗚呼哀哉，天下就是皇帝自己可以作主的了。不管此時太后做什麼安排，中國人一定還是認光緒帝才是真皇帝，只要光緒帝活著，誰也取代不了他的皇帝位子。

問題在：什麼地方能保障讓皇帝平安居留個一年半載、三年五載呢？大清土地上有什麼地方太后的勢力到不了，皇帝可以安枕無憂呢？真上師只知道一個地方，那就是剛脫離了大清，卻還是中國臣民居住的台灣啊！若能將皇帝送到台灣，若能將皇帝送到台灣……

十七

義芳居主人臉色煞白，但過了一陣，轉成通紅，太陽穴的青筋明顯猛跳著，不意地出手抓握「懶仙」的左腕：「這消息確實嗎？這消息怎麼來到你這裡的？」

「懶仙」緩緩地、意味深遠地用右手覆蓋上握住自己左腕的那隻手：「先生知道我們講古這行？知道多少？」

「……原諒我平常……」

「不是你，一般人都不會知道的。講古從宋朝傳下來的，這一行開行講的第一個故事是什麼，你知否？是『貍貓換太子』，聽過吧？為什麼要說『貍貓換太子』，因為這牽涉到宋朝趙家天下的絕大祕密，朝中忠臣欲救無門，所以想了個辦法，找來會講能講的人，冒著殺頭危險，將大祕密當故事講出去，大街小巷一下子傳遍了，原來的陰謀者不意陰謀就此被拆穿了，只好放棄陰謀，這樣救回了趙氏的江山。我們……不瞞先生說，幾百年向來都是不簡單的行業啊！」

「……連到台灣來……」

「是啊，連到台灣來，講古的就是講古的。你去問問就知，台北城內走透透，就只能在此城隍廟前聽得我月波講古，沒有第二人。出了城往西北，到大稻埕，另一座城隍廟前，才有叫『天聲居』的講古所在，那裡講古的人叫『天聲居士』，他不全然講古，一年講個三個月百來天，其他時間幫人算命測字。講古不是隨便人想講就能講的，沒有我們幾百年傳下來的本子，講什麼講，一講就謝面子啦！愛聽的人就知道，『天聲居』的本子，和我的本子絕對不會重的，想想，為什麼會安排得那麼剛好？」

「……所以，是經過講古人這樣一路……」

「這先生你就對了，講古傳本子的路，也能傳別的訊息，如果訊息夠重要的話。真上師知道這條路，真上師也知道其他任何路都沒有這條路來得可靠，從北京一路南傳，終於傳到我這裡來了。」

「……不知傳了許久……」

「嗯，一般是一個月左右可到，但這種事，總沒有辦法一定，快些遲些總有的。」

「……啊，已經一個月，事情會不會……」

「有變無變，總是先想好辦法接駕才是正辦吧。」

先生霍地起身，躬身抱拳，凝重地說：「事至如此，我已了解該怎樣辦了。立即辦去，幾日內必再來叨擾。」

十八

原本清晨還燦亮斜照的陽光，突然間隱沒了，陰風一起，城牆彷彿立即被貼上了一層灰色，城邊幾棵老垂榕的細葉長枝在風裡發出介於颯颯與呼呼的聲音，乍聽下頗帶些神祕的威脅。

通譯領著兩個衙役到閱報欄前，衙役撤去舊報換上新報之際，通譯環視四周，對於只有零星三、五人出現，似乎並不意外。背對著閱報架，通譯懶洋洋地說起顯然是刻意背誦過的內容：「今番文明開化知識的重點，是大日本國要落實『台灣公學校令』，意思呢，是台灣人可以將子弟送進『公學校』念四年書，學會如何做一個文明開化的人，不要再當清國人。這『台灣公學校令』呢，是天皇的大恩德，依照天皇『教育敕令』給予台灣的德政，天皇要求凡台灣人眾，要孝順父母、親愛兄弟、夫婦不可冤家，大家認真學習，使自己變聰明，還要遵守大日本國法，遇到事情要義勇向前，幫助天皇永遠的皇運。」

他這番話一說，還沒說完，閱報欄前的三、五人也都紛紛走開了，為了怕被他嚇阻斥罵，有人還故意看看天空，裝出一副預防天要下雨，先去躲雨的模樣。說完了，在他面前只剩一個做仕紳打扮的人，非但沒走，還倚靠過來，開口禮貌地稱：「小兄，可有半刻鐘講話時間？」

那是義芳居主人，他不顧通譯露出的嫌惡臉色，有備而來：「小兄，我看你面熟，你看我呢？」

通譯果然一愣，非但沒有端詳義芳居主人，還下意識地將整個身子都朝相反方向挪了幾吋。

「你認得我，是吧？那時你應該才十二、三歲吧？我去周家，你在學著幫忙趕牛車，沒錯吧？乙未之後，周家多年沒相問了，沒人告訴我在你身上發生什麼事，但我猜也大概猜得到。開城門那回，大家都指辜仔榮，但我知道辜仔榮背後，有你們周家，不然堂堂周家，和我們一起在這裡起家的，也不會一下子搬得不見影，好久才說改去竹塹占了一大片地。不知你是自願，還是被周家派的，日本兵一進城就陪著幫他們吧？以前周家主人就讚你學得快，大概耳孔也好，日本話聽懂了，日本人就更需要你協助了，是這樣吧？」

年輕通譯裝出沒興趣聽的樣子，沒好氣地說：「我現在要回軍部去報告了。」

義芳居主人還是和顏地說：「要跟你說話不簡單，難得剛好人都走掉了。別急，這段時間我想法也多少有改變，至少眼前看，你們幫助日本人就不見得都是錯的。」

通譯維持著漠不關心的表情，然而他的身體卻微妙地透露了不可能真正對義芳居主人話語無動於衷的訊息。原本偏斜在左上身，刻意避著的重心改變了，挪到了正常的腿腳上，站穩了。

「我記得你也姓周吧，說是遠房家人，最近才從唐山過來？」

「不是最近，已經十五年了。」通譯粗氣地回答。

義芳居主人鬆了口氣，顯然對方承認了身分，也解除了徹底阻卻的防衛態度。他知道如何再將對方的心多打開些。「唉，清國現在這種局面，真是難看啊，吵吵鬧鬧，最害的預計都說到可能亡國了，完全被列強分分去。清國人現在說『列強』，每個人嘴上都說『列強』，那就應該知道人家『強』啊，為什麼要去招惹人家闖進你家呢？說不定，被劃給日本，反而躲過一起被『列強』分去的下場？」

年輕通譯轉頭了。「台灣百姓不知道，你們仕紳應該要知道啊！日本是站在清國這邊的，至少是站在我們漢人這邊的，你們不知道嗎？我們周老爺、周少爺兩代，早早就知道，早早就在家中跟我們說了。日本人比中國人還關心清國的糜爛，你知道日本話裡也有『糜爛』兩字？你知道講起中國，日本人總是將『糜爛』二字掛在口上？他們擔心啊！中國糜爛，首先就拖累日本，不了解嗎？中國那麼大，日本那麼小，中國糜爛了，日本自身再怎麼努力自強，都應付不了被中國拖垮吧？」

義芳居主人面露驚訝，是真的沒聽說過這種說法。年輕通譯將之理解為不相信他的話，臉微微脹紅了，口氣變得更快更激動些：「聽過『安政五國條約』嗎？聽過嗎？」義芳居主人誠實地搖了搖頭。「『安政五國條約』是五個國家聯手逼迫日本，要日本開放五個港口，每個港口要有外國租界地，外國人不受日本法律裁判，那時候日本還沒有開始自強，只好都乖乖答應了。後來才知道，五國會訂這樣的條約，就是因為他們先去清國，學會了怎麼從衰弱的清國那裡得到最多的好處，所以他們就拿對付清國的辦法來對付日本，日本就這樣被清國害了啊！」

「但是，日本自強後，就返頭也欺負中國……」

對義芳居主人的質疑，通譯急切地反駁：「那大大不同啊！我們周家有一房搬到滿洲有產業，他們親身看到聽到，日本軍進入滿洲，針對的是滿洲人啊！出兵的理由就是滿洲皇政太糜爛了，日本人要幫助中國人推翻滿洲，建立一個新政府，和日本親善，也可以得到日本協助，這樣中國和日本聯手強大，就不用怕被西方列強欺負了！」

義芳居主人撫了撫蓄了短鬚的下巴，沉吟著：「是這樣嗎？……」

十九

「天地顛倒過來啦！」

青山宮前，一個短衣漢子半跑走過來，人還沒到，誇張的驚呼聲已經先到了。閒閒圍著的人群，立即被這聲音騷動了。一些耐不住性子的，動起腳步迎向半跑走的漢子，另外一些比較老成的，不願表現得那麼好奇，身子不動，先將耳朵豎得高高的，聽聽看是否真有大事怪事發生。

「你們聽到了嗎？總督府要表揚義芳居的那個老頑固！」

大家面面相覷，看來沒有人聽說過這件事。

沒人聽說，應該就是假的吧！不合理、不合理，這幾年來義芳居明白不和日本人合作，應該是總督府要派兵把義芳居連玉芳居一併打下占起來吧！

就算義芳居改變態度，不跟日本人作對了，總督府也沒必要表揚吧？

真正是表揚，而且白紙黑字刊出來，說是對「文明統治」做出很大貢獻。……

他哪有可能做什麼大貢獻？紳士一個，腳不能跑、手不能提，現在又沒有另外一個台北城門需要他去從裡面開門……

當然不可能像辜仔榮那麼大的貢獻，辜仔榮可是得到好大一塊勳章的，義芳居的只有一張獎狀。

那就是一張紙，什麼了不起？

沒什麼了不起？至少不用被日本人喊來喊去，不壞啊，你去弄一張來，我要！喊來喊去大小聲，你不會喊回去嗎？

好啊，下次被喊來喊去我再請你幫我喊回去，你喊得較大聲，又較好聽。

啊，到底為什麼給獎狀啊？就算只有一張紙，日本人也不會隨便就發，也不會發來給我啊？

不就說了嗎？對「文明統治」做出很大的貢獻。

這聽起來就不是人話，不是我們說的話嘛！

你頭腦不好哪，這樣說還不會換成我們的話？換成我們的話就是送了一大筆錢給總督府啦！

義芳居送錢給總督府，不可能、不可能、不可能有這種事啦！

義芳居有的是錢，為什麼不可能送？他們家田佃那麼多戶，米是田佃種的，菜是田佃種的，錢是田佃幫他賺的，你不知道嗎？

誰都知道他們家很富，但是白白送錢幹嘛？日本人剛進來時，別人去送錢，他不都沒送？為什麼現在送？

怎麼知道，說不定日本人去討的，若是日本人跟你討，你敢不給？

當然敢啊，我就告訴他們你欠我賭債不還，叫他們找你……

然後幾個人半逗弄半認真地算起幾次五色牌的輸贏，邊算邊爭，鬧成一團，總督府表揚義芳居的事隨即就被拋在一旁了。

二十

城隍廟前，夕暉遲遲，暗影已降，昏晦中一道人影在「懶仙」居處多次往來徘徊，不時踮腳探望，像是在等待黑夜來臨之際會有燈火點起。

不知第幾次繞回門口時，人影被一聲「陳大人」喚住了。「罕行，怎麼今天走到城內來？」

原來，「陳大人」就是義芳居主人。他不意會遇到識者，遲疑了一下說：「家內有點小事，特意過來燃幾支香求保佑。順道看看『月波先生』在不在，若在，就和他閒話幾句。」

「原來陳大人也和『懶仙』相熟，我怎麼都沒聽他提起過？」

義芳居主人訕訕敷衍兩聲：「沒有你熟、沒有你熟……」

「看來，『懶仙』今日猶原不在……這怪了，差不多有十日不見他開門講古了，跑哪裡去了呢？好些人都來問我，可偏偏他也沒跟我交代啊，被問多了，心底不安，就想還是得再來看看……」

義芳居主人聲調低抑：「差不多十日了嗎？是發生了什麼事嗎？」

「看來恐怕是吧！有人說是被日本軍部抓去了……」

「咦……」義芳居主人語氣中有急迫的驚訝：「不會吧？抓他做什麼？」

「誰曉得。一個月左右之前，日本軍部好像派了一個通譯突然出現在『懶仙』講古的場子裡，之後『懶仙』就變了。本來接受我的建議，由『講古』改『講今』……啊，不是啦，他自己不知從哪裡聽來了真上師闖紫禁城的故事，就拿來講，但馬上就又改回『講古』，八成是日本人不准『講今』吧？改回『講古』，卻講得零零落落，全失風采，我忍不住聽一次就唸他一次，這樣講下去，會弄到都沒有人要聽了吧？……」

義芳居主人打岔問：「你唸他，他如何反應？」

「他啊，心事重重，竟然跟我說：『有人聽沒人聽，隨便啦！』但再問他為什麼這樣說，他就沒反應了。這段時間，那個通譯常常來，很多人都看過『懶仙』和那個通譯頭碰頭低聲說話，每次『懶仙』都面色凝重……」

義芳居主人又打岔了：「是軍部那個姓周的通譯嗎？」

「是不是姓周，我不知，是從雞籠還是從澎湖來的那個……」

義芳居主人鐵青了臉搖頭：「那個就是姓周的，他不是雞籠，也不是澎湖來的。」

「喔，是嗎？反正『懶仙』應該就是被這個通譯安排抓走去了，也不知究竟犯了什麼罪名，看他那個人，不過就是一張嘴會說愛說，能做出什麼傷天害理的事嗎？講講古、講講今也會被抓，日本人也太橫霸了吧！而且日本人從頭到尾沒出面，光一個通譯就那麼威風，『懶仙』不見了，那個通譯這幾天也一併消失了，有人說是怕我們台灣人找他報復，所以把他調到別的地方去了。唉，日本人這就又不對了，台灣人誰有那種閒工夫有那種膽去找那種人算帳啊……」

突然，義芳居主人提高了音調，用叫吼邊緣的方式說：「不是這樣！不是這樣！」

說完不顧禮儀，轉頭匆匆就跨大步離開了。

不是這樣。義芳居主人無法再自欺地明白了：交給通譯的錢，一部分進了總督府換來一張羞辱的獎狀，其他的，應該都被通譯和「懶仙」勾結帶走了！皇帝還在遙遠的北京，真上師、通譯、「懶仙」通通不知下落，而自己，則確確實實少掉了足可以再蓋一間玉芳居的財產了！

一陣帶著雨意的風迎面吹來，義芳居主人臉皮為之一緊，盛怒與沮喪交加中，甚至不知該對自己說什麼，半晌，從口中近乎無意識地吐出：「什麼『文明開化』！什麼『文明開化』！」

一九〇二　遲緩的陽光

第一帖　野牽牛

神經衰弱？那是什麼呢？小川諸太郎疑惑著。

昨天中田先生說起了，神經衰弱好像成了流行，尤其在東京，尤其在他們這輩人之間。小川不知道中田先生確切年紀，中田是調查會的原始成員，前一年直接隨岡松教授從京都來的，見了面，小川甚至沒有勇氣當面問中田先生的全名，更不必說要探問人家年齡了。只能從交接經驗中判斷，中田先生應該比自己大個幾歲吧，或許五歲，說不定十歲也有可能。

中田先是當玩笑說著：「唉，這年頭連疾病都可以流行了，可不是像肺病那樣的傳

染流行噢，是虛無飄渺誰都不確定得了還是沒得的病啊！」說著說著，中田的語氣愈變愈嚴厲，後來就成了明確的指斥了：「晚上不能睡，睜著眼到天亮，那分明就是因為白天無所事事嘛，能拿來當病徵？會有對於特定的某種現象格外恐懼，像是聽到風從紙窗上連肉眼都看不出來的小縫吹進來就覺得整座屋子在搖晃，耳裡於是彷彿響起一根根柱樑關節鬆脫的嘰嘎聲？這應該也就是平平常常的膽小吧？長大的過程中不曾接觸過武士道，沒有夜裡被帶著走過全黑的原野，摸著度過一道窄窄的雙板橋，聽到水聲一直淹到耳邊來？還說：整個人會變得感官格外敏銳，不一定是哪種感官，如果是觸感敏銳，別人這樣在幾尺外一揮手，他的皮膚就感覺被那隻手給打著了般，連那一根根手指不同長短劃過，都清清楚楚？……小川，你感覺到我的長短手指了嗎？」

小川坐在中田對面，自然地就被他當作示範的對象了。小川連忙搖頭，動作和表情都很誇張吧，引來了旁邊其他人一陣哄笑。小川心裡卻罩上了一片暗霧，陡然一驚。他那誇張的動作和表情不是裝出來的，是驚慌中的負性反應，為了要掩藏在那一瞬間自己真正的感覺。他的左上臂，由一層棉布衣袖蓋著的皮膚，竟然有了被一隻手掌，而且還是帶點汗意的，大而厚的手掌隱約貼劃過的觸感。

小川努力壓抑著不讓自己去想，卻壓不住浮上來的意識——自己也有晚上睡不著的困擾，還有，自己也有徹底不合理的放大恐懼。可能比怕風聲還要更荒唐，至少同等荒唐，這幾天，他怕早晨的陽光。出太陽的日子，吃早飯時陽光就不保留地亮晃晃照著了，一點都沒有早晨的樣子。已經很亮的陽光持續更亮、更亮，帶來愈來愈強的熱力，於是會有那麼一刻，恐懼升了上來，害怕陽光很快就會亮到熱到將外面最高最高的那棵樹頂點燃，火從樹頂快速搖竄，竄上屋頂，流火如龍，一下子就跳到小川的窗前凶猛吐舌……

或許，這就是神經衰弱？或許神經衰弱是真實的病症，不是像中田先生認定的那樣來自於文人的無聊幻想？

不過，小川立即又想：自己的感官並沒有變敏銳啊！還確切地變得遲鈍了。自從來了台灣之後。早在睡眠不平穩之前，就出現了狀況。夏末秋初的清晨，東方透著點光，空曠處看得出地平線上浮著一層摻染了似有似無玫瑰色的淺灰，不過一旦繞進竹林中，就又恢復了原先夜的闃黑。雖然暗，但竹林中有人仔細刻意開出了一條路，連落葉都掃開了，看得很明白。難得的，多日沒下雨，路土是乾硬的。小川走著走著，好一陣子才突然覺醒過來，意識到不太對勁。但怎麼個不對勁法？一時還說不上來，走兩步，停下來，再走兩步，將停未停，又加快腳步向前走。知道了，是腳步聲。在家鄉時，走在夜暗的路上，只要稍微走快一點，總是被自己的腳步聲嚇到。那聲音被踢揚起來，飛升到空氣中，跟在後面，乍聽下像是有另一個人貼近著自己走來似的。貼得那麼緊，一拔刀就能取走首級那樣的危險距離。

小川沒有真正看過武士拔刀。在他出生的第二年，就頒布了「禁刀令」。但他從小聽過那麼多武士故事。他們說家鄉一度是浪人聚集之地，幕末有野心不怕死的壯士，決定脫藩後，第一件事就是到熊本來尋找同志，再一起上路去江戶或京城。他們說街上都是佩刀的武士，一般佩的是兩尺長的打刀，極少數佩更長的太刀，或短些的脇刀。佩太刀的擅長群戰，有本事開闔入陣出陣，一人敵五人、十人。佩脇刀的則專於暗殺，通常都有本事潛身到對象所在咫尺之內，神不知鬼不覺，一抽刀，一點金屬之光、一點金屬細細噹啷，就是死者一輩子最後所見所聽的了，在他來得及叫痛之前，首級已然落下。

但剛剛在竹林裡走著，沒有腳步聲所產生的錯亂緊張。那聲音留在腳跟上，一直低低的，沒有平時的飄忽迴繞效果。

像是被這裡的空氣給拉住不動了。他聽不到。他什麼都沒聽到，單純走著。甚至連竹林風聲，眾多招風竹葉散擺的聲音，以及竹竿晃搖吱嘎吱嘎叫著，都沒聽到！

怎麼會如此遲鈍？

驚訝間，他走出了竹林，不預期的天明在外面等著他。不算亮，但那光有著無法形容的顏色。不規則地混合著一點點紅、一點點紫、一點點綠，還有塊狀變幻著的金黃。而且這些顏色似乎不是投入眼睛裡來的，是等在那裡，等小川一離開了竹林的黑暗，就包圍過來，繞著他，然後無聲地貼上來。他不禁被遲滯了腳步，慢下來，同時微微地像要閃避顏色般地低了頭。

然後，他看到了異象。地上沿著嫩綠的軟藤，開了七、八朵朝顏，喇叭口剛剛張開，露出裡面如同絲綢般細滑的粉紫色。但是那每一朵明明他認得、看得再熟不過的花，卻縮小了至少一半！瞬時，他突然知覺自己相對的龐然巨大，好像剛剛闖進到了不同尺度的奇幻王國裡。來不及意識，潛在的記憶已經叫喚出以前讀過的《大人國小人國遊歷記》，感覺到下一刻就會有一大群拿刀拿弓箭拿繩索的小人呼喊衝出來了。

小川無意識地慌忙抬頭環顧，還真的看到了小人，但不是一群，只有一個。二十步開外，一個小女孩坐在牛背上，晨曦中臉上隱約鋪著疑惑，眼睛直勾勾地看過來。那女孩真小！簡直就像從縮小的朝顏裡變出來的，朝顏縮小了多少，女孩也就縮小了多少！

他幾乎要衝動地轉頭逃回竹林了。到底是闖進了什麼不該來、不能來的國度嗎？慌亂間，他勉強安慰自己：別怕別怕，還好這是個縮小了的地方，自己相對變大了，也就更有力氣更有辦法可以對付他們。怕什麼？不用怕！

可是，花小、人小，怎麼牛好大啊！牛衝過來就完了！等等，牛沒有變小，好像也沒有比較大……再定神看一下，其實好像女孩也沒有特別小，看起來約莫十一、二歲吧，是因為騎在牛背上，和那麼大的牛那麼接近地放在一起，才顯得格外的小吧？

想到這裡，小川摘下帽子，試著微笑對女孩點點頭。女孩一下子放開了原來緊繃著的臉色，比小川預期的更快速地變成了咧開嘴的笑容，同時用比小川預期的要更尖更高些的音調叫了一聲。還好她叫的，是小川少數聽得懂的本地話，於是小川模仿她叫的，點頭回應：「日本人，日本人。」

女孩摸了摸牛身，牛動了，從小川面前由左而右緩步走過去。小川看著女孩，身上只穿了一件薄薄的單衣，風吹上來，衣服就明明白白貼出她初發育的小小胸乳的形狀。

單衣原本應該是白色的吧，舊了轉成半灰半黃，和女孩的膚色意外地接近，一時分不清遮住胸乳的衣領究竟是從哪裡開始的。女孩的下身，也是同樣材質的半長褲，寬寬的褲腳晃在小腿脛上。突然，小川的下腹部抑制不住地燃起一股熱氣，莫名地彷彿身受地感覺到女孩的大腿內側如此直接地貼著牛身，牛堅實的肌肉、熱熱的體溫烘著她最私密的地方。小川臉紅了，不知道自己為什麼會有這樣非人情的想法，卻又完全控制不住、停止不了。腦中就一直是溫熱的牛背，一塊塊灌滿鮮血的分明肌肉，不斷柔柔軟軟移晃廝磨著女孩從膝蓋以上到兩腿中間部位的印象。多麼野性、多麼原始！

後來聽植物部的朋友說，像是縮小了的朝顏的，是台灣的「紅花野牽牛」，和朝顏一樣早晨開，中午過後就收合起來，只是花徑小得多，就算全開時，也只有兩三釐米的花口。聽著聽著，小川又臉紅了，紅得嚇到了說話的朋友，以為他高血壓要發病了。小川不停搖頭否認，然而即便那麼努力地強調自己健康絕無問題時，小川心中都止不住一直想著那女孩、那牛，那小小的花口。

第二帖　旱稻穗

調查會發給的資料上說：台灣沒有明顯的雨季，一般冬季較乾，夏季雨量較多。但即使是夏季下雨，也多半是急雨陣雨，雨不會長時間連日一直下，通常呈現乾溼交替的情況。

小川諸太郎一直記得資料上的說法，因為還不到一年的時間，沒等遍歷四季，他已經有了足夠經驗否定這樣的說法。台灣冬天並不乾啊，每天淅瀝瀝地下小雨，從小到水珠不成形的毛毛雨，到細如針卻密如牛毛很快就能濕透帽子滴上頭皮的雨，雖然總也不大，下下來不太有聲音，卻可以一直下不停，一天不停、兩天不停、三天不停……到讓小川忘記究竟算到第幾天了。

更不要說還有六月初的時節，那延長將近半個月的怪天氣，怎能說沒有雨季？那些天小川幾乎每晚都被雨聲叫醒，然後就睡不回去了，一直躺在床上聽著雨。他試著回想

熊本的雨，或東京的雨，卻怎麼樣也想不起來有夜裡聽雨的經驗。當然不可能熊本、東京深夜不下雨，那麼是因為二十多年來，他晚上都睡得很好很熟，不會被雨聲吵醒？

那為什麼在台灣就會呢？他一夜又一夜地自問，也就一夜又一夜地聽著落在屋頂上，窗台上，樹葉上，溝水間的雨聲。多問多聽了幾夜，心中浮現出一個奇怪的答案：因為台灣的雨比較有趣。不，不是有趣，是比較多變化。也不單純是多變化，是比較美。雨怎麼個美法？難道有下得比較好看跟下得比較醜的雨嗎？他皺眉凝神努力要把這件事想通。有了，那是因為台灣的雨讓人聯想起女人，因為女人而覺得和美有關。熊本的雨沒有性別，東京的雨也沒有。

台灣的六月的雨，會捉迷藏，突然飛過來惹你一下，可是當你放下手邊的事，特別注意她時，她卻又像故意似的乍然消失了。原本晴朗大白天，沒有理由預期會下雨，台灣的六月的雨，她任性地不管這些，性子來了說下就下。而且你永遠猜不著她要下多久下多少。忽然，她就鬧起脾氣來，嘩啦啦地愈下愈大，你忍不住抬頭看，想知道天空的雲層到底有多黑又多厚，經得起這樣下多久，啊，完了，就像你懷疑一個女人是真哭假哭、真的有那麼傷心嗎，她的反應一定是哭得更激烈給你看，而且沒有任何保留地哭，哭到明明是你被淋得狼狽不堪，卻都覺得自己不對，還要反過來試圖安慰她。懷疑她，她哭；安慰她，她更哭，你的安慰又給了她不停下來的理由。

忽然，好像你才半分鐘暫時失去了注意，忘掉了下雨這回事，她竟然就止聲收淚了。抬頭望去，一下子青山是青山，白雲是白雲，像是一個原本只有背影的女孩轉過身，哇，五官輪廓怎麼會那麼清晰突出？看著她，你覺得自己的視覺都變銳利了，十尺開外就看出來她嘴角那一點點的笑意，甚至看到她唇上最細最細的汗毛，襯托得唇的肉質紅色展現著複雜的層次。

恍兮惚兮，只剩下葉上不時滴下的水珠，旁邊溪澗的奔流，還留著剛剛確實下過雨的印記，其他周遭是一片平靜，純粹的安然。在帶著近乎催眠效果的安然中，惚兮恍兮，找不出起點，雨又落了。這次不一樣了，那雨帶了不祥的預兆，你被嚇得不敢繼續待在外面，心神不定地趕忙尋找一片可以遮蔽的屋頂，四邊可以屏障的土牆。來了、來了，她這回俯身趴下來哭了，很靜很靜，沒有任何多的聲音，肩背微微起伏著，但就是哭，堅持地哭，一哭就一整天，一副就是要耐心哭得天長地久，把哭的狀態變成正常，一直這樣不改變哭下去的模樣……

小川看著窗外的雨景發呆。占領了全域的雨，近處的田在雨裡，田邊的樹在雨裡，遠一些的山嶺顯然也在雨裡。真是個會哭的女人啊！

但真有哪個女人這樣哭的嗎？小川不禁疑惑了，到底出於怎樣的記憶或經驗，自己如此理所當然地將台灣六月的雨，想像成為女性？他腦中快速地閃過了幾個女人的形影。他的生母，彷彿永遠都鬱結著的眉頭，卻總是刻意微微縮起鼻子，做出近似笑的表情，反而使人更注意到那永遠笑不開的眉頭，但她從來不哭，她只是默默流淚，更多的是即將落淚前或剛剛收淚的樣子。他的繼母，不，她總是笑著啊，動不動就掩口，因為任何事物都可能引得她張口大笑，以至於養成了經常將臉的下半部藏進肘彎裡的習慣，還因而固執地錯覺自己的嘴型很醜，不能外露在人前。其實她的嘴，安安靜靜不動時，真美……

誰呢？究竟哪個女人讓他聯想台灣的雨？這問題困擾了小川好幾天，不管他如何在心底暗罵自己「無聊！笨蛋！荒唐！」一都沒有用，想不出來他就是無法好好入眠，也無法安心工作。

一直到那天。他和部裡年紀相當的同事尾崎君一起出城，走過了城外不遠的一片田地，田裡滿開著細碎的黃花，那花小到看不出一朵一朵，比較像是在高高的草葉上撒了一層黃沙似的。還不是一般的黃沙，是從夏陽照射下的海灘上直接連陽光一起搬來的黃沙，即便在多雲的天氣中，兀自點點耀射著金亮的光。

「這是什麼植物啊？不曾在日本看過啊？」小川忍不住發問。

「什麼？沒看過？這不就是旱稻開花？我們那裡常見的呀，我正想說這不懷好意的景色是故意要讓我想家嗎？」一邊說著，尾崎一邊用手輕輕拍著胸口，像是在示意心中的痛。

尾崎是四國山裡長大的，在高知唸的中學，中學有一位老師是狂熱的殖民主義擁護者，不只積極鼓勵他們參與殖民事業，甚至還主動幫他們安排到台灣來工作。尾崎二十一歲就來到台灣，這是他在台灣的第四個年頭了。

尾崎形容，自己從山中出來，到了高知才第一次看到水稻田。滿滿的水，平平如同湖面，比湖面還更寧靜，整片天空反映在水裡。水本身是綠的，天是藍的，混出一種有重量的顏色，彷彿將天往地底拉，對照下，白雲顯得更輕，輕得透明，快要從水面上浮出來。本來嵌合得很密的天和雲，進到了水中，竟現出裂隙來，呈現出分離的拉鋸。水中還撒著一段段的秧苗，種在天空的反影裡，像是一群群調皮不馴的星星，偏偏要在白天的亮光中誇耀自己的存在。真是美。

台灣雖然雨水不少，但沒有完整的水道規劃，水匆匆來、匆匆走，留不住。所以島民原本種的，大多是旱稻，花小、穗也小，結出來的米粒沒那麼多，也沒那麼飽實。從前年起，民政局有特別的計畫，要在台灣全面開拓水田。把水留在田裡，讓台灣人改種水稻……

聽著尾崎叨絮的說明，小川腦中浮現起了一個影像，離駐在所不遠的一片水田（會是計畫執行起來新拓的田嗎？），午後太陽開始接近地平線時，一兩百公尺外，出現了一個像是尾崎的身影，急急忙忙地從竹林裡出來，快步走上土壟。小川正盤算著大約要等他走多遠距離該伸臂打招呼時，突然從尾崎離開的竹林裡奔出一個女人來，不知為什麼，光看她半俯向前的跑姿，就覺得那是個台灣女人；而且心一糾，直覺那個女人在哭。

女人哭著到尾崎身邊，尾崎不理，繼續前行，女人就固執地跟著。尾崎沒辦法了，回頭對女人說了話，女人猛搖頭，並且舉起袖子來一直拭淚。女人哭出聲來了，尾崎感到困窘吧，換了方向回頭走，女人也跟著回頭，到竹林邊上，尾崎站住了，面對女人，兩手鄭重地扶住女人的雙肩，輕輕搖著。突然，女人衝向前，緊緊抱住尾崎，仰起臉來，多麼神奇啊！那一瞬間，由白轉為金黃的陽光準準地射在女人的臉上，使得那麼遠距離之外的小川似乎都清楚看到了她明明還縱橫爬滿淚痕的臉，一下子完全沒有了哭的情緒，都是甜美的笑意。小川心底浮出一個悸動的念頭：「如果是我，會忍不住親吻她吧？」像是聽到他內心的呼喊，尾崎真的就低頭吻了那女人。

吻著吻著，女人將尾崎抱得更緊更緊，不能再緊時，她的身體起了痙攣，激烈地顫抖著，終於抖得站不住了，一委身，竟然就虛脫般跌坐在地，尾崎都來不及拉住她。然後，傳來了撕裂般的哭聲，不顧一切，毫無保留的哭聲。

小川倉皇轉身，好像自己做了什麼可怕的壞事般，步履踉蹌地跑開，不敢看，甚至也不敢想尾崎要如何應對那放肆一哭的女人。

啊，是有這樣哭的女人哪。

第三帖　燈秤花

小川最常走的路，是從北門出城，沿著大稻埕街路，去到「國語傳習所」。傳習所有一部分幾年前改制為公學校了，幾十個台灣小孩在那裡上學，不過傳習所最早的一棟土屋沒有跟著劃入公學校中，做了另外的用途。

臨時性，沒有正式名稱的處所，所以大家就還是沿用了稱「國語傳習所」。剛從日本過來的總督府人員，每周有兩個下午可以自願去那裡接受各種生活適應上的協助。說是自願，但因為大家都去，感覺上也就變得像是強制的了；說是各種生活面向的協助，但最主要的，還是學習如何聽懂台灣話，如何和台灣當地人溝通。

尾崎就是這個沒有正式名稱機構的負責人，或許因此才會和台灣人交接得格外密切吧？尾崎跟小川輕描淡寫地解釋過，這件事不好辦的地方。依照伊澤修二的「台灣教育意見書」，總督府的政策方針，是全面、盡快推行國語，要提供各種誘因讓台灣人不分

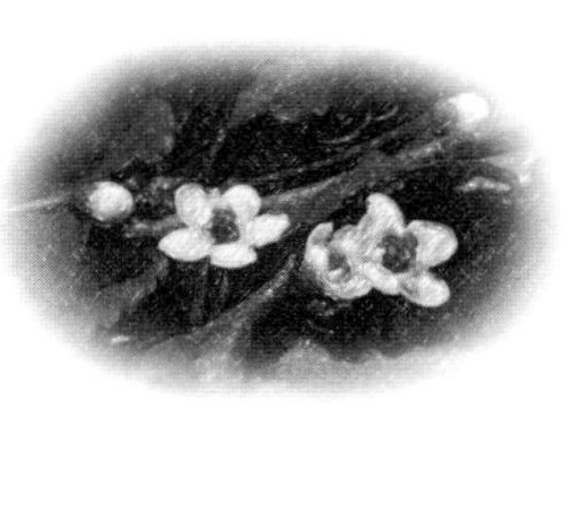

年齡積極學習國語。但這很困難啊，伊澤自己在台灣待了不到兩年，不就因為缺乏經費推動教育而喪氣地回到日本去了？可是政策就是政策，政策在那裡，府內就有一股強大的力量，阻擋日人學習台人語言。怎麼可以台灣人沒學國語，日人反而去學台灣話呢？日人都學會了台灣話，台灣人豈不就可以不用學國語了嗎？

尾崎感嘆：這些人也不想想，日本人都不會講台灣話，要怎樣教國語？這些人自己是從媽媽那裡學來國語的，難道也就假定台灣人都有會講國語的媽媽嗎？這種僵化的國語政策意見阻礙下，結果弄得日人學台灣話，變得名不正言不順，好像是什麼偷偷摸摸見不得人的事，誰都不敢給這些課堂正式的地位了。

沒有正式地位，尾崎就只能依賴既有的幾位台人通譯，來充當地下「台語講習所」的教員。這些通譯多半都有海洋背景，很多是世代從事海上貿易或強盜事業，經常和平戶、長崎來的船隻交往，學會了日本話。這種人，人數當然不多，程度好一點的，通常軍部就優先要走了，剩下來的，不只程度不齊，而且滿口說的都是極粗俗極低下的日語，讓人不得不擔憂他們教說的台灣話，恐怕也同等下流不堪吧？

「常常我一開口說台灣語，就連不是那麼矜持的台灣女人，都忍不住羞澀掩面，甚至急忙避得遠遠的，好像逃離痲瘋病人身邊似的。唉，現在都只有老得不像女人的台灣女人才願意理會我啊！」尾崎大笑著抱怨，但小川聽來，總覺得話裡帶著與語意完全相反的炫耀心情。

為此，尾崎還特別跟軍部的大尉套了不少交情，得以借他身邊的一位通譯來充當講習所講員。那個通譯頗認真的，每次會想好一個主題來講，特別讓尾崎喜歡的是他的神情，沒有一般台人對日人說話時會有的那種討好諂笑，正經、嚴肅、不卑不亢。

但就在小川來到之前沒多久，這個通譯失蹤了。安排好的時間突然就不來了。到軍部去問，軍部大尉鐵著一張臉，什麼都不肯說，只說找不到人。於是後來有了各種傳聞，傳來傳去，說法都不一樣，誰也弄不清哪個才是真的。有人說他被台灣反日份子抓走了還是殺了。有人說他被派去擔任軍部的祕密任務。有人說他私生活出問題，所以逃走躲起來了。私生活的問題，也有不同版本，有的說是騙了人家的錢，有的說是睡了富豪大戶的女人。

反正就是不見了。給尾崎帶來很大的困擾。從此「傳習所」又沒有固定通譯教員了，這裡拉一個、那裡拉一個，上得很沒章法，當然也不會有太好的效果。更大的困擾還在於因此和軍部大尉的交情有了奇怪的疙瘩，明明不干尾崎的事，但看到尾崎就讓大尉想起那個人？想起某個他必須保守或不願面對的祕密？大尉的態度變得很冷淡。

聽到這裡，小川明白尾崎真正的困擾了。調查所要進行私法調查，須進入比較偏僻的地域，有安全顧慮時，最好請求軍部協助。小川聽同事婉轉說過：前兩年，私法調查一度進行得很積極很快，後來卻慢了下來。原來因為有大尉的協助，調查人員可以跟隨軍部前進，在軍部的充分掩護下工作。顯然是發生了通譯失蹤事件後，大尉撤回了原有的協助，調查就觸礁了。本來靠著軍部特殊關係，大有功於調查所，大家認定最早最快會晉級升任的尾崎，這幾個月也就相對消沉了。

對於「傳習所」，尾崎實在也提不起勁認真看待了，找到什麼樣的通譯，就讓他們自由發揮吧。像是這一天，小川遇到的通譯講師，沒來由地便將課堂主題轉到了奇怪的方向上。

姓黃的通譯說起日語極為流利，不，應該說極為快速。一路滑溜過去減省了好多音。不只是語尾的詞語被他省略了，常常字句中本有的音，也會被他含糊混過去，弄不清楚他到底說了還是沒有。聽他講話很奇怪，覺得明明不是對的日語，說得那樣丟三落四的，誰能聽得懂呢？但聽在耳中，卻又一句句都聽懂了，引得人格外不舒服，好像是刻意用這種方式在諷刺正常日語太過囉唆冗長似的。

姓黃的通譯先是故作謙虛地說：在台灣還好從來沒有遇過日本女人，從來沒有和日本女人說過話。他知道跟女人說話的方式，和跟男人說話很不一樣，要更難更複雜得多，沒有用對的方式說，女人就算聽懂了也絕對不理你。他不懂如何和日本女人說話，從來沒學過，學了大概也學不會。

然後他強調地跟大家說：「因為台灣話男人女人沒有分別，男人女人沒有分別喲！我教你們的話，都可以拿去對女人練習啊！」說著就自顧自爆出一串猥褻的笑聲。「你們都是男人來，看看，一屋子都是男人，都是男人啊！」那一整堂課，他就繞著「都是男人，都只有男人」說了又說，用日語說，又用台灣話說。

接著，他像是下了多大的決心般，說：「大家生活上會有很不方便之處吧？到了這裡，如果不知道這樣的地方，很困擾吧？我應該紹介那個地方讓大家都知道吧！」

小川真的沒聽懂黃姓通譯的意思，後來想想也不確定八、九個人中到底幾個人聽懂了，幾個人和他一樣摸不著頭腦。黃姓通譯往外走，口中反覆強調著：「不遠不遠，就在附近。」每個人都起身跟著出了「傳習所」，竟然都沒有人公開或私下問：「到底是要去哪？」使得小川也不好意思問了。

一行人走過一座屋頂上一些屋瓦破落了未修的廟宇，廟前閒坐的人一下子緊張僵直了，忍不住看他們這群都穿西服、戴了白色寬邊帽的人，卻又不敢直視，只敢側臉乜斜眼光投過來。繞到廟後，一條被接連幾棵雀榕樹蔭遮蓋著，幾乎無法直接看見天空的窄路，路上一排磚房，和一般台灣居屋不一樣，每一間都在對著街的這面開了好幾扇窗戶，有花窗格，但那花窗格稀稀疏疏的，看起來就是隨便搭搭，不用心也不講究。

黃姓通譯既要抬高聲調招呼大家，又要壓低音量顯現神祕，矛盾的企圖使得他說話幾度岔氣。他反覆地說：「游女，游女，就是這裡，就是這裡。」

小川終於恍然通譯說的「不方便」是什麼。那一刻，心底燃起憤怒，覺得自己深深被侮辱了。但他不知該如何表達自己的憤怒。第一個想法是立即掉頭離開，顯現自己徹底的不認同。但這樣那粗鄙的通譯會知道意思？還是應該拉幾個同事一起離去？還是衝到前面直接對通譯罵：「笨蛋！你以為我們會被這種事困擾嗎？」

猶豫的心緒拖遲了他的腳步，他落到了行列的最後，拉開十來步的距離。黃姓通譯氣血分裂的話聲還聽得見：「天晚了，屋內會點起燈來，從窗口看進去，裡面的女人，游女啊，游女啊，就都看得一清二楚，沒有遮掩，不會欺騙，連粉塗了多厚都知道，更不用說胖瘦高矮了，有時候甚至光是看看就很能撫慰孤獨無家男人的心，當然更常時候，看看肚子裡的焰火就愈燒愈高啊……」他說到這裡，出乎小川意料之外，從背影看，一行人中竟然大部分都不自禁地微微點頭了……

小川更不知該怎麼做了。就在這時，他經過的門口，閃出一個人影，影子一晃，一陣水波就朝小川的腳下襲來。小川嚇了一跳，連忙倒退了步伐，同時又驚又怒地看水的來向。那裡有一個穿白衣的女子，彎著身，手上還懸掛著剛剛倒空了的臉盆。女子顯然也不預期水潑向的門口會有人，微微揚眉挑眼，更沒想到眼前是這樣一個人。一時不知該如何反應，她以剛潑完水的姿態停頓住了，她穿的白衣很寬很鬆，隨著她彎身的動作，領口自然地垂落下來，張開來，露出裡面一片肉色。

小川不意地從那張開的領口中，看見了兩隻裸著的乳，不是很大，奇特地沒有什麼肉感，尖尖機伶地形成兩道極好看的線條，線條頂點處，是兩顆如同豆般的渾圓乳頭。乳房是尖的，乳頭反而是圓的，不知為什麼立即讓小川覺得那是一對很年輕很年輕的乳，彷彿從領口同時散發出一種青春的香氣來，一種奇異的、清涼的花香，無法形容，勉強浮上腦中的，只有「夏日悶熱之氣的相反存在」吧！

小川不敢抬頭看女子的臉，卻也無法自主地將眼光從那美得如幻的線條上移開。他等著，等女子移動、變換姿態，在那之前，他忍不住飢渴地凝視著那突然呈現的雙乳。

時間似乎靜止了。上天察知他本能的想望，延遲了光陰的腳步嗎？在白衣遮住的陰影中依舊呈現了暗紅色的乳頭，竟然沒有立即隱去，還保留在他眼中。他兀然知覺到了什麼，強迫自己抬頭，發現那女子毫不勉強地維持著那彎身的姿態，一動不動，像個石雕藝術品般，每一個關節每一塊肌肉，都形成了諧和的線條，展現出一種韻律。

他看呆了。突然下腹部猛烈的反應，才讓他大夢初醒般意識到女子臉上帶著一份既羞澀卻又有點促狹惡作劇的笑。是好意，還是作弄？來不及細思，女子動了，一下子直起身連帶立即後退，消失在門裡。

小川趕緊四下張望，其他人都走得更前面了，沒有人回頭。他尷尬地小心調整了褲襠，快步追上去。

追到了，黃姓通譯正說著：離開了游女區，再來這條街上都是青草店，有各式各樣新鮮或曬乾的青草。在台灣，生了病，別急著看醫生吃藥，最好先來青草店問問，拿一點青草回去煮來喝喝，少花錢又常常比醫生有效。

走過一家家放散著混雜味道的店面，突然，小川整個人悸動地跳了一下，不經思索地，他抓起一把枝葉，枝葉上綻滿了一點一點白色的小花，湊在鼻下猛吸猛吸，慌忙趕到通譯身邊，問：「這是什麼？你知道這是什麼植物嗎？」

通譯看了一下，做了個「幹嘛大驚小怪」的表情，自信地回答：「喝過青草茶嗎？台灣人夏天消暑降熱的青草茶？這就是青草茶主要的材料，葉子有一種涼涼的氣味，聞到沒？」

那叫燈秤花。通譯半解釋半在空中比劃著漢字的寫法。燈秤花，小川又深吸一口燈秤花的涼味，一股從青春乳房間天真地飄過來的香氣。

第四帖　凌霄花

春日好天氣，大久保孝雄來邀小川出去走走。大久保算是府裡資歷較淺的，卻也比小川早來了半年，他的住所離小川很近，不時來拜訪小川，只有對小川他才能帶著自信，輕鬆地談說台灣的事物。

小川隨著大久保到了新落成的大稻埕驛。雖說新落成，然而除了空蕩蕩的月台，一個簇白新木牌外，並沒有其他的建設。小川很驚訝，問：「連賣票的地方都沒有啊？」大久保一副早就有準備的神情，瞇著被春陽照射的眼睛，微笑反問：「要賣給誰啊？」

原來這車站是為了新修建的淡水線而造的，通車半年多的淡水線根本就沒有客運車。「你還對府裡的鐵道開發計畫不熟悉吧？」大久保問。小川覺得有點尷尬，但畢竟只能誠實地搖搖頭。

「當前的目標，是在最短時間內完成島內縱貫線。島內交通狀況太差了，這你們調

查部最清楚的吧？河川又短又淺，水量不穩定，船隻走不了。陸路少，沒有規格化，維持得又差，也很難利用。現在與其去開路，不如直接蓋鐵道，鐵道是唯一的解決方案。光是建鐵道要花的錢就比原來設定的殖民經費高啊。帝國議會好不容易才通過公債募資案，募來的錢超過一半是要花在蓋鐵道的。」

「是這樣啊？」小川心底難免生了點卑屈感，聽起來這最重要的事，怎麼自己原來都不知道？而且這樣聽來，主管鐵道的部門，應該才是府裡的重鎮吧？

大久保嘆口氣：「殖民、殖民，在國內聽起來好現代、好威風，台灣、台灣，在國內聽起來好熟悉好豐饒，到了這裡才知道哪有那麼容易？必須快蓋鐵道才能解決問題，但蓋鐵道本身難道就沒有問題嗎？說最簡單一件事就好了，蓋鐵道要有工具，要有材料，要怎麼來？有錢去買，卻沒辦法運到要鋪鐵路的地方。對吧？水路走不通、陸路也走不通，工具、材料運不到，鐵道怎麼蓋，你說？」

小川心中的卑屈感更深了，又是一件他沒想過的事，對於大久保的「你說？」他根本無法回應，只能靜默地等待大久保自己回答。

「所以呢？只好用鐵道蓋鐵道。」大久保說了答案，卻沒有解除小川的困惑。

「用鐵道蓋鐵道？」

「是啊！先暫停台北往南的舊鐵道運用，將那段鐵道上原先清國鋪設的輕便鐵軌拆下來，移到這裡來鋪淡水線，淡水線鋪好了，才能從淡水港運進鐵道工具和材料，運到台北站，再將拆掉的舊路用新的、正式的鐵軌重新鋪設。所以，現在這段淡水線純粹用於運輸鐵道器具，連別的貨物都還不運，更沒有客車了。」

小川恍然大悟。大久保指引他，朝著淡水的方向，沿著鐵道走，「看看會不會遇上火車。你愛看火車嗎？看火車，尤其是看冒煙的機關頭，可是我最愛的嗜好呢！去東京時，我可以在新橋站待上一整天，第二天又去，不到站裡，在驛站周圍繞啊繞看火車從不同方向進站出站，又可以待一整天。」

小川突然想像大久保孩童般看著火車又跑又叫的樣子，哈哈地笑了起來，笑得自己覺得不好意思，趕緊解釋：「我也喜歡火車，從當孩子的時候就喜歡。不過，比起看火車，我還更愛搭火車。」

「真的嗎？」大久保眼裡充滿了真正的疑惑，「我還正想說看火車多有趣，搭火車卻讓我失望呢。就關在那樣小小的車廂裡，大部分時間坐在更小更窄的座位上，既看不到機關頭的雄偉，也看不到火車前後連續的壯觀，有什麼趣味？」

小川有點招架不住，不知該如何回答。但不能不答，大久保認真地等著。「是人吧？火車上的人……」

結果這樣的回答惹來大久保更固執的追問：「都是不認識的人，不是嗎？為什麼會對和不認識的人一起坐在那裡感到喜愛呢？」

「你不曾有過那種感覺，神奇中帶著點恐懼，想到一列火車那麼多人，有千人吧，彼此都不認識，卻在同一個時間去同一個地方，至少是同一個由鐵軌固定住沒得商量的路線，因此而發生了關係，然後在新橋車站下了車，從此人生中再也不會交錯……」

大久保眼中好奇的光亮黯了下來，想起什麼似地從上衣口袋裡掏出菸來，說：「正因為如此而使我困擾，甚至厭惡啊！不相干的人，像被惡力控制著，別無選擇地一起在火車上，沒有了要快要慢的自由，也沒有了要和誰同行的自由，不是嗎？」

小川不思索地接過大久保遞來的菸，點著吸了一口，心中才浮起了虧欠感，好像因為受了人家的菸，不能就隨便將這話題逃避過去似的。

「……人生美好的事，不見得都發生在自由選擇、安排的時候，你不同意嗎？往往不期的遭遇，尤其是像火車上那般絕對無法預期狀況下的遭遇，能給予人所謂的『隨機的愉悅』吧？」小川說。

大久保依然不改認真的口吻：「你這話，是一般地說呢？還是特有所指地說的？」

「應該算是特有所指吧，說話時我頭腦裡不自主地聽到一段歌聲，很好聽的女聲啊……」

小川清楚記得，那是從熊本往東京的火車旅程上，第一次去東京，第一次搭長途火車。剛啟程時，不斷將掛錶拿出來，看看坐了多久。兩、三小時後，睡了一覺，醒了突然就失去了繼續追蹤時間的意念，進入了一種無法確切衡量時間長短的古怪狀態中。真的不知過了多久，也不知到了哪裡，身邊原來坐著的男人，沒有攜帶任何行李的，起身下車了。車還停在站上，一個女人在剛剛空下來的位子上坐了下來。沒有特別去看，但小川立即意識到這女人不是新上車的，原本就在車上，不曉得坐哪裡的位子，挪移了過來。

正納悶著她為何要換過來，女人竟然就說話了：「您剛剛唱的，那到底是誰的歌詞啊？您應該知道吧？」

一連串的意外，意外女人竟然對著小川說話，意外從女人的話語裡小川才知覺到剛剛自己原來無聊地唱起歌來了。腦袋裡某個角落好像還留著一點旋律，卻扭扭捏捏地不肯出來，小川很不好意思地對鄰座的女人承認：對不起，根本沒有注意到自己在唱歌啊，說著臉都羞紅了。

換女人客氣地跟他道歉，表示自己不該這樣魯莽地打擾。說完了，女人就起身朝小川背後走，應該是回到原先的座位上吧。火車緩緩地移動離站了，整個車廂並沒有任何新上車的客人。一會兒，那女人又出現了，一手提行李，一手抱著一個紙包，小川趕忙站起來幫她將沉沉的行李放置到架上。重新落座後，女人直接輕聲地唱起歌來：

白露沾在黃昏依然綻放的花上
水光將花添加了幽微的華麗
使我恍然懷疑那是妳含情的眼睛……

一邊唱，女人一邊也臉紅了，而且愈唱愈紅，也愈唱音量愈小，似乎怕車內其他人聽見，她頭低低地，每唱一句就微微地向小川靠近一點點。

「您剛剛唱了這首歌，不會錯吧？我坐在那裡，聽得清清楚楚呢！」唱了三句，女人維持原本低頭的姿勢，讓臉側著朝上角度看小川。

的確是小川熟悉的歌曲，儘管自己還是完全沒有記憶，但應該是真的無意識唱起了歌。小川摸了摸頭，說：「啊……」女人彷彿知道他要說什麼，笑著打斷他：「唱得很好聽哪，讓我一下子全醒過來了。」

為了擺脫窘迫，小川還是摸著頭，說：「是我很喜歡的歌，知道好像是很有名的俳師的詞句，但真想不起那是誰了。」

女人直起身來，讓自己比較舒服地靠坐好。「這樣啊，也沒辦法。……但是您知道這首歌還有另外一段歌詞嗎？剛剛聽您反覆唱的就是這段，我也記得的，可是我好像聽過別人唱接下來的另外一段，比較哀傷些的，我當時都聽得流下淚來啊，可是從此之後就再沒法聽到了……」

「原來是這樣啊……」此刻火車剛好駛上一段鐵橋，轟隆隆放大了的聲響給了小川勇氣，他將頭湊過去，在女人耳邊唱：

黃昏的花傳來清晰的香氣
但天色卻不留情地一層暗過一層
使我失去了妳的真面目啊……

女人長長的睫毛，就在小川眼下，小川一度擔心女人會不會湧出淚來，還好，那兩串睫毛，始終一根根黑亮著。

女人央求小川教她歌詞。小川不自覺地伸手拿插在胸前袋口的墨水筆，女人立即嬌羞地說：「不行啊，不行啊。」頓了一下，小川才理解女人委婉地在告訴他自己不識字，將歌詞寫下來沒有用的。

女人的反應之快、表現之靈巧，讓他感動了。甚至激發出一股責任感來，他於是很義氣地說：「那我唱一句妳跟一句，一定很容易就學會記得了。」

黃昏的花傳來清晰的香氣……黃昏的花傳來清晰的香氣

但天色卻不留情地一層暗過一層……但天色卻不留情地一層暗過一層
使我失去了妳的真面目啊……使我失去了妳的真面目啊……

唱了一遍，小川立即又開頭再唱一遍。

黃昏的花傳來清晰的香氣……黃昏的花傳來清晰的香氣
但天色卻不留情地一層暗過一層……但天色卻不留情地一層暗過一層
使我失去了妳的真面目啊……使我失去了妳的真面目啊……

第二遍唱完，小川停了一下，然後又開始：「黃昏的花傳來清晰的香氣」，沒有等他唱完這句，女人就跟上了，和他一起合唱。兩人一起唱完了，奇怪地，歌聲卻沒有停歇，在車廂的另一端，傳來了第一句歌詞「黃昏的花傳來清晰的香氣……」。

小川和女人同時驚異地張望，遙遙地，有人點頭致意，是穿軍服的，弄不清楚幾個人，他們被逗引出了興味，也跟著唱起來了。

說完這段回憶，小川停下來，想著應該多一句解釋：「就是這樣不預期的事，讓我喜歡搭火車的……」但話還沒說出口，大久保先說了，很鄭重的語氣：「啊，這樣，我明瞭了。」

兩個人繼續沿著鐵道走，卻一直沒有遇到火車，兩個方向都靜悄悄的。像是受了影響，兩人也都沉默了，好一陣子沒再說話。大久保在想什麼呢？小川猜不到。不過他也沒真要用心猜，而是沉浸在自己的思考中。他想著沒有說出來告訴大久保的事。

火車上，小川和女人一起探身張望時，兩人的肩不意地碰觸了，小川反應地立即縮回來，然而女人卻順勢倚近，靠在他身上。然後女人打開紙包，給小川看裡面的東西：「你知道這是什麼吧？」

「是花啊，但好像風乾還是曬過？」小川回答。

「什麼花呢？知道吧？」

「……難道就是歌中說的『黃昏依舊綻放的花』？不會那麼巧吧？」

女人故作不可置信地笑了，臉上剛剛退下去的羞紅，突然又布了上來。「不可能真的不知道這花吧？真的不知道？……這是凌霄花啊！」

「凌霄花？凌霄花？」小川茫然地重複聽到的名稱，女子伸手覆在他下臂上，制止他：「小聲點……別說了。」這時，女子的頭又低了下去，疑惑著的小川又看到了她那兩排長長的睫毛，這時竟掛滿了水珠。

女子哭了，眼淚一直流一直流，哭得坐不直，一度似乎要彎身伏倒在小川腿上了，卻轉了相反方向，將臂枕在車窗上，整個臉埋進了臂彎裡。小川僵直地不知該怎麼辦，一會兒，女人收了淚，起身，賭氣般地迅捷地將行李從架上取下，抱著她的凌霄花，跨過小川離開，一直走到別的車廂去了。

路程上，小川好幾次想去找她，卻都做不到。自己覺得好像只要不明白凌霄花是什麼，就沒有資格去啊。但要如何才能探出這凌霄花的祕密呢？

很久很久以後，有幾個月吧，小川才在偶然的機會中知道了凌霄花。「那是最容易取得的墮胎藥啊，曬乾了煎來喝，多喝幾次胎兒就掉下來了。」不知是誰，聊天中如此不經意地說了。

第五帖　艷山薑

大久保常常對小川抱怨田岡博，說他不莊重、儀態隨便、衣著邋遢，有時抱怨的話愈說愈重，連「像個猴子」、「非本國人」、「會是殖民事業的毒害」這類的話都說出口了。

小川沒有那麼討厭田岡，當然也說不上喜歡，田岡太愛惡作劇了，有時讓小川招架不住，幾乎要怒形於色。

這一天，小川在自己的座位上，專注地讀著新發下來傳閱的公報，突然從背後遭受了襲擊，有人不意地強力摀按他的鼻子，驚嚇間他不自主地張開了嘴巴，不知什麼東西就被快速地丟入他的口中，下一瞬間，換做他的嘴巴被摀按住了。他強力擺脫摀按的手，猛然站起來，一回頭，後面站的是滿臉戲笑的田岡。

大房間裡十幾個人都轉頭看他們，小川不好發作，也勉強擠出笑來：「你又耍什麼

把戲了？」

田岡裝作故意壓低嗓音，用其實整間屋子都聽得見的音量說：「我為你做了一件天大的好事，給你吃了祕藥。」小川這才意識到自己舌間有幾顆小小丸狀的東西，散發出微苦卻清涼的味道。「這是什麼？」小川作勢要將口中東西吐出。

「不可以，絕對不可以！」田岡又把手伸往小川的嘴巴，小川把他的手撥開，真的有點急了：「這到底是什麼，你不講我當然要吐掉！」

「小川學長，因為你對我特別照顧，我才選上你回報呢。一定要這樣先讓你吃入口了，才能解釋，因為等我解釋完了，大家都會來要，可是我總共就只得到這幾顆祕藥啊！」

小川當然不會信田岡這種話，還來不及想出適當的回應，房內一角傳來了杉浦譽四郎的快人快語：「你以為自己是在『南座』或『二州樓』的舞台上嗎？別耍了，快說吧！」

「好，我說我說，但別以為我就沒資格登上『南座』或『二州樓』去哈！」田岡故意正經八百地說，大家都被惹笑了。

笑聲落完，田岡眼睛直勾勾地對準小川的眼睛，說：「知道森下南陽堂吧？作為日本男人，你不可能不知道『毒滅』這藥吧？」這句話又把大家惹笑了，沒有人不知道「毒滅」，那是號稱最有效的治梅毒新藥啊！小川有些受辱之感，要出口抗辯，田岡搶著說了：「我知道所謂的『學長』你必定用不到這個藥，我要強調的只是你博聞廣知，不然怎麼能當所謂的『學長』呢？」

小川真是沒皮條了，笑也不是，怒也不是，只能繼續聽他說下去。「然而，博聞廣知的所謂『學長』，可知道南陽堂的創辦人，森下博士，和我有一層特別的關係？」小川無奈地配合著搖搖頭。田岡裝出得意洋洋之態說：「我叫田岡博，他叫森下博，我們同名啊！」

這當然又把大家惹笑了。不知誰嘟囔了一聲：「這種關係有什麼用？」田岡聽到了，對著聲音來向回應：「太有用了！我取得了森下先生在台灣發現，即將要在國內上市的最新靈藥，給小川學長試用啊！」

小川實在很討厭這樣成為大家注意的焦點，只希望整件事趕快結束，但田岡就像在演一齣寫好排好的戲似的，大家都配合他說出他要的台詞。果不其然，就有人接話問：

「小川試的是什麼藥？」另一個人補充：「是治什麼的？有什麼效果？」

「效果可大了！吃了這藥，小川學長對付女人的能力當下立即增強了三到五倍，勇猛而且持久，別忘了森下先生特別關心男人那方面的問題啊！」田岡的話引來了哄堂大笑，笑聲中有人提高音調問：「為什麼要給小川呢？」另一個人叫得更大聲：「他又不是最需要的！田岡你自己不是更需要嗎？」又一波笑聲。笑聲暫歇，又有一個幽幽的低音，奇妙地清清楚楚傳到每個人耳中：「其實大家都需要吧？」又引來另一波笑聲。

小川慶幸著，看來注意力從自己身上散開了，變成了沒有針對性的普遍笑談，不料田岡竟又轉回來盯著他的眼睛說：「小川學長，你知道森下先生這神藥的道理嗎？……你現在閉上眼睛，不必告訴我們，但我確知眼前就出現了一個女人，那是你最愛的女人，最想睡的女人，絕對不會錯，不管你之前睡過或想睡過多少女人，吃了這個藥，自動會從眾女人中選出最愛、最美、最好、最舒服的那個。然後她刺激出來的感覺，會被這藥保存在你身體裡，這時候你去跟任何女人睡，會好像和她睡一樣，所以格外勇猛又格外溫柔，就沒有女人抵擋得了了。」

明明知道田岡這話純粹是胡說，卻也會有好幾個人跟著惡戲起鬨，叫小川閉上眼睛，小川無奈，一邊叫著：「別笨了，別笨了，這種話哪能信！」一邊刻意將眼睛睜得大大的，絕不閉上。僵持了幾秒鐘，突然有人說：「課長回來了！」包括田岡在內所有人都連忙回到自己的座位上，騷動、熱鬧的場面瞬間平息了。

小川長吁了一口氣，心中對田岡補上一句咒罵，同時用力眨了眨剛剛因用力睜張而乾澀的眼睛。突然，無來由地，眼前浮上了繼母的身影。也不能這樣說，確切的是一束不知為什麼鬆開來的髮絲，緩緩地垂到衣襟半開的胸前，如此一個影像。沒有臉，甚至也沒有完整的身形，就是那麼一塊淺黃色底，佈著茄色藤繞圖案的衣服，鑲著一段窄幅的亮綠綢料襟條，搭配差不多同樣大小的一片白皙皮膚，皮膚上墜落下雲瀑般的髮絲，那髮絲似乎失去了重量，又像有著自我意志，盡量延遲在空中的狀態，才不情不願地垂定下來。

小川嚇了一大跳。為什麼會覺得那就是繼母呢？不，不是覺得，就是知道。為什麼？然後想起了田岡說的話，心中更是驚駭。

理智上反覆告訴自己：「沒有這種事，不會有這種藥的，田岡當然是瞎扯的，誰會笨到去相信呢？」但身體裡卻有一個探觸不到的地方，一直在發顫，停不下來。

剛好看到岡田起身，像是要去上廁所，小川忍不住追了過去，在長廊上拉住田岡。「你到底給我吃了什麼？告訴我！」看到田岡回頭的神色，小川才意識到自己的口氣中含帶了超出同事相處禮貌規範外的怒意了，連忙編了個藉口說明：「我現在感到頭昏不舒服，是不是你給我吃的東西造成的？」

聽他這樣說，田岡倒是收拾了戲謔的態度，認真地回答：「不可能！這真是森下南陽堂的新藥，用台灣的草方製成的，可以避免感染疾病，森下博士隨軍來台灣時，看到很多台灣人都喜歡口含這藥，不受瘴癘之害……」

這不是小川要聽的，但他卻又無論如何問不出口說：「這藥有你剛剛說的效果？」遲疑咿唔，問出來的話成了：「藥是什麼成分做的？……為什麼我會頭暈不舒服？」

田岡可為難了：「那是人家製藥的祕密啊！」繼而盯著小川急切的臉看，看起來小川好像真的不舒服，田岡轉念說：「……反正台灣人很多都知道這味啦——最主要的是艷山薑。」田岡用食指在牆上一筆一筆畫寫出三個漢字來。

艷山薑？「植物？好怪的名字，長得很艷麗，赤紅色的嗎？艷麗的花不都有毒嗎？」小川表達了擔心。

「你真的一定要誣賴我毒你啊！在這裡叫『艷山薑』，其實就是月桃啦，你不會不知道月桃吧？月桃會有毒？」

小川當然知道月桃，熊本家中庭院，靠近水池的地方，就種了一棵月桃樹，小時大約一米高，和當時十歲的他差不多高，一直長到他要離家時，應該有四米高了吧？

「就是月桃啊？還真一點都不稀奇呢。」小川說，一邊說著，一邊心底真的堵著濃濃的失望。所以那是繼母不會錯。繼母喜歡坐在靠水池的石椅上，月桃樹的樹蔭剛好投下來，也許那時月桃發出的清涼香氣，就由上而下籠罩包圍了繼母？

自己不過就是想起了月桃樹下的繼母。還是，艷山薑樹下的繼母。不預期地，小川臉上浮起了笑容，那表情的變化應該很大吧，連田岡都鬆了口說：「頭暈好了吧？我就說不可能會吃出問題的嘛！」

艷山薑下的繼母，小川在記憶之眼中看到了。

第六帖　龍船花

幾天之後，小川竟然又看到了月桃。在一張杉浦帶回來的幻燈片上。杉浦奉命進行了一場對於台灣番人的介紹，提到了和日本人最早接觸的是台灣東南區，釀造了牡丹灣事件的生番，這兩年，對於該區的生番有了進一步認識，發現他們不只分屬不同社，還分不同族，在這區就有卑南、排灣、布農等族。

說到排灣，杉浦放了那張燈片，上面有一個約莫七、八歲的小女孩，微笑著。觀眾中好幾人同時對女孩所戴的頭飾隔空指點了起來。看起來像是用植物的細藤編成，寬度幾乎有十公分左右，將女孩的整個額頭都遮住了，最特別的是細藤繞綁著一顆顆大圓珠，使得頭飾看起來格外華麗。「那是什麼珠啊？那麼大一顆，怕不有五公分直徑吧？」有人忍不住讚嘆。

杉浦知道大家的注意焦點，賣了關子：「看仔細些，猜猜那是什麼。靠近到前面看

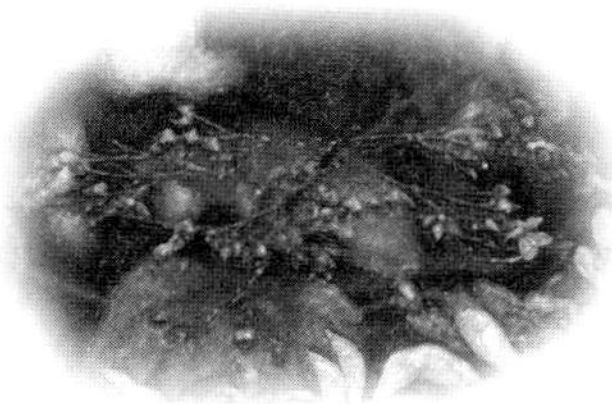

也可以。」大家真的都探前了身用力地看，最前面的座位間，傳來了驚呼聲：「那是果子啊！不是珠，是像柑橘類的果子啊！太可愛了，用樹藤將樹果纏起來戴到頭上，太可愛了！」另一個人接續補充：「而且也太漂亮了啊！」

小川沒有看出女孩頭上戴的是什麼，卻不意地看到女孩站在一棵月桃樹下。他忍不住出聲：「那是月桃樹吧？」杉浦聽到了，回頭看一眼燈片，肯定地回答：「是月桃沒錯，在台灣很常見，他們把這樹的花又稱為『玉桃』，花苞的形狀又圓又尖，似桃子，花苞未開之前，表面是柔潤的乳白色，最尖之處綴著一小點紅色。台灣人稱處女的胸乳也叫『玉桃』，同樣地是又圓又尖的柔潤乳白，同樣是尖端綴著一小點紅色，至於因為花像胸乳而得名，還是胸乳像花而得名，我可就弄不清楚了。」

這番話，當然惹起了全都是男性的觀眾一陣讚賞的笑聲。杉浦回頭又指了指燈片中女孩身前的地上：「請看這裡，地上曬的，是月桃的外葉，長長的，排灣族人會採開花前的月桃外葉曬乾，將纖維抽出來，很好用，可以編籃子，也可以綁繩索，很牢靠的。」

觀眾中又有人問：「那旁邊的花呢？一球球開著的……」看起來快要轉成植物討論

會了。

這次杉浦根本沒回頭就很有把握地說：「那是龍船花。因為在農曆五月靠近中國端午節時開的，划龍船的季節，所以叫這樣的名字。我這張相片就是初夏時節拍的，剛好遇到了龍船花盛放……」

「很氣派嘛，氣派名字的花，果然開得很氣派……」有人說。

「嗯，是這樣嗎？……」杉浦沉吟著，故意停了一下，才說：「但這花又叫癲婆花呢！」

另外一人立即回應：「難怪看起來那麼狂亂，艷麗囂張得有威脅感哪！」引來一陣眾笑。原來說話的人不服輸，說：「就是氣派才會有威脅感，說有威脅感不就證明了這花開得氣派嗎？」「是啊，是啊，我有說瘋婆子不氣派嗎？」眾人笑得更厲害了。

杉浦自己勉強收了笑，認真解釋：「除了花形艷麗，主要應該還是因為這花在亞熱帶地區農曆五月一定開花，經常到七月還會再開一次，甚至到八月底九月初都有可能開第三次，太會開啦，所以被比成了瘋瘋癲癲的婆娘……」

這時有人大叫：「那就一定是沖繩的山丹花嘛！我剛剛怎麼看都覺得這花應該是

山丹花，被你們說的什麼龍船花、癲婆花給弄昏了，不敢確定，既然說這花會開三次，那就沒錯了，知道山丹花吧？本來叫『三段花』，就是指這花每年分三段開花，後來嫌『三段』不好聽，改為聲音近似的『山丹』的啊！」

「咦？有這種事，一種花有那麼多種名字？」顯然杉浦沒有聽過「山丹花」。

然後，趁著難得大家沉默的片刻，小川忍不住說出了他衷心的疑惑：「諸君有和我一樣的困擾嗎？明明是同樣的東西，被叫喚為不同的名字，不只那樣東西彷彿就變成長得不一樣，甚至連在那東西周圍的景象，也都一併被改變了呢。當我想著那樹叫做艷山薑，而那花叫作龍船花時，相片中的女孩露著野性，說不出來的立體的美，是向外，朝我們所在的方向凸出來，帶有動感衝過來似的。突然，那樹變回叫我熟習的月桂，那花是山丹花，那女孩一下子就沉靜下來，從原來的凸版形象變成了凹版形象，幽幽地退了一點點，和那樹那花不在同一個平面上。而且女孩原本的野性，野性帶來的陌生誘惑不見了，換上的是奇怪的聯想——要是我妹妹，也差不多十歲大的妹妹站在那裡，會如何呢？妹妹會比她漂亮嗎？妹妹現在又在做什麼呢？我真正想念月桃樹下的妹妹啊！」

竟然會一口氣說出這樣一段話，小川自己嚇了一跳，其他人也都嚇了一跳，一時不

INK PUBLISHING

讀者服務卡

您買的書是：______________________________

生日：　　年　　月　　日

學歷：□國中　□高中　□大專　□研究所（含以上）

職業：□學生　□軍警公教　□服務業

□工　□商　□大眾傳播

□SOHO族　□學生　□其他 ______________

購書方式：□門市 ______ 書店 □網路書店 □親友贈送 □其他 ______

購書原因：□題材吸引　□價格實在　□力挺作者　□設計新穎

□就愛印刻　□其他 ______________（可複選）

購買日期：________年________月________日

你從哪裡得知本書：□書店　□報紙　□雜誌　□網路　□親友介紹

□DM傳單　□廣播　□電視　□其他

你對本書的評價：（請填代號　1.非常滿意　2.滿意　3.普通　4.不滿意）

書名______ 內容______封面設計______版面設計______

讀完本書後您覺得：

1.□非常喜歡　2.□喜歡　3.□普通　4.□不喜歡　5.□非常不喜歡

您對於本書建議：

感謝您的惠顧，為了提供更好的服務，請填妥各欄資料，將讀者服務卡直接寄回或傳真本社，我們將隨時提供最新的出版、活動等相關訊息。

讀者服務專線：（02）2228-1626　讀者傳真專線：（02）2228-1598

廣	告	回	信
板橋郵局登記證			
板橋廣字第83號			
免	貼	郵	票

舒讀網「碼」上看

235-53
新北市中和區建一路249號8樓

印刻文學生活雜誌出版有限公司　收

讀者服務部

姓名：＿＿＿＿＿＿＿＿ 性別：□男　□女

郵遞區號：＿＿＿＿＿＿＿＿

地址：＿＿＿＿＿＿＿＿

電話：（日）＿＿＿＿＿＿＿＿（夜）＿＿＿＿＿＿＿＿

傳真：＿＿＿＿＿＿＿＿

e-mail：＿＿＿＿＿＿＿＿

INK

知該如何反應，整個廳堂裡被沉默占領了。

第七帖　相思樹

小川沒有在眾人面前說出來，後來幾天持續困擾著他的是，接觸這些不同的、陌生的名字，甚至影響他對於陽光的感受。

不能告訴其他人。他真真確確地感覺到在台灣，陽光投射下來的速度，比在日本要慢得多。日本的天空，比台灣的天空高且遠，從遠遠的天頂上，太陽總趕路般地刷下來，投下帶有金屬銳利感，又像帶有運動聲響的光線。日本的陽光，真的是「光線」，俐落的線條始終在那裡。

台灣的陽光，怎麼說呢？是鋪開來的，一片，一大片，散著，無目的又像不情願地墜下來，有時甚至就蚊帳般掛著，把人包圍著，卻從不直接射過來，於是那熱也是濛濛蒸著烘著，不會俐落乾脆地在皮膚上刺痛。

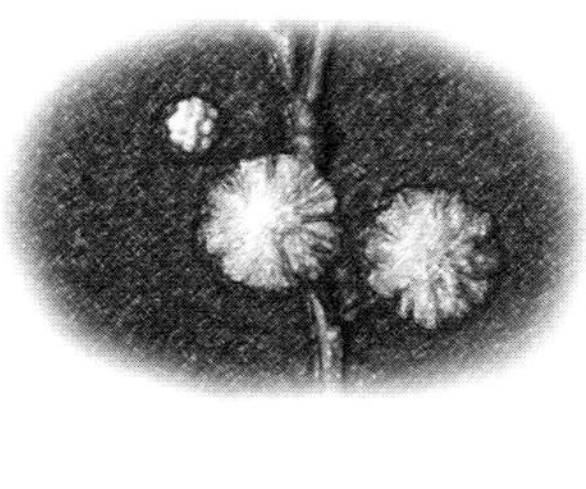

第一次明確感受台灣式的遲緩陽光，是在盆地邊的矮山丘上，一條土路兩邊一逕站

著同樣的樹，隨行協助調查的通譯好意地介紹：「這是最常見的相思樹，木材長得快，所以不結實，不能當家具或建築用，卻很容易可以燒成木炭，相思木炭是台灣人使用得最普遍的家用燃料。」

「喔，比煤球還普遍？」他隨口應和，沒等通譯回答，腦中有了讓他更感興趣的問題：「你說這樹叫『相思』？是會長出『相思豆』的那種樹嗎？『紅豆生南國，春來發幾枝，勸君多採擷，此物最相思』。」他順口用學校學的訓讀音，誦唸起王維的詩，也不知通譯聽懂聽不懂。

通譯應該聽懂了吧，他沒有遲疑就說：「不，不，不一樣，『相思豆』不是這種相思樹結的果，是長在『海紅豆』樹上的。那種樹，紅豆木，很堅實，比相思樹要值錢得多了，要到更深的山裡才看得到吧！」

這樣一說倒是激起了小川為眼前這種樹有了微微不平，他刻意抬起頭來端詳一棵棵接連立著的相思樹，低聲近乎自言自語地說：「這樹長得很雅致啊，葉子如此小巧，樹枝有自在彎折的曲線，那什麼『海紅豆』有更漂亮嗎？」

那天陽光炎亮，四境一片白花，他原以為抬起頭來，眼睛會被陽光刺得很不舒服吧，卻意外得著了平和的對待。這陽光，不一樣呢！

他和通譯走下矮丘了，路邊一面白旗被遲緩的陽光照得格外明顯，使得他不注意都不行，白旗上墨色淋漓地寫著：「占卜問事，無所不知」。小川突然興起，指著白旗問通譯：「我也可以去問事嗎？會不方便？」通譯瞇著眼想了一下，小心地回答：「應該沒有什麼不方便吧，只是大人真有什麼事要問？……」

「一般都問些什麼事呢？我在日本也去算過卦，想知道在台灣有沒有什麼不一樣的慣習？」小川說。

聽到「慣習」，通譯覺察了這和調查工作有關，也就提振起精神來對待。「卜者約莫有兩種，一種是算命仙，幫人算命運吉凶，算流年，提醒最近是不是有災禍，要如何趨吉避凶；另外一種是讓人探問迷離難知的，仇家下落，親人健康，婚姻前途，賭博輸贏，都可以問。看他旗子，這應該是後面一種卜者吧！」

小川點點頭：「那和在日本差不多。就陪我進去問問？」

進了門，裡面光亮乾淨，沒有一般台灣住屋的陰暗沉鬱之感，先入目的，是比外面旗招還要更大的一面白布，上面畫了一個紅色的銅錢圖案。一個人就坐在紅銅錢前面，身穿小川沒見過的黑色袍服，式樣及衣料都和平常的台灣裝沒有一點相似之處，倒是比較像日本傳統的黑布和式禮服。

通譯在前，小川在後，兩人剛跨過門檻，那人就說了一句話，小川立即感覺到通譯整個顫動了一下。通譯驚疑地回頭：「他知道你聽不懂他的話，叫我轉達歡迎。」小川替通譯安安神：「他看我這頂白帽就猜得到我不是台灣人。」通譯神色果然為之一緩，然而一下子就又緊綳起來：「他問：貴親今年幾歲？要問的是年長那位，還是年幼那位？」這下小川也為之一震，但立即讓自己鎮定下來，對通譯，也對自己解釋：「他當然知道我們都是孤身在台，最有可能就是問親人安好與否，我這種年紀，上下有親，也很正常。……就請他替我卜一下年幼那位吧，甲午年生的，應該算九歲？」

通譯轉譯了，又回頭問：「問平安還是有特別事故？」小川說：「問平安。」聽了通譯的話，案頭那人拿出銅錢來，一共三枚，在小香爐冒著的香煙上繞了幾圈，然後擲了一次又一次。通譯翻譯：「貴親是女孩？」小川點頭。「是女兒？」小川又點頭。那人多擲了兩次，說了話，通譯狐疑且帶些為難地說：「抱歉，他說確認是女兒，不是妹妹？」

這下小川真不敢再對眼前這人輕忽以對了。有點尷尬，但還是必須承認並解釋：「嗯，是妹妹沒錯，我剛剛沒聽仔細你說的，點頭點快了。」

卜出來的，是「風水渙」。卜者拿毛筆寫了漢字給小川看，然後對著通譯解釋：「渙在兌後，是安心離散之象，安心是好的，表示妹妹過得不錯，但離散卻不好，表示妹妹逐漸淡忘掉了這個哥哥，相隔太遠了吧？進一步看，妹妹的運勢主要在上面的巽卦，顯示的是風吹散了心病之象，原諒我直說：好像是妹妹能過得安心，正因為哥哥遠離除去了她身上的一樁芥蒂心病啊！」

小川不確定自己聽得懂卜者說的話，或者是不確定自己想要聽懂卜者說的話。當下心底竟然產生了一分緊張，幾乎恨不得立即轉頭就走。小川真後悔，怎麼會拉著通譯進來，現在礙著通譯，也不能就這樣退出去了。帶著點不信邪，也帶著點賭氣，小川脫口說：「不然，連年長者也幫我算一下吧！……幾歲呢？我十二歲那年他……明治二年……應該是己巳年出生的……」

卜者又開始一連串地擲卦，擲了兩次，就問：「也是女性吧？」小川點點頭，但可以感覺到自己耳朵紅熱了起來。

卜出了一個「雷風恆」。卜者的解釋：「這是相思之象啊！」小川努力表現出不解的樣子，但卜者竟然還是重複了一次：「這是相思之象啊！」然後補充一句：「主象落在『六五』，辭是：恆其德，貞，婦人吉，夫子兇。她始終如一思念你，她可以過得好，但你思念她，就對你不好了。」

小川沒辦法再待下去了，對卜者示意感謝，交代通譯付費，就匆匆走出來，一出來，滿眼都是灑上了金黃陽光的相思樹。

第八帖　山芙蓉

雷雨剛剛停歇，太田就衝進小川的住處來。台式房舍沒有真正的玄關，只能用一道隔屏擺在入門處，顯得太田的來勢格外驚人。而太田開口說出的話，和他的行動同樣突兀。

「對於殖民者的角色，你是怎麼思考的？」

小川一時還聽不懂「殖民者」，想了一下才在腦中確定浮寫出這三個字來。「殖民者？我不敢說我思考過這個問題哪……」

太田皺著眉，「殖民者，就是你和我啊，我們就是以殖民者的身分在這裡存在著，怎麼可以沒有思考呢？」

和太田認識夠久，超過半年了，小川已經累積了經驗不去理會他那容易令人不快的質疑口氣，平心靜氣地回應：「我知道自己在這裡每天該做的工作，每天做著，

甚至說每天為了這樣的工作而活著也不為過。但，我不會抽象地去想自己是個『殖民者』……」

「你這樣不行啊！」太田不客氣地批評：「缺乏殖民者的自覺，是不負責任的表現。我們不是來到台灣享受的，作為殖民者的責任，是將我們帶到這裡來的主要力量，不是嗎？」

小川這時才稍有餘裕端詳太田的模樣。他身上是像學生穿的舊藏青碎白花紋上衣，配了裙褲。藏青底色磨舊褪淡了，卻又因被雨淋濕了而顯現為醒目的深色。小川莞爾笑了：「我當然知道不是來這裡享受的，又熱又悶又有暴雨，若要享受，就不會選這樣的地方吧？」

「但我們忍受又熱又悶又有暴雨的情況，是為了什麼？這就是我說的殖民者的自覺啊！」

「那你來告訴我究竟是為了什麼吧。」小川知道必須用這種方式才能截斷太田的夾纏批評。

「對。我正要說。」太田自信地回答：「方才我在一家茶座裡躲雨，雨勢才稍歇小一點，就看到一個女子撐著把簇新的油紙傘踏著還在奔流的水路走過去。她應該是有急事吧，等不及雨停就出門了。看著她蹬蹬蹬地走過，我心中有種奇怪的感覺，仔細想想，知道了，原來是因為她穿著台人的斜襟上衣，寬腿褲，但腳上卻是一雙木屐！」

小川點點頭，但其實並不了解太田說話的重點在哪。太田正經地說：「你明白嗎？因為我們，她才會穿上木屐，才能在這種大雨未歇、路上都全是水的情況下方便地走路。這就是殖民者帶來的。而且還不只如此，穿上了木屐，這樣一個儀態平常的女子，走路就有了不同的模樣，不，應該說不同的風姿。她展現著在我等殖民者到來前她自己都不曉得可能存在的步伐，微微前傾，腳尖朝向中間靠攏，步子自然細碎有節奏，你覺得台灣女子原本會這樣走路嗎？頃刻間，我感受到殖民者身分的強烈意義，於是也迫不及待地從雨中要來跟你討論這件事……」

「是嗎？如此受到自我殖民者身分感動啊……」小川再度點點頭，但這次點頭的意味和之前不一樣了，帶著一絲促狹，「真相應該是忍不住跟隨女人搖搖擺擺的背影風姿，一路剛好跟到這裡來的吧？我記得你對『好色者』身分的講究，恐怕不下於『殖民者』吧？」

這正是大半年來小川學會了的。別被太田表面的正經八百騙了，藏在看似高傲態度後面，其實有一份近乎猥褻的頑皮，不必客氣地將那表面掀開，他就立即會像身上的衣服所暗示般地變回了類似學童的狀態。

尤其是對於女人的好奇，還有忍不住荒唐地炫耀自己豐富的好色經驗。至少，聽在小川的耳中，太田作為「好色者」的種種故事，實在不太可信，有著許多斧鑿虛構的痕跡。

果然如小川預期的，太田像是患了健忘症般，一下子就徹底丟開了「殖民者」的話題，轉而大談特談木屐與女人的腳。從台灣女人沒有穿上足袋，光裸套在木屐裡的腳說起，說到自己過去曾經如何在溫泉邊將一個少女白嫩的腳抱握在懷中，反覆摩挲那完美圓滑，明明是骨卻又渾似無骨的腳踝……

小川無法專注聽太田說話。最近每次只要太田開啟了這樣「好色者」的話題，小川都無可抑制地分心。他分心想到了山芙蓉，五片交疊的白色花瓣，每一瓣靠中心處染上了粉點狀的桃紅色，然後在桃紅之上戲劇性地豎立起淡黃色的花蕊。那是他到了台灣才認識的花種，但不知為什麼那花的模樣總讓他覺得和台灣的氣候不怎麼相稱，格外日本，每每見到都叫他格外想家。

山芙蓉或許真的和日本有某種神奇的親和性？聽說在台灣眾多樹種所產木料中，山芙蓉靠近主幹的大枝，最適合用來做木屐。山芙蓉木屐，不管是高的還是低的，都特別能抓地，穿起來走得特別穩。

然後他分心地想起繼母在院子裡著木屐滑了一跤的畫面，當時十七歲的他站在廊簷下，驚駭地大叫一聲：「危險哪！」就在他話聲未落之際，從裡間衝出人影，越過他，直奔剛剛倒地的繼母。奔去的竟然是父親，幾乎比繼母滑跤還要令他驚訝，他從來不曾見過，甚至不曾想過父親會有如此快捷的動作。受了父親刺激吧，他也趕緊下來靠近過去。正好看見父親一隻手枕在繼母的頸肩之間，另一隻手自然地貼上了繼母微隆的肚子。

那瞬間，不可思議地，他第一次意識到父親和繼母原來是有肉體關係的。父親不尋常的奔跑，是為了去保護繼母肚子裡的他的孩子。他一時不知該如何處理這突來的奇異知覺。父親和繼母是夫妻啊，而且自己明明也知道繼母懷孕了，如此清楚明白的事，為什麼在此之前會不知道他們兩人有那樣的關係？而且，之前連想都不曾想過，卻在這一瞬間，一旦理會了，立即就對他們兩人緊貼著的身體，產生了極其尷尬的想像，使得自己一下子不只臉紅，全身都刷地紅熱起來，窘迫地停了腳步甚至不知該朝哪裡看，低著頭，只敢固執地看著那一隻滑倒時被摔離出去的木屐，木屐一下在眼前模糊了，一下又彷彿活物般帶著威脅地靠近過來。

那鬼物般的木屐。

第九帖　玉蝴蝶

太田的「好色者」故事，只有一個讓小川真正留下印象。太田找了他到艋舺的一家飲食店，說那裡可以喝得到好的台灣酒，同樣用米釀造，但口感和香味都很不同於清酒。

對小川的口味來說，那酒太濃稠了，雖然液體顏色清淨，但喝在口中，就是會產生一種過濾不徹底，帶有雜質的感覺。比較接近日本的「古酒」，卻又沒有「古酒」必定會透出的一種將米蒸熟時的香味。

因而他不太能理解為什麼太田一杯接一杯喝了那麼多，像是生怕不趕緊喝下肚，酒就會被收走藏起來那樣的喝法。喝到了一個程度，太田大著舌頭說起自己最喜歡的一個女孩。「喜歡到什麼程度你知道嗎？喜歡到沒有一個地方不喜歡，沒有一件事不喜歡。」聽太田這樣說，小川忍不住笑了，真是酒後的傻話、廢話啊！

但太田接下來說的話，使他收斂了笑，換上了不解的疑惑。「那樣喜歡一個人很可怕的，不願相信自己會那麼喜歡她，心底就起了一個惡魔，突然陷入一種執著的情況，一直想一直找：不可能，不可能沒有不喜歡的地方。」

太田顯示出小川過去從沒見過的落寞神情，苦笑說：「我倒是沒有瘋狂到像平安朝好色故事裡的平中那樣，去捧她的屎尿來對自己證明她不可能是完美的。但愈是喜歡她，心底的魔就愈是大聲地呼喚著：『不可能，不可能都喜歡啊！』……

「想了很久，想到了一件事，不是真的不喜歡，只是總算找到一件不確定自己喜不喜歡的事。她從來沒有表現過嫉妒。對於別的女人她會如何反應呢？……

「有一天，我接她去看戲，在車上我故意將懷中剛剛收到的信打開，讀了幾行就匆忙又收進口袋裡。戲演到中場，有認識的朋友過來，我就起身離座，彷彿大意地讓信從口袋裡掉了出來。回座時，信不見了！我裝作不知道，暗中確認，到處都找不到那封信。下半場我根本沒有心情看戲，既緊張又興奮地等待她會如何反應。……

「她的反應很直接啊。散了戲完全不看我，轉頭朝門口猛走，靈巧地在人群中穿梭，害我幾乎追不上。到了等待著的馬車旁，她才回頭，惡狠狠地一邊盯著我，一邊將捏在手上的信丟在地上，然後打開車門，立即又關上。啊，果然還是嫉妒了！

「我應該要衝上去拉開車門，硬擠到她身邊，摟著她的肩，輕輕為她擦去臉上流下的淚水。這是我原本想像預備過的情景。然而當下一份奇怪的情緒卻讓我止步了，我故作瀟灑地將地上的信撿起來，鄭重其事地把被她捏皺的地方刻意反覆抹平，帶著微笑，舉著信對車窗裡的她揮揮手……

「我不了解我自己，完全不了解！為什麼要用這種方式送走幾乎就要進入到我懷裡的幸福？而且為什麼如此殘酷傷害她？我到底在想什麼，你知道嗎？」

太田像是強忍著劇烈頭痛般用雙掌緊握著腦門，引發了小川深切的同情。「也許，在你心底，其實更喜歡那個寫信給你的女人？或許她不像這個女人那麼完美，但我們原本就不必然真正喜歡完美啊，經常有缺點的反而有更大誘惑？」

太田還是低著頭，發出一陣低抑的、古怪的輕笑，說：「不可能的呀，因為根本就沒有那個女人，你不明白嗎？……那封信是我自己寫的，就是自己寫的，才能寫得那麼多情，既含蓄又熱情，才會準確地引發她的嫉妒啊！」

小川倒抽了一口氣，一時不知還能說什麼了。沉默中，店裡的酌婦剛好過來送上新的一壺酒，為了解悶，小川用蹩腳的台語指著桌上的一盤蒸魚說：「好吃，這樣，好吃。」酌婦回應以蹩腳的日語夾雜台語解釋：「加了這個，一顆一顆這個，叫做『破布子』，不知道日語啦，樹上長的，鹽水煮，煮到破，加糖，再煮，」比著手勢：「放進罐子，圓圓的罐子，裝起來，可以放很久，蒸魚的時候拿幾個進去蒸，就好吃，這樣好吃。」

原來祕訣在這叫做「破布子」的東西。此時太田強睜著因酒意快要閉上的眼睛，看著酌婦，「你知不知道『破布子』的花叫什麼？知道的話就請你喝一杯。」酌婦疑惑著，「『破布子』的花？『破布子』就是『破布子』，哪有什麼花？」聽到這樣的話，太田不耐煩地提高了嗓門：「笨啊！『破布子』是種子，樹上先有花才有種子，連這也不知道嗎？那花啊，小小的，白白的，中心一點點黃的花，沒看過嗎？那叫『玉蝴蝶』不知道嗎？像玉做的，不會飛走的蝴蝶，沒聽過嗎？玉做的，不會飛走啊，不會飛走的蝴蝶啊，玉蝴蝶，多好的玉蝴蝶，一直停在樹上，都不會飛走啊，玉做的蝴蝶啊……」

太田像是中了邪般，反反覆覆繞著「玉蝴蝶」叨唸，小川只好將不安驚恐的酌婦遣走，不無哀傷地對著滿桌的菜餚和不斷入迷囈語的太田君。

第十帖　冷清草

小川一直記得那一天，儘管這麼些年來，他總是迴避著不讓自己去回想。

十一歲的那一天，他相信自己就要死了。他連續發燒好多天，差不多已經忘掉了上一次離開臥榻是什麼時候了。從又乾又熱的睡眠中醒來，他很確定自己做了一個很長很長的夢，有很多很多影像，影像連結成曲曲折折的變化情境。然而一醒來的瞬間，影像和情境立即消失了，欲裂的頭痛甚至不讓他稍稍努力去回想。只剩下最後一個畫面還留著，奇怪的畫面，在一片乾涸的天空下，母親卻渾身濕淋淋的，如同沒有脫衣服就去泡了一個久久的澡似的，頭髮完全黏貼在兩頰邊，看起來像是書中盛裝的平安朝仕女，這樣的母親，拖了浸滿了水極其沉重的黃底紅花的小紋從拉開來的門間緩緩地飛了出去。媽媽飛出去時，彷彿一併也將房裡的空氣牽在尾襬上帶出去了。

醒來的他真的感到吸不到氣，胸口緊緊地痛，一轉頭，夢中母親飛出去的拉門竟然

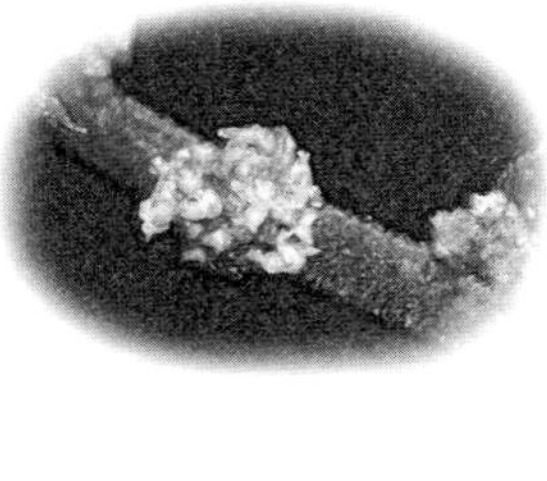

真的開著。一下子，外面的種種嘈譁聲響迫不及待地湧進被吸乾了空氣的房裡。

怎麼會這樣？他臥病的這漫長日子裡，那門明明一直都關著的呀。有人進出，拉開門一定立刻又拉關起來。他好久沒看到外面的光線這樣穿過門道射進來，也好久沒有聽見外面的聲音了。

母親死了。就在臥病的前兩天，他才參加了母親的喪禮。還不是很能夠確切體會母親死去的實質意味，自己就病倒了，不知什麼奇怪的力量猛烈地攻擊他的感官，使他昏亂、渾噩，無暇再想母親的事。

這一刻，突然一切清清楚楚了，清楚到讓他疑惑自己為什麼需要等這麼久才理解。在他眼前、在他心中，母親的死再簡單不過，就是自己死去的前兆，幾乎是母親為了預備自己的死所以死的。

他說不上來害不害怕。感覺到的就不是和害怕扯得上關係的情緒，是一種神祕的明白。無法解釋、也無法形容，但躺在那裡，他就是知道自己會怎樣死去，突然知道了死的狀態與程序。死基本上是一份聽覺經驗。他聽著外面好多不同的聲音，混雜著、衝突著，慢慢地混雜、衝突消失了，多種聲音合併成一個，嗡嗡嗡固定震動的長音，然後這個音會愈來愈小聲，愈來愈小聲，到完全聽不到聲音，徹底的冷清覆蓋時，他就死了。

對了，就是這樣。死是終極的冷清，除了自己不再有任何聲音的來源，連自己也不再能發出任何聲音。一定就是這樣。所以房間才會沒有其他任何一個人，才會將門打開著。或許跟他平常醒來時一樣，房間裡也有父親或別人在？只是他再也看不到他們、聽不到他們，孤獨地面對逐漸淡去遠去的聲音，是死去的第一步？

他覺得好累，累到沒有力氣睜著眼，要將眼皮蓋上時，才驚訝地發現自己原來早已閉上眼了。那門、那光，是閉著眼時映顯在眼皮上的記憶與想像？他覺得聲音愈來愈小，快要聽不見了，身體的周遭是不斷擴大的空無……

就在終極冷清降臨前，帶著震動的腳步聲出現了，在他還來不及弄清楚怎麼回事前，有一隻手溫柔地撫過他的臉，攤開的手掌停留在他的右臉頰上。然後有細碎急促的呼吸起伏，擾動了他鼻息前的平靜空間。然後有了和呼吸起伏相應和的哭泣聲。哭了好久。哭聲比呼吸聲來得複雜些。慢慢地他似乎從哭聲中辨別出含糊的話語，說著：「別死，不能死，請求你不要再加重我的罪孽了。只要你活下來……只要你活下來……只要你活下來……」

只要我活下來，就怎樣呢？他疑惑著。可是那含糊的話語中無論如何都挖掘不出「只要你活下來……」的後半句。他用盡了全力想讓自己打開眼皮，看看這陌生的哭聲的主人。努力了好久，他似乎看到了伏在他身上的這個女人，但他沒有把握，那究竟是實景，還是和門外的光一樣，是虛弱的自己仍然閉著眼睛想像出來的。

他一直記得那一天，記得自己從死裡回來。一年多之後，父親帶著繼母到家裡來，向他宣告將再婚的消息，繼母羞怯地將臉容藏在父親身後，不知為什麼，他立即察覺這個他還沒看到長相，也還沒發聲說話的女人，就是當天將他從終極冷清中拉回來的人。

第十一帖　紫背花

「最想念的，是澡堂女吧！」午餐的時候，中田先生意外地這樣說起，引來一座訝然。

顯然，不只小川一個人沒聽過「澡堂女」這個名稱，至少是聲音上的聯想，似乎很難跟一向正經近乎嚴厲的中田先生放在一起。但在說起對於日本家鄉的思念時，中田先生竟然毫不猶豫地就說出了「澡堂女」。

中田察覺了眾人的疑惑，趕緊帶點不好意思地解釋：「澡堂女」是京都前兩年新流行起來「土耳其浴室」裡配置的新服務。「你們都沒有去過『土耳其浴室』嗎？就是附有蒸汽間的浴室啊？」

大家都沒有去過。中田只好進一步解釋去「土耳其浴室」洗澡的經驗。一進門，脫掉衣服，面前是一排洗浴間，每一間裡面有一個穿著白罩衫的「澡堂女」。找了一間進

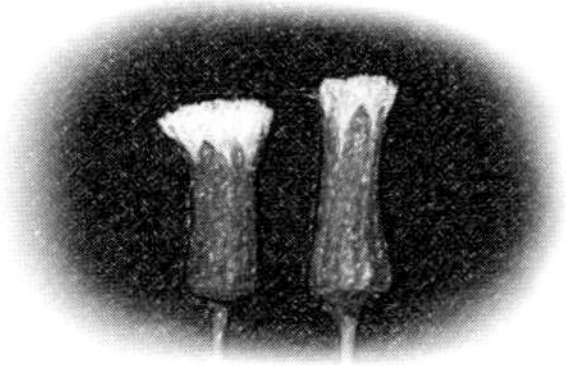

去，「澡堂女」就會先為客人沖洗全身，不只搓背，甚至還幫忙洗頭。搓洗停當，還用提桶裡的熱水連番沖洗，再簡單梳了梳頭，然後替客人在腰間圍上大毛巾，送進蒸汽浴箱裡。客人在蒸箱裡，「澡堂女」就一邊刷洗浴間，一邊為客人計時，看客人選擇要在蒸箱裡待多久。十分鐘到了，一定會將蒸箱打開，以免客人在裡面燜昏了。

一出蒸箱，「澡堂女」先送來擰得很乾的涼毛巾，敷在頭上，立即產生不可言喻的快感。然後「澡堂女」引導客人來到看得見中庭的地方，在躺椅上鋪好乾淨的白布，讓客人躺下。俯臥躺好，「澡堂女」就從肩膀開始按摩。不只揉捏，還用巴掌在背上連續拍打。最後在客人身上鋪一層香香涼涼的粉，才算完成了整個洗澡的程序。

「那些『澡堂女』不知道哪裡找來，一個個都皮膚白亮白亮的，雖然個頭小小的，抓、按、捏、揉、拍、打都很有勁。剛開始，第一次第二次不太習慣，去到第三次之後，幾天沒去就覺得自己的頭髮發臭、皮膚發癢、筋骨發疼了。」中田很誠摯地說：「唉，獻身殖民事業，什麼都早有預計準備，倒是沒料到獨獨對少了『澡堂女』覺得那麼難受啊！」

桌子的另一端有人，弄不清是誰了，感慨地回應：「沒料到的，還真不少，不是嗎？」

聽中田描述穿著白罩衫的「澡堂女」時，小川不意地想起夏日時剛替新生小女娃洗過澡，身上工作用的白罩衫還沒有換下來的繼母。繼母彷彿一時連換衣服的力氣都沒有了，抱著小女娃靠在面對庭院的椅子上。那年十八歲的小川過去在椅子邊的廊下坐著，同樣看著夏夜灑著月光的樹枝。

「對不起。」繼母突然開口說。

「咦？」小川連忙轉頭，不知道發生了什麼事。

「你這麼大了，卻添了一個妹妹，讓你很尷尬吧，對不起。」繼母說。

小川真沒想到竟然為了這樣的事道歉。「不會啊……」

「人家會笑說你媽媽那麼大年紀了還生孩子吧？」

「但是妳年紀不大啊，妳還很年輕……」

原本疲憊且看來心情遲鬱的繼母，輕易就被他逗笑了，掩著口使得聲音模糊了：

「不年輕啦，而且我說的是別人以為的，畢竟是你那麼大個人的媽媽啊！」

他不知該怎麼回答。事實真的有點難跟朋友們啟齒宣告這個消息，只是他自己一直弄不清那尷尬是怎麼回事，並不全是擔心會被嘲笑。

看他沒接話，繼母收了笑，又換回擔心的口吻：「而且你會不知該怎麼對待這麼小，嬰兒的妹妹吧？」

他覺得不能再沒有反應，就堅決地搖了搖頭，先說：「怎麼會，不可能的。」然後，出乎自己意料地，下一句話衝了出來：「我就把她當作像是自己的女兒就好了。」

繼母又被這句話逗笑了。聽到那躲在白色罩衫寬袖後面發出的笑聲，他突然覺得好像身體裡有一個什麼關卡被打通了，一股舒服的涼息從脊椎灌上後腦。他設想繼母應該會有些什麼反對的話吧？「妹妹就是妹妹，怎麼能當作女兒！」「你哪來的想法，這種年紀哪會知道有女兒的感覺？」「別胡說了！」……連續好幾句，真真切切地浮現在他腦中，連繼母用什麼口氣說他都想像得到。他等著，但繼母一直笑個不停，什麼也沒說。

離開飯堂回到座位上，小川發現不知幾時自己袖子上黏了一顆小小鬆軟的白球，他好奇地把小白球摘下來，認真觀察其模樣。中間一小團由木色細枝構成的核心，每一細枝都朝外放散著，每枝枝端長出幾十根白色的纖毛，纖毛柔軟地無風自動，稍稍一動就產生了奇特的吸力，將一整個小球吸附在東西上。

這時太田走了過來，粗聲說：「笨蛋，吃飽飯只會發呆嗎？」注意到了小川手上的小白球，太田湊近看了一下，換了口氣說：「這是紫背花的種子。黏在你身上嗎？那是找上了你央你代為揹著他的小孩，送到適合的土壤上去發芽，你可要善盡照顧的責任啊！」說完還故意誇張狀似鼓勵地拍拍小川。

小川保持著眼睛凝視小白球的姿態，沒有特別理會太田。突然，一陣風吹過，小白球細緻微弱的白毛一下子被吹掉了大半。那是站在旁邊的太田故意用力吹的。小川給了太田一個不滿的眼色，太田無賴地擺擺手。小川突然對太田說：「你知道嗎？其實你不該嫉妒，我想懂了，其實真正嫉妒的人是你，你承受不了自己的嫉妒，對彼女的嫉妒。」

說完，沒等太田回應，小川站起身走到屋外，小心地將手上殘缺近乎無毛了的紫背花種籽，按進花圃的土裡。

第十二帖　千金藤

過了幾天，小川才真正看到紫背花。就在住處附近一塊從來不曾注意過的角落，從地裡挺立著好幾棵開花、結果到不同程度的小草。葉片和直莖挺起的模樣，跟蒲公英很接近，然而從花苞頂端露出的顏色，卻不是鮮黃，而是艷紫。花很小很小，卻有著看起來很結實的質地，花瓣一層層堆疊著，產生一種類似菊花的濃密緊緻，像是具體而微、縮小了好幾倍的紫菊花。花滿開之後，花瓣由外而內掉落，花瓣掉落之處，就長出白毛來。一圈花瓣掉完了，原本的花也就變身為準備要依風起飛的種子了。

飛到哪裡去呢？會飛得多遠呢？小川閒閒地想著。一定不可能飛到像日本那麼遠的地方去。中間隔了大海，飛不過去。所以日本好像沒有這樣的紫背花。如果有，不可能不認識，這樣的紫色，帶著皇家的高貴，應該會得到特別的注意。

那有可能飛越像從熊本到東京那樣的距離嗎？輕盈的小白球乘著風，會飛多高？台

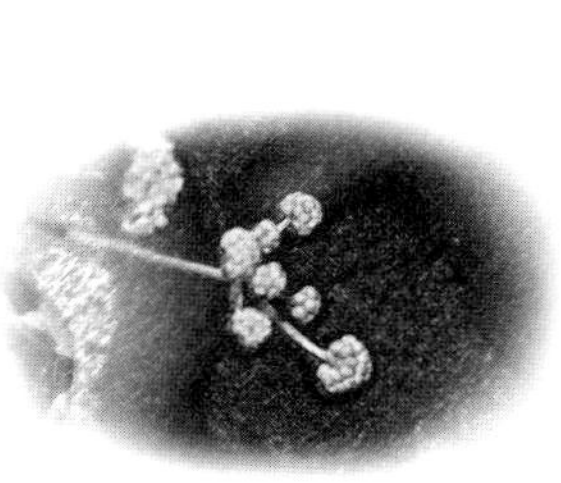

灣的氣候恐怕對它們遠行不利吧？感覺上通常颳起大風就必定要下雨，而且風愈大、下的雨也就愈大。雨下了，打濕打落了細毛，種子應該就再也無法飛了。不過這樣倒好，落下來，有水，吸了夠多的水，種子就發芽為下一代的紫背草。

轉眼瞥見，紫背花的旁邊有著一叢介於卵形和三角形之間的綠葉，平伸開來的葉薄薄的，帶著一種紙質的感覺。他好奇地撥了撥葉子，露出葉間的軟莖，有些驚訝地確定了那是千金藤。

台灣也有千金藤嗎？在台灣，千金藤也叫千金藤嗎？小川不自覺地直起身，環視周圍，頂希望能有當地人，不過立即明瞭了自己這份希望的無妄。就算有當地人，以自己如此有限的台語能力，怎麼可能提問並得到聽得懂的答案呢？那一瞬間，一股被無形牆壁封關著的感覺，又瀰漫了全身。但即使接受了無從發問的現實，仍然無法阻止心中冒發上來的一連串後續問題。

他們知道千金藤為什麼叫千金藤嗎？他們也會在陽光下，訝異於這種植物的軟藤可以反射散放出高貴華美的金色？金色閃爍時，那一片片紙質般的葉子，儘管呈現絲毫不容懷疑的翠綠色，任誰都會忍不住感覺到好像是掛在空中的一張張紙鈔。金線引發錢財的聯想，然而奇怪的，那聯想只會挑激人心中的貴重珍惜，與貪欲無涉。

至少小川如此認為。中國人將女兒稱為「千金」，那麼在這裡，會因而主張這種植物和女兒有什麼樣的關係嗎？千金藤，女兒像藤般一寸寸攀爬著長大，依附在父親身上？千金藤，還是一根心藤繫著女兒？

那天，在八代海邊，沙岸和岩石之間，只有一點點土壤的地方，就看到了千金藤。小川胸口狂顫地想起。手中抱著像女兒般的妹妹。忘了聽誰說的，八代市臨著的海，叫做八代海，然而八代海最美的海岸，卻絕對不在八代市，而在更南方的津奈木町。津奈木町有一個突出的岬角，可以將隔海的島看得清清楚楚。剛剛好的距離，對面的人家縮小為玩具般的尺寸，看起來格外乾淨有序，像是不小心窺見的神仙生活般。

這樣的形容實在太迷人了，所以父親常常記掛著要去津奈木町看八代海，看海上的神仙生活。好不容易準備好要去的那天，父親卻胃痛下不了床。經過反覆討論商量，留父親在家休息，他領著繼母和妹妹還是照計畫出發了。

他們穿越了蘆北到達津奈木町。在町裡沿著海走一陣，沒有看到傳說中的那個海岬。找到人問路時，才發現三人竟然已經走到了水俣了。沒想到津奈木町那麼小，一下子就走完了。繼母在路邊大笑起來，妹妹也被逗笑，忘卻了疲倦，抬著短短的腿，勇敢地一起走回頭。

津奈木町根本沒有什麼海岬。確認了這件事時，繼母又大笑了一場，但這回妹妹笑不出來了，又累又餓地癟著嘴。於是他們在海邊找了一塊平坦些的石頭，將準備好的飯糰和綠茶拿出來。一邊吃，小川有些怏怏地說：「怎麼看也看不出來這海有比八代市好看的地方啊！」繼母又笑了。聽著繼母的笑聲，小川原本鬱悶的心情打開了些，忍不住問：「真覺得那麼好笑啊？」繼母掩著嘴，但眼角還是滿滿的笑意，露出少女般耍賴的神色，說：「覺得高興時，遇到什麼事就都想笑啊，我也沒辦法呀！」

用完了餐，小川不甘心，又去問了對面的島。人家告訴他們要到渡口去搭船才會看得到對面的島。原來這裡叫津奈木町，就是因為有前往附近好幾個島的總渡口。小川猶豫著，繼母從提袋中拿了些銅錢出來，體貼地說：「想搭船，就去吧。」小川決定了，笑著說：「你怎麼都知道我在想什麼?要去當然是一家三人一起去。」

在船上，妹妹在繼母的懷裡睡著了，小川轉頭尋找那個傳說中會顯現如同有神仙生活的島，沒找到，回身發現繼母也已經閉上了眼睛。小川一手扶住妹妹，以免從繼母手中脫滑下來，另一隻手不知該怎麼擺放，想了一下，伸到繼母的肩後，貼著她的肩握著座位椅背。一會兒，繼母的頭自然地垂下來，垂在小川敞開的胸肩之間。

船的聲音、風的聲音、海的聲音隱去了。小川縱容自己嗅著繼母髮上蒸散的陽光氣息，凌亂地想著一些沒有頭緒的畫面。唯有維持沒有頭緒，才能夠一直想。逐漸地，他愈來愈難阻止那些畫面從抽象、空洞變得寫實、具體，愈來愈難壓抑沒有頭緒要形成足可以傳遞意念的秩序。「不管了，至少到下船前，我不是那個我，而是……」他焦躁地自言自語。

船好快就到達了對岸，太快了。他都來不及找到原本說的距離，可以遠眺島上人家縮小的形影，船已經把他們送到島上了。他從繼母手中接過仍然熟睡的妹妹，只能在岸邊走走，等待下一班返回津奈木町的船出發。就在那裡，沙岸和岩石之間，只有一點點土壤的地方，看到了千金藤。

將近傍晚，他們回到了八代市的家中。繼母立即進到廚房為胃痛的父親準備特別的晚餐。小川聽到父親罕見地鑽進了廚房裡，低聲跟繼母說話。雖然父親說得很小聲，小川還是捕捉到了大概的字句，知道父親反覆叨唸著擔心自己的病，擔心可能拋下年紀輕輕的繼母離開人世，感到害怕又感到抱歉。

小川突然覺得對這樣的父親如此陌生。簡直像是家裡闖進了一個陌生人似的，一個屬於繼母的過往的人突然莫名其妙出現了，破壞了原本平衡的家庭狀況。

吃過晚餐，小川悶悶地進了房，早早就鋪起了床躺下去。繼母進來時，他裝作睡著了一動不動。繼母沒有叫他、沒有問他怎麼了，只隱約好像微微嘆了口氣。

他的身體很累很累，卻無論如何都睡不著，那一夜。這些年後回想，他完全沒有把握，如果那一夜沒有失眠，就睡著了，他的人生會不一樣嗎？

失眠一夜之後，天光亮起時，他決定要離開熊本，或許到東京去唸書吧！

第十三帖　通泉草

小川第一次有那種被無形牆壁封關著的感覺，是在台灣的市場裡。剛到台灣沒有幾天，整個人還在一種深度恍惚的狀態中，早上被帶到了市場裡。市場充滿了濃厚的氣味，行走中不斷撲面而來，絕大部分都是小川無從分辨的，不只不知道那是什麼東西發出的氣味，甚至不知道那究竟是單一的氣味，還是許多不同氣味雜混出來的。

最讓他意外的，是人身上發出的氣味，尤其是女人。他無法形容那份經驗，好像第一次發現女人，不管什麼樣的女人，身上都帶著氣味，而且是堅決抗拒被判斷的氣味，無論如何說不上來到底是香氣還是臭氣。而且只有氣味，是他和所有這些人，尤其女人，唯一的直接接觸。他們說的話語，隔著一層陌生的膜；他們的行為舉動，明顯地從他身邊避走滑開保持距離，也隔著一層陌生的膜。他們幾個日本人走到哪裡，周圍的女人似乎連走路的姿態都被改變了，扭曲、彎折著只為了努力將和他們之間那無形的牆壁

多築厚幾分。

被移動的牆隨時跟著關著的感覺，在他身上逼出了窒悶的汗來。他覺得自己從來沒流過那麼多汗，汗沿著褲管裡的腿毛奔流，一路滲濕了襪子，淌到了鞋底去。

汗意中夾著一份隱約的羞恥。要等回到住處，忙不迭地進入澡間沖洗時，他才能安定心情對自己承認。那一個個避忌躲開他們的台灣女人身體，都顯現著一股出乎意料的貞靜。完全逆反他想像的「野女」形象。

浸泡在半溫的澡池裡，他努力回想，第一次聽說台灣這個地方是什麼時候？很久遠了，記不得確切情況，只知道應該是在東京的學校裡，當時萬萬想不到自己有一天會踏足台灣土地上，也就不可能當一回事特別注意。

比較明確有印象，要到畢業前了吧？在課堂上介紹了英國佛萊哲爵士剛剛出版的《金枝篇》，探索原始部落習俗與信仰的集成大著。上這堂課的教授，正接受出版社的委託，要將上下兩巨冊，據說厚達千頁的《金枝篇》迻譯為日文，想必鎮日沉浸在這難得的知識工作中吧，好長一段時間開口閉口都脫離不了這本書。

教授轉述了《金枝篇》中一開頭談的就是「森林中的國王」，源自森林環境的「樹木崇拜」，還有建構起「樹木崇拜」的種種儀式。

過程中，教授不無遺憾地比對：遠古的日本應該也有強烈、繁盛的「樹木崇拜」，然而因為現實的需要，日本早早就結束了和森林的原始關係，發展為大量運用木材的文化。於是日本人對待樹木總是帶上了利益的算計，失去了那樣尊重、崇拜樹木，從樹木的高聳生長中獲取原始生命衝動的初心。面對樹木，日本人永遠地墮落了，砍伐樹幹整齊排成的神社鳥居，就是失去原始「野性」最礙眼的象徵。

像是要靠一己之力來彌補日本文明缺憾似的，教授賣力地描述那未被馴化前的森林，複雜多樣的林相，牽扯交織的藤蔓，還有滿地死去的舊木，舊木上延續生命的豔麗蕈菇。人進入這樣的森林，求取生命的祕密，用各種儀式象徵性地和森林結盟來抗拒死亡，或盜取森林的精華灌注維繫下一代的繁衍。

興奮中，教授抬高了聲調，對他的學生們歌頌、歡慶使得日本或許可以重返、至少重訪森林野性的機會——台灣。在一個亞熱帶的島嶼上，森林滿滿覆蓋著，樹木上長的葉子比日本的溫帶樹至少整整多五倍，濃密得使人簡直不敢直視，更加強烈感受到像是轟隆般炸開來的巨大綠傘深處，有著主宰生長與死亡的靈力。

未曾清楚成形，模糊地小川預期了自己在台灣應該會要遇見的，是被這種靈力驅動的「野女」，又長又黑瀑布般危險地垂落下來的頭髮，對比白得刺眼的寬鬆白袍，每一個動作、每一步，都散放著儀式性的血氣與溫熱。

真實台灣的女人，梳著高高油亮的後髻，穿著花色濃俗的土布衣，既沒有血氣，也沒有溫熱。更讓小川不習慣的，是她們臉上有著不斷變化的表情，但奇怪地，那樣照理說比較誇張的五官動作，卻似乎反而表現不了什麼情感，給小川一種矛盾的冷漠印象。

對照下，使得他突然發覺了日本女性只靠少少幾樣固定的神色，原來將自己的內在揭露了這麼多。那總是拉起嘴角的一點點圓弧，正因為如此固定、普遍，就將偶爾下垂的嘴型，或偶爾笑張開來的雙唇，對比得那麼明晰。

血氣與溫熱，儀式性的生與死戲劇張力，小川突然發現，根本不在台灣，而在那一趟他搭過，要由東京回熊本的列車上。一上車，他就注意到車廂裡有一個渾身滿盈著現代味的女性。她穿著和服，不顧火車開動之初格外劇烈的晃動，顛著腳步從這頭的座位換到那頭去。她走路的方式，小川立即感覺到與火車晃動無關，清楚顯示出傳統和服包裹著的，是一個絕不傳統的身體。

小川忍不住想像：這樣一個女性身體，如果換上了洋裝呢？以幻影在她身上披了一件最是誇張的火紅色洋裝，又將她梳好的頭髮放下來，不知為什麼，竟然都比不上現實裡和服所反映的強烈現代感，一種因為不相稱而放射出的不安騷動。

和服女子和同行的年輕男性落了座，就在小川身後，小川別無選擇聽到了他們的對話。

女子說：「你看過這張照片嗎？」似乎是從皮包裡拿出一條正流行的西式項鍊，打開了掛在上面的小相片盒。

「我倒是第一次看到，妳之前沒拿出來過啊！」男人說。

「你認得出照片裡是我嗎？……」女子問。

「當然，怎麼可能認不出？」

「不是這樣簡單、直接地看，我是要你想像一下，如果順序是倒過來的，不是先看過了我本人才看到照片，而是先看到了照片，也沒有人跟你介紹，你會在這一個車廂上，認出我就是你看過的這張照片裡的人嗎？」

「咦，很奇怪的問題哪，我倒是從來沒這樣想過。讓我想想……」

女子有點緊迫盯人地連忙補充：「這樣想，一個好朋友給你看這張小小的照片，跟你說：『這是我未婚妻，很美吧？』你看了，因為是好朋友的未婚妻，你當然一定是說：『好美啊！』……」說著自己爆出了一陣爽朗的笑聲。

男子警惕地辯白：「是真的很美啊，和是不是好友未婚妻無關，美就是美。」

女子接著說：「假想你看了照片，因為說：『好美啊！』必定還多看了兩眼，然後你上了這輛火車，我呢，」她應該是伸出手來指著，「就坐在那邊，你走過來，坐下，先是由上而下覽視車內的人，然後正對著我，會認出我就是照片裡的那個人嗎？」

男子慎重地說：「當然認得出。就算走過來時沒認出，坐下來也一定認出了。」

不意女子卻立即提高音調反應：「騙人！別騙人了！」

「欸——怎麼這樣說，是真的，沒有騙人嘛！」

女子的語氣裡有一分失望：「你要不是說謊，就是不了解現代照相的魔術。照相攝取了人的本質，靜止在畫面中，去除掉了動態裡的許多偶然的元素，對著鏡頭照相師要拍照的瞬間，人不是都會刻意靜定下來嗎？那就是不自覺地尋找最是自己的樣貌，甚至是，最像自己的樣貌，不是嗎？」

小川還是沒有回頭，不過預期的感覺中，聽著這樣的話的男子，應該有些不快吧？

「欸——怎麼突然講起這樣令人困擾的話了？」

「哪是什麼困擾！聽下去：看過人，當然會辨識出照片裡顯示的樣貌，但倒過來就不行了，加了許多偶然元素的現實的人，沒有照片裡的人那麼清楚、那麼純粹，像是照片的某種模模糊糊的複製……」

「這愈說愈沒道理了？活生生的人反而是照片的複製？」

「是啊！看看這張那麼小，小到擠進項鍊墜子裡的照片，再回頭看我，真切誠實地看……」聽身後的女子用不容商量的命令語氣說：「真切誠實地看……」小川不自覺地紅了臉，身體內在還似有若無地顫動了一下。這女人，到底在說什麼、要說什麼呢？

她應該是毫不羞赧地承受著男子順依命令盯視著她的眼光？小川不知道後面發生了什麼事，兩人沉默著，然後突然女子又發出了足可以引來好些乘客轉頭的笑聲。

她意識到自己成了別人注意的焦點，稍稍收斂將聲量降低，仍然帶著笑意對男子說：「看，你無法像看照片那樣專注看活生生在你前面的我啊！那樣閃閃爍爍，急忙就要移開的眼光，看到的，應該就是模模糊糊大概印象的我吧？」

明知與己無關，小川仍然忍不住心中生出了莫名的悸動與受到冒犯的不安，竟然有女人，以那樣十足女性的口吻，卻毫不修飾地一直說著「我」啊「我」的？

男子沉默著，是被折服了，還是以無聲表達抗議？女子卻滔滔地繼續說了下去：「真實與影像。本來就不該要求影像向真實靠攏，而是要真實匍匐著不害羞地朝影像攀爬過去吧？每次打開這小盒，我都會為之心驚，我知道要跳出來比現實更美的影像中的我，提醒著我、壓迫著我，要變得更像她啊！她占盡了我所有的便宜，遮去了所有不純粹的光與影與動作，我只能苦苦追摹著，在那絕對不利的條件下留著始終的遺憾活著呀！」

男子還是沉默著。過了一會兒，才像是勉強從喉頭擠出聲音來：「嗯，看來妳在東京學到了很多……」

女子應該是別過頭去看著車窗外吧，聲音換了不太一樣的方向傳來：「不知能理解我所說的那人，現在在哪裡呢？」

小川突然覺得胸口好像被擊了一下，臉又刷地紅了。但和幾分鐘前臉紅的感覺完全不同。一種被狠狠指摘了的反應，憋著，不知該反駁還是該接受，臉因而憋紅了。

沒有多久，女子和男子就偕同起身下車了。那一趟旅程，從東京到熊本，又從熊本到東京，再從東京到熊本，多次的往來波折，發生了許多事，使得小川以為自己不可能記得這樣一段短暫且無聊的小小插曲。但沒想到竟然都還記得，帶到了台灣，從雜亂市場走出來時在腦中重新搬演了一次。

那不是「野女」，卻比「野女」更狂野？算是狂野嗎？有一種會撲過來的什麼力量？不像女人，卻又更像女人？

耳中浮著一堆自尋苦惱的疑問語詞 か、か、か，難聽極了。沒來由地，一邊走小川一邊想起了路邊常見的通泉草，日本有，台灣也有，他一直相信通泉草這名字源自於植物特殊的向水敏感性，會在底層有泉水的地方生長。一定是傳統智慧中流傳，受困於乾渴時，找到通泉草，往通泉草生根處向下挖，就能挖出清泉來。來到台灣沒幾天，卻就從一個精通漢藥的同事處聽到：中國醫書上明確記著通泉草名稱來源，指向了這植物極佳的利尿作用。

這是個真實與想像交雜，不時令人不知該如何應對的世界。

第十四帖　山苦瓜

「台灣人怎麼不野？很野啊，看看他們吃的東西就知道了！」閒聊時，尾崎曾經如此主張。

小川不敢說自己吃過很多台灣食物，但依照吃過的回想探究一下，卻怎麼也感受不到尾崎所說的「野」氣。但面對有著台灣話和台灣女人經驗的前輩尾崎，他知道自己的意見不能算數。只能好奇地問：「吃了什麼樣的『野食』呢？」

尾崎瞇著眼搖頭說：「山苦瓜燉肉，你一定沒吃過，山苦瓜，苦啊，苦味一直進到肉裡，一吃那苦就像是抓住了你的舌頭，凶狠狠地，緊抓不放，跟著你一整天，唸了整部《華嚴經》都解不了的苦。這樣的苦，他們竟然也吃，不當一回事地吃。那不是野人是什麼？」

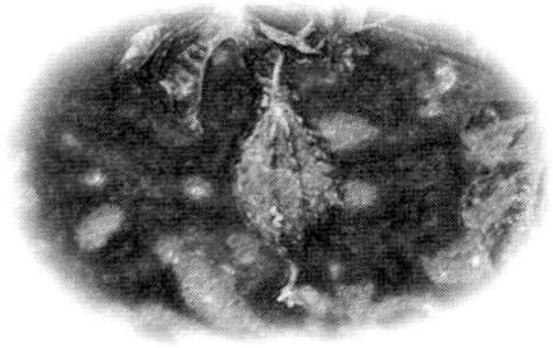

小川被「唸了整部《華嚴經》都解不了的苦」的形容逗笑了。他是真沒吃過，也沒

聽說過。尾崎跟他描述，山苦瓜長得小小的，約莫小孩的拳頭大，兩頭微尖中間肥大，像是一顆放大了的橄欖。山苦瓜會變色，剛開始是翠綠色的，然後掛在枝上愈變愈黃，再由黃轉紅，紅透了時看來像是多汁的水果。紅色的成熟山苦瓜就不會讓人聯想到橄欖了，比較像是「手雷」。「從西方傳來的武器，知道吧？一顆圓圓的，握在手裡方便可以丟得遠遠的，相傳那形狀是模仿石榴做的。」尾崎解釋。

小川點點頭，不是真的知道「手雷」是什麼，是佩服尾崎的博聞，同時催促尾崎繼續說下去。

紅紅的山苦瓜和「手雷」一樣會爆炸的。炸開來，就露出裡面黃茸茸的果實內壁，上面黏著一顆顆同樣是鮮紅色的種子。

「這種東西我們日本人看了先就怕了，覺得有毒，絕對不會靠近，怎麼可能拿來當作食物，你說是不是？他們敢吃，吃了知道是苦的，在名稱上就說『苦』，幾乎除了苦沒有別的滋味，他們還是吃！這方面，我們日本人輸台灣人輸得遠啦！」

小川實在弄不清楚尾崎的話語，是認真的，還是玩笑的？但尾崎那樣賣力形容的山苦瓜讓他留下了深刻印象。慢慢地，那種他從來沒見過的山苦瓜有了特殊的份量，他相信要是有一天自己看到了山苦瓜，最好還嘗到了尾崎說的那種抓住舌頭的強烈苦味，那就表示自己在台灣的經驗，上升到了一個不一樣的等級了。

但那是一個什麼樣的等級？可以開始思考回日本去的等級嗎？連山苦瓜的苦都受過了，就有資格回日本，至少是想像回日本嗎？

他知道、他記得自己在東京時，曾經有過類似的徬徨思考。要到什麼時候可以回熊本去？想「什麼時候」太空洞了，於是轉而想：到什麼狀況，算是得到了回去面對父親，面對繼母，再度將如同女兒般的妹妹抱在懷裡的條件？

他知道、他記得自己後來是怎麼坐上了開往熊本的長途火車的。在深夜的學寮裡，他看見了生母。那是夢嗎？還是記憶？生母靠著他，坐在他的左邊，但不知為什麼，他卻無法將頭轉左，直接去看生母，而是掉往相反方向，從對面的玻璃窗口看生母映照在上面的影像。

啊，那是在火車上，三等車廂。車子在動，但奇怪的，聽不見應有的光噹匡噹金屬敲擊聲音，也聞不到嗆鼻的煤煙味。天應該快暗下來了，點亮了燈的車內影像才會貼映在窗上。但還沒有暗到呈現一片黑幕，隨著火車行走而快速流動的風景，仍然在窗外顯示著。於是逐漸形成了雙重的貼畫，一層光與色不停歇辛勤變化打底，有些閃爍的形狀，介於具體與抽象之間，像是一座山、一棵樹或一幢房舍，卻又都像只是一團團的色塊或大或小、或交雜或重疊的集合；另外一層則是生母對比下格外貞靜的面容，依舊是那樣，帶著悲傷的淚意，分不清是將要落淚還是剛剛收了淚。

如夢狀況裡的小川心中湧上慶幸之感。還好有窗外流蕩的色彩之河鋪墊著，生母的臉被弄得模糊、柔和了，不再是記憶中，尤其是最後記憶中的那麼嚴峻地悲傷的樣子。然後母親的臉愈來愈柔和，也就似乎顏色愈來愈淡薄，逐漸平面化，成了像幻影般，和後面的色彩之河愈發緊密融合在一起。

小川察覺了不尋常。照道理說，窗外的夜漸次降臨，變得愈來愈濃黑，那色彩之流也就將在夕陽餘光消失後，減損了其明度與彩度，於是從車廂室內映上去的形影，在愈變愈黑的底色上，一分分地清晰起來。但是看在他眼中，生母的面容卻好像一點一點陷入在那背景中，非但沒有變得清晰，甚至還倒過來逐漸沉暗。

他太晚知覺到這現象了。一切好像都加快了腳步，日快快地落了，天快快地落了，車窗快快地暗了，生母的影像一下子隨車窗一起暗下去，就在他急著想該要如何挽救時，一個女人起身將他凝視著的車窗無情地刷地一聲打開來，生母立即不見了！

他驚呼出聲，猛一扭頭，自己左邊的座位上也是空蕩蕩的。不過，就在生母消失的瞬間，他看到了憂傷的生母難得地掛上了一抹微笑，嘴角動了動，等到生母消失後，他慢慢地琢磨，延遲地解讀出了她說的話。

她說：「沒關係。都沒關係了。」

好久好久沒有想起生母的他，從夢一般的情境回神後，相信自己已經在東京待了夠長的時間，可以回熊本看看了。

第十五帖　續冷清草

那趟荒唐的旅程，那趟荒唐的旅程啊！該算是一趟旅程，還是三趟呢？

小川依稀又看見自己坐在悠悠晃晃朝熊本而去的火車車廂裡，稍稍打了個盹，醒來後，一時弄不清自己究竟身在何處，又要去何處之際，突然心底生出了一個影像和一個執念。

影像是一個女人的背影，堅決地、不容商量地突然將車窗打開。執念是反覆問著：那是誰？那應該是個我認得的背影？她轉過身來，我應該能認出她是誰。

但要如何讓一個夢中的影像轉過身來？何況還是幾天前發生在東京學寮裡的夢？我能讓自己睡回那個夢嗎？如果睡回那個夢，我會來得及阻止那個女人打開窗戶，因而將生母留住？留住的，會是生母，還是生母映在窗上的倒影？沒有在那瞬間打開窗，生母的影像還會持續變淡，終究不見嗎？

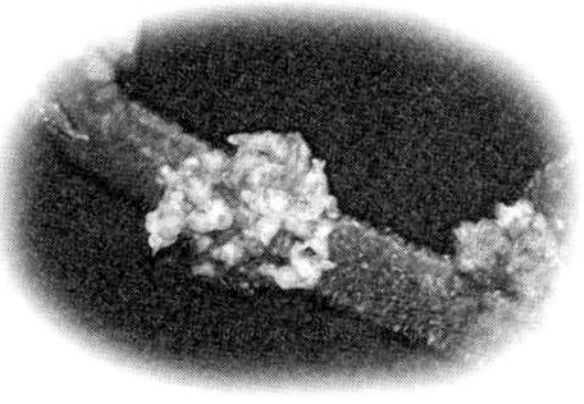

那女人，難道不可能是個陌生人嗎？為什麼相信是認得的人？

他困惑且疲憊地閉上眼睛，暗暗呼喚著：「轉過身來吧，轉過身來吧。」忽然一個念頭震開了他的眼睛，在他來不及好好準備前，一切快速地敲進心底了：不需要看到正面也能認出人來啊，那背影，需要猜測嗎？明明就是繼母的，從少年時期他就看過千百遍，總是帶著靈巧的餘裕，才能開窗開出那樣近乎無情的氣勢，不是嗎？

是她，送走了生母，放進外面的空無與黑暗，一下子將生母吸了出去。小川像是夢遊般重回了十一歲的那天，躺在睡榻上，自己第一次看到了這個背影。高燒的昏沉使得他沒有聽見女人進來的腳步聲，他注意到時，女人已經進房了，正轉過身去將不知為何洞開的拉門關上。她身上的衣服印著好美的紋樣，纏捲重複的細葉，有斜狹菱形，有倒披針形，還有長橢圓形，上緣齒裂，下緣完整滑順，有著像是蝴蝶翅膀的長尾凸形。

那是什麼漂亮的草啊？十一歲，自知即將死去的小川一方面疑惑著，一方面卻又矛盾地極其篤定堅信：在自然裡，甚至就在剛剛關上的門外庭園裡，一定長著這樣的草，光憑人類的想像與巧手，無論如何是畫不出這樣的圖案來的。而自己，就要變成那連一片草都超越人的能力的自然的一部分了。

然後穿著細草圖案衣服的女人跪了下來，用一隻手溫柔地撫過他的臉，攤開的手掌停留在他的右臉頰上。她細碎急促的呼吸起伏，擾動了他鼻息前的平靜空間。她哭了，哭了好久。哭聲比呼吸聲來得複雜些。慢慢地他似乎從哭聲中辨別出含糊的話語，說著：「別死，不能死，請求你不要再加重我的罪孽了。只要你活下來……只要你活下來……只要你活下來……」

在開往熊本的火車上，他懂了，他全知道了。這個穿著細草圖案衣服的女人，只能是父親的情婦，一個控制不了自己的慾望，卻又膽小的女人。恐怕也不敢讓父親知道她真實的恐懼吧？或許她曾經不只一次，在各種不同心情下，期待、祝念、甚至詛咒情夫的妻子會消失？聽說情夫的妻子病死了，連情夫唯一的兒子也在重病中，她相信這樣的災難必定和自己有著怎樣的關係，罪孽的關係。她擔心、她害怕，她夢見了自己被推進了地獄的火堆中嗎？愈是害怕，她愈是要鼓起勇氣來，悄悄地走進那男孩的房裡，用一隻手溫柔地撫過他的臉，以最虔敬的態度哀求：「別死，不能死，請求你不要再加重我的罪孽了。只要你活下來……只要你活下來……只要你活下來……」

「只要你活下來，我會以我的青春為代價，替你死去的母親來照顧你。」她應該是說了這樣的話吧？就算沒有說出來，也在心中強烈地誓願著，以至於讓十一歲的他神祕地知覺了？

為了要確認她會履行誓願，所以他在終極冷清之前迴轉了？為了要和這個自認因罪孽而害死了生母的女人見面？

他覺得自己彷彿維持著一直搖頭，再也停不下來了。還有，他覺得自己再也沒有辦法面對這個女人，堅定地，他決心從熊本直接再搭火車回東京去。

第十六帖　雀榕

到台灣將近半年後，小川第一次遇到了比自己還晚來的竹西。儘管已經去過兩次「國語傳習所」，竹西仍不是很有把握方位與路途，特別來央求和小川一道前往。

一出北門，竹西回頭指著城牆說：「那些樹，怪可怕的，不是嗎？」小川沿著他的手勢看，發現自己從未注意到城牆邊長了一整排的雀榕。竹西補了一句：「從來沒看過這樣的樹，彎彎曲曲的，像是活著的怪物。」

小川有點意外：「沒看過？那是雀榕啊，我們九州常常有，到台灣發現他們也寫做雀榕，所以應該是從中國傳到日本去的樹吧？」

竹西來自本州的北方，一個小川沒聽過的地名，說是靠近青森，小川才有方位概念。也許是北方的氣候不適合雀榕生長吧。小川突然感受到一種「前輩」的責任，需要向竹西講解他沒見過的雀榕。

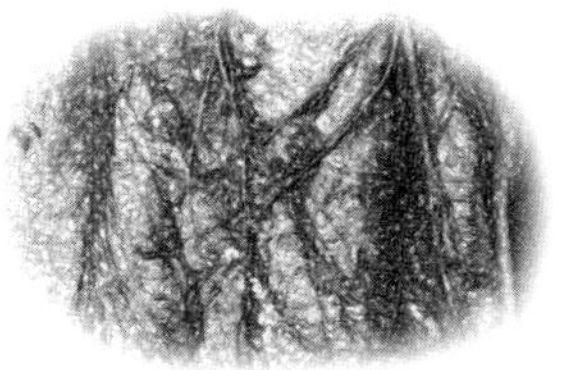

雀榕最特別之處，在於會從上面垂下鬍鬚般的枝條。那是它搶奪地盤的利器，可以將別的樹纏繞起來，沒多久那樹就被絞死了。因而雀榕不一定會長得很高，卻常常長得很廣，一棵樹就能蔓延很大一片地方。台灣人喜歡種雀榕，一棵就能有一大片樹蔭，夏天時坐在樹底下，暑氣就消了一半。

「所以這還是適合南方的特種樹嘛，不像是日本會有的。」竹西評論說。

雖然明知竹西無心，但這樣的評論還是讓小川聽得不太舒服，句子裡潛藏貶抑九州的意思。「錯了啊，這樣的意見。」小川不客氣地回應：「雀榕很日本的，平安朝就有關於雀榕的知名故事，你不知道嗎？」

話說平安京裡的公卿親王們聚會遊歡，從白天延續到黑夜，階前苔上，樂隊羅列，好多個大臣都帶來了自家的樂匠，輪番演奏，逐漸地無可避免就形成了競爭之勢。有好事者提議：乾脆將階前的火把都熄去，讓大家無法靠眼力來分辨演奏者，純粹以耳中聽聞的樂音來定勝負。

黑暗中的音樂比賽開始了，月亮也特別配合地暫時隱去了，一層雲平勻地鋪在天上。聽到第四組吧，神奇的事發生了，音樂一響起，立即跟著有了吱吱喳喳雀鳥的啼叫聲伴隨著出現，剛開始像是雀鳥被音樂騷動了，紛紛拍翅，同時開口，然而再聽下去，那雀鳥的叫聲竟然逐漸有了說不上來，和音樂間的應和，此起彼落，這裡一群那裡一群，而且一下子分開來，一下子又混雜一起。就在大家聽得入迷時，在器樂與鳥鳴構成的某個玄妙聲調空檔中，若有若無，錯覺般地加進了一聲長詠，像是女人本來要歌唱，卻又被胸臆中的感懷嘆息堵住了正常聲音，只吐出了一個長音，那音顫抖著，然後微微或高或低搖晃著，像是一隻病弱的鳥兒掙扎著試著要起飛……

就在這當口，一個渾厚的嗓音急忙地叫喊：「點上火來，立即點上火來啊！還不快點上火來！」很快傳來了僕傭踉蹌的腳步聲，壓過了原有的樂音，火點起來的瞬間，所有人看見眼前的景象，忍不住都倒抽了一口冷氣。哪有什麼樂隊呢？階前庭上一片空闊，全無人影，庭的對面有一棵覆蓋盛密的大樹，搖晃火光映照下，樹影裡彷彿顯現著一個華袍的女子正要走進樹中，卻又回眸伸手對著大家招了招。

然後，樹上的雀鳥齊同以最大的音量鳴叫，像是要將內在臟腑都吐出來似的狂暴叫法，叫聲使得就連平常最以鎮靜勇氣見稱的公卿，都忍不住驚駭地用手指緊緊地摀住了雙耳……

故事裡說那就是雀榕啊！幾百年的雀榕長成了樹精妖女，在沒有月亮的夜晚，就帶著她那足以纏捲一切的肢體，媚祟人間，將她看上了的男人引到樹下，吸乾了身上的陽氣，絞殺在濃密覆蓋，完全見不到天的樹蔭中。一時，雀榕長出滿樹的種子，一粒粒嬌黃渾圓，散發只有雀鳥能聞到的香氣，連幾十里外的雀鳥都忙不迭地飛過來停在樹上飽餐，即便只是想要砍下雀榕的一根枝條，都會遭到雀鳥群體不要命的猛烈攻擊。

「有這麼可怕的故事？日本真的也有這麼可怕的樹？」竹西像是整個人縮小了般，聳著肩弓著背地問。

小川真的感到不悅了，用了自己都意外的前輩口氣說：「你不只不了解台灣哪，似乎連對日本自身也有理解問題？我們日本人相信自然間存在著許多魂，有死魂還有生魂，而且日本人相信女人能夠在男人身上激起的最強烈情感，一定是『非人情』的，甚至也是『非人間』的，帶著無可解的宿命的最緊最緊的結啊！你不知道？你不相信嗎？」

說完這樣教訓的話，小川不願看竹西的反應，生氣地以近乎要擺脫竹西般的快步往前走。一邊走一邊在自己的心裡無意識地喃唸著：「我知道，我相信。我知道，我相信。……」

是的，就是相信有這種宿命的最緊最緊的結，才使得他搭了火車回到東京，只在學寮裡洗了個澡，就又出門到新橋車站，自棄般地又在月台上等著下一班可以離開東京回到熊本去的班車。

第十七帖　明日檜

那一切發生得格外地快，如果沒有發生得那麼快，也許也就不會發生了。他從車站招了一輛人力車回家，而不是花正常的半小時走路。而且人力車夫感受到身後傳來的焦躁嗎？他跨起大步賣力地跑著，口中發出自我鼓舞的「咻咻」聲，以至於明明錢包已經很扁了，小川還是給了車夫幾乎兩倍的車費。

直直沒有遲疑地走向家門，卻就在要進門的剎那，小川同樣沒有遲疑地調了頭。他不知自己要去哪裡，在那當下就只知道自己走不進去。然而走了五步吧，後面傳來了「哥哥，是哥哥啊」的叫喚聲。妹妹從哪裡冒出來的呢？他完全沒有概念，也完全沒有辦法讓腦袋清楚地去問去想。

在自己後悔之前，他蹲下來手扶著妹妹的雙肩，好像早已經準備好了似地說：「哥哥有事情要辦，辦好了才能回家來，妳去告訴媽媽哥哥在松江城町的旅店裡，松江城

町，記得了嗎？還要告訴媽媽，不要讓爸爸知道。」

妹妹偏著梳了整齊辮子的頭，機伶地說：「那我也不可以去告訴爸爸，是吧？」小川有點激動地緊緊抱住她，沒有回答她的問題，試著將她抱離地面，感嘆地說：「妳真的長大多了，我不在家的時候。」

將一切交付給命運，小川想，交付給註定結得緊緊的解不開的結。除此之外什麼都不要想。他走到松江城町，走入常常行經卻從來沒進門過的旅店，隨女中到達房間，女中一離開，他一秒都待不住，立即去了澡間。心不在焉地將長途旅行的身體沖乾淨了，才剛進入水半涼的澡池中泡了一下，就忍不住跳了出來。

如同擔心錯失什麼般地趕回來房間，坐下來又站起來，明知窗戶外只能是那小小的庭院，還是去將窗戶打開來，將眼光從左投到右，又從右投到左，看了又看，確認庭裡唯一值得稱為「樹」的，只有一棵看來頗有年歲了的羅漢柏。

離開窗口，踱步過去看室內刻意布置的一枝楝花，又去到壁櫥前，無意識地打開壁櫥，聞到裡面傳來一陣濃濃的灰塵味，才知覺到自己做了莫名其妙的事。但那樣的灰塵味卻不意地給了他片刻的平靜。那像是學寮裡的味道，甚至接近整個東京的味道。原來大都市最不一樣的地方，是永遠沉澱不下來的灰塵，隨時在空中飛著。他可以縱容自己錯覺還在東京。

他又走到窗前，然後房門上響起了輕叩聲。他竄身過去拉開了門，外面竟然就只有繼母一個人。繼母臉上閃過要發問前的疑惑，但那理所當然的「怎麼啦？」還沒有問出口，繼母似乎就從他的神情中猜到了什麼。繼母靜靜地走進房中，他稍嫌急切粗暴地將門拉上，而且落下了鎖門。

那不可以發生的事就發生了，在徹底無言的靜寂中。他的唇最先碰觸的，是繼母擦了白粉的頸項，好香好細。

喘息，汗水，汁液。更多的喘息，汗水，汁液。在感覺的頂點上，他從身體到心臟到頭腦一起爆炸開來，然後整個人陷入最疲憊的昏睡中。醒來，天還亮著，繼母已經穿好衣服，恢復了剛剛走進來時的模樣，站在開向小庭的窗前。小川跳起來，克制自己的羞怯，光著身體靠過去，他突然不知道可不可以抱住她，就只是絕望地從後面緊緊地貼著。

「怎麼啦？」被延遲了的問題，繼母終於開口問了。

就在那一瞬間，他心中竟然有了回答這問題的辦法，他自己原來不知道的。「想要去台灣，那會是對我最適當的地方。把這幾年在東京花掉的錢賺回來。貢獻殖民事業。要去很遠很遠的陌生地方，可能會去很久很久。」

繼母點點頭，把他的雙臂拉過來，讓他抱住她。他激動地用力，強忍住幾乎要噴灑出來的眼淚。繼母抬了抬頭，朝向那棵羅漢柏所在的位子，說：「『あすはひの木』，你知道吧？那樹奇怪的別名，『明天會是檜』，是這個意思沒錯吧？清少納言說：這實在是靠不住的預言啊！唉，靠不住的預言啊！」

小川和繼母一起看著那棵樹，陽光突然急急地落下，好急好急的北國陽光。

一九〇三　臉紅的和尚

和尚說：「佛比儒大，你所信持者，在佛眼中便只是一道場。孝親是道場，立身是道場，學問是道場，便連夫婦之事都是道場。」他明知該稱法師，當面是叫法師，但私下想起卻無論如何想的都是「和尚」，不會是「法師」。和尚太年輕了，和尚會說出不像法師說的話，引他說出不該對法師說的話。他問和尚：「出家人怎知夫婦是道場？」和尚微笑：「修行知道場便知一切，諸煩惱是道場，知如實故；眾生是道場，知無我故；一切法是道場，知諸法空故；降魔是道場，不傾動故……」

這不是他要聽的，和尚不會真知夫婦道場。和尚的話語退去了，妻子的呻吟聲傳進來。他恍然自己還站在下了兩層簾的內房門口，不知該進去還是該離開。他確定沒有聽妻子這樣呻吟過，明知那就是妻子的聲音，卻又聽來如此陌生。呻吟突然升高成為撕裂，像是一片絲綢乍然從中間破裂開來，迅速、堅決、完全來不及挽救。他更沒聽妻子嘶喊過。十九年間妻子幾乎不曾臥病，也就不曾喊痛，甚至不曾忍痛呻吟。母親多次以輕蔑的口吻說：「也從來沒病啊，連跌倒也不曾跌一下。」他知道沒有將後面的話——「那怎麼會沒生呢？」——接續講完，已經是母親能夠承擔的最大退讓了。以至於每次想及妻子的健康身體，總讓他有一種被深深譴責般的羞恥。

一陣腳步由裡而外迅速靠近，在他弄明白前，侍女已經差點撞到他身上了。「……啊，不是說要在書房裡的嗎？……接生媽吩咐還是別靠近內室比較好……可能會有血光，衝撞到一家之主，對家道不好呢……」他盡量維持尊嚴地點點頭離開，但實在心中驚駭，怎麼侍女能說出這樣一串話？不是以前總垂著眉，連抬頭說完一句最簡單的話好像都做不到嗎？孩子剛要出生，就已經有了這樣變化的影響？

真的要生兒子了嗎？不會是個女兒嗎？和尚說出不像和尚說的話，簡直成了道士：「貴父子在輪迴中相尋已久，你以為你找了他十九年，不知的是他找了你更多年，幾個幾十個十九年，輪迴之數是不會錯的，當然是兒子。」和尚的話真的能信嗎？但如果不信，這兩年間又為什麼反覆探訪，聽了和尚那麼多話？

上京時，同寓寺中的一個湖南人幾乎每天敲著桌發感時慨嘆：「國將不國，國將不國，現在國中講求的，不是西學就是佛學，難怪到處傳言要廢舉業了。科舉能考西學嗎？能考佛學嗎？我看過多少舉子，一碰觸佛學，歷來的經學工夫就毀了，腦子裡摻加進一丁點佛理，就別想考試中第了。二程子說得最好：『家者，不過君臣父子夫婦兄弟，處此等事，皆以為寄寓，故其為忠孝仁義者，皆以為不得已爾。』出家，就是離開忠孝仁義，至愚迷也，離開忠孝仁義，那又來考什麼舉業？」他聽得心驚膽跳，真的一碰佛學，經學工夫就毀了嗎？真因為聽了太多和尚的話，所以這次又落第了？

不應該去找和尚的。但會識得和尚，不就是在母親之喪時？父親主其事也還是招了和尚來誦經超度。夜深人闌，他腦中還依迴著母親過奈何橋重入輪迴的身影，太年輕的和尚突然對他說：「母親入輪迴中為你尋兒子去了。」他簡直聽不懂，卻又字字聽得真切。母親在世的最後幾日，像是瘋了似的，不斷地以愈耗愈弱的僅存活力，或高聲或低抑地說：「沒看到孫我不能走。沒看到孫我無面去看你們黃家公媽。」反反覆覆，就只剩下這句話。到後來，大家只好叫他的妻子不要靠近母親病榻，免得加劇情況。而母親最終，還真的是妻子偶爾在場時，直瞪著雙眼斷氣的，彷彿懷帶了多深的怨毒般。

和尚怎麼會知道？和尚說：「輪迴之理至深，不是你們學孔教的那種世間俗眼看得透的。孔教學得愈多，眼愈俗，當該慶幸科考未第，不必一世人服侍孔教。」他從來沒聽過這種理，當該慶幸科考未第？和尚是在嘲弄嗎？但他那張年輕的臉上，明明布滿了認真啊？

他走進書房，卻發現自己習慣性地繃緊著要捕捉房間傳來的微弱聲音。定靜下來。

不能讓那隱約的聲音操控自己的心緒。他將桌上的書取來，隨手翻閱，不知翻了幾頁，跳入眼中讓他注意到的，是「禁早婚議」幾個字。「……若年少者，其智力既稚，其經驗微淺，往往溺一時肉慾之樂，而忘終身痼疾之苦，以此而自戕者，比比然也。」這是當今北京最流行的書，就連上京應試的舉子，都幾乎人人必讀，見面談話說得最多的，不是孔子而是梁啟超。梁啟超也愛在文章裡說「孔教」、「孔教」，為什麼和尚也知道「孔教」說法？

和尚說：「孔教說重人倫，佛家說出世。重人倫之始，生子也，然而孔教卻從來不教生子，只說『未有學養子而後嫁』，意思是怎麼生子，女人自己去找方法。女人找什麼方法？不就到廟裡燒香，還是找道士拿方藥？出世首先要出家，我們佛門的說法是『鐵心修行』，將心練成鐵才能出家，可是對於如何生子，佛門說的、教的，卻還比孔教多且有用。」

和尚這番話纏繞了他好久。為什麼讀了幾十年經書，找不出話來反駁和尚？和尚的嘴角微微帶著笑意，更使他難忘的是和尚急急收起笑意的神情，是體貼怕傷了他？

他從來不曾溺一時肉慾之樂。十六歲結婚，妻子十八歲，在梁啟超說的早婚範圍內。會早婚，因為是家中獨子。要早生多生讓黃家丁旺。父親竟然只生獨子一人，是家裡家外人人暗聲談論的話題。從七、八歲起就讓他最為痛恨的話題。家中經常有看似熟悉又陌生的人進出，女人是父親新納的妾室，男人則大部分是遊方的道士。只要有這種陌生人在的地方，就會有飄浮在空中，停不下來也驅逐不去的話語。像是故意說給他聽的。

「錢有鉤啊，沒聽過嗎，怎麼來的錢就帶怎樣的鉤，黃家的錢帶的鉤，鉤女人的肚子，一鉤就鉤掉了兒子，來多少錢，就鉤走多少兒子。」「書讀太多讀壞了，每一代都要送去考試，人家說闈場裡官氣重啊，你想想哪個將來的大官不是從那裡出來？自己命輕一點的抵不住官氣貴氣，福分都被比下去被磨薄了。」「沒兒子，連個女兒也沒有，招贅都沒得招，可是田裡卻種什麼長什麼，收成早收成多，果樹結子結得密密實實，這顯然就是生意在田不在宅，一定是祖墳方向不對。」「若是從前有特別見效的做法，那就是『野合』啊！也不用真的光天化日啦，在田邊『結廬』紮個草屋，住個幾天，輪流讓妻妾去，將田裡的旺氣沾回來。但這家不行，讀書人，又要做官，『野合』會被參一本吧！」……

他痛恨聽到這些話，卻愈是恨愈是難忘。還有讓他更恨的，努力不要想起，是那些既陌生又熟悉的女人對他說的話。

他又將書翻了翻，希望能藉此分神度過這恐怕將十分漫長的夜晚。「悲哉，吾中國人無自尊性質也。簪纓何物？以一勾金，塞其帽頂，則腳靴手版，磕頭請安，戢戢然矣。阿堵何物？以一貫銅，晃其腰纏，則色肆指動，圍繞奔走，喁喁然矣。夫沐冠而喜者，戲猴之態也。投骨而嚚者，畜犬之情也。人之所以為人者，其資格安在耶？顧乃自儕於猴犬，而恬不為怪也。故夫自尊與不自尊，實天民奴隸之絕大關頭也。……」

中國人無自尊，那為什麼還要堅持做中國人？先去福建，又千里迢迢北上進京，圖的什麼？不也就是鄰里之間人前人後的讚許：「看看黃家，都快十年了，不失做中國人的本分。」父親臨終時，招了管家進房良久，像是算準了時間，只留了最後不到一刻鐘給他這個獨子，只夠時間說那麼一件事，虛無飄渺沒著落的事啊，父親蠟黃的臉開始變黑了，彷彿原來的色澤不斷往下沉、沉入了黑暗中，喘著氣，瞇著眼，明知那是連撐住眼皮的氣力都快沒有了，卻看起來怎麼都像是要笑起來之前的表情，「生了兒子，一定要讓他讀書，台灣沒有幾個讀書種子，一定要留住。你自己啟蒙教他，像我教你一樣，從一開始就要教好，讓他知道怎麼識字怎麼考試，再考個進士回來。」

然後就斷氣了。父親來不及想到日本人嗎？再多活一個時辰，不，多活一刻鐘就好，父親會想起還有日本人嗎？他讀書的時候，不知道有日本人。書裡面沒有日本人。書裡面有什麼？當然有孔老夫子，還有周公，還有皇帝聖上。父親記錯了，最早啟蒙的老師不是父親，是另外一位謝夫子，母親掩著嘴笑說：「還沒教就先要人家『謝夫子』啊！」不知怎樣傳到夫子口中，夫子鄭重地對他說：「這『謝夫子』呢，不是謝我，是要你們隨時心中想著那個聖人夫子，隨時謝他，沒有他我們中國人就不成中國人了。」他把夫子的話在父母面前說了，兩人都頻頻點頭，父親還說：「說得好，說得好」，讓他覺得像是自己被嘉獎了，因為這樣所以特別記得吧？

啟蒙讀的是《三字經》，和十三哥一起讀的。十三哥是四伯的兒子，為了讀書特別從江子嘴那邊送過河寄居在他家。十三哥會抓雀鳥，像變魔術一樣，張開手，裡面就一隻啾啾叫的雀鳥，翅膀被十三哥的兩隻手指捏住了展不開。他從來不知道雀鳥怎麼抓來的，十三哥不准他看，抓鳥時也不讓他跟，只有抓到了鳥，才將鳥放進他手裡讓他握著。《三字經》讀了一陣子，不曉得怎麼了，父親發了一頓脾氣，說謝夫子瞧不起人，不知道黃家培養小孩至少是要考舉人的，就不讓他跟謝夫子學了，才自己教他改讀《論語》。可是十三哥還是跟著謝夫子繼續讀《三字經》。每天早晨都有一段讓他窘迫的時刻，早飯後他和十三哥兩人在中庭裡玩，玩著玩著謝夫子就來了，他對謝夫子鞠躬，看著謝夫子將十三哥領走，留下自己一人。明明他們兩人走進屋舍的暗影裡，他卻老覺得是自己拋開了他們，感到一份排遣不了的愧疚。

這些書上都沒有日本人。日本人怎麼出現的？他想了又想，卻怎麼也想不起來。想起來的是第三次準備渡海前，依照慣例冬天關在沒有爐火的柴房裡，柴堆搬開了，中間放了一張花木桌。那是模擬考棚，一切要照著考棚的規矩來，幾時進幾時出，挑籃裡能放什麼不能放什麼，要完全遵照考棚規定的。那天早晨降了一層濃霜，真冷啊，進了「考棚」，他將手深深縮進袖筒裡都還直打哆嗦。陪他進來的長工想到他要在這樣的地方耐三天，覺得不忍，像背書又像唸經般安慰：「這次順順利利考中進士考中狀元，從此不再是考生，就留在京城裡當大官了。」他聽著苦笑不敢開口，怕發出來的聲音都是顫抖的。長工置妥了東西，要出去前，遲疑再三，最後還是問了真心不解、疑惑的事：「日本人來了，考中狀元還是留在北京當官嗎？還是要去東京呢？人家說日本人的京城不在北京在東京，那我們的京城也就是東京不是北京了？」

很奇怪，那是他第一次對於日本人有了確切的感受。很慶幸那麼冷的空氣讓他可以繼續打哆嗦，只猛搖頭而不必開口。他回答不了長工的問題。北京、東京？他腦中向來只有北京，從沒想過會和東京有什麼關係。他知道的東京，也和日本人沒關係，是書裡讀來的漢代唐代洛陽，又稱東都或東京。宋代汴梁也叫東京。那裡都沒有日本人。

兒子，如果生出來的是兒子，像和尚說的，已經在輪迴裡多年尋覓的兒子，應該要去東京還是北京做官？唉，想太遠了，做官前要先考試，考試考得過才有官做，所以要去東京考試嗎？這還是太遠了，那年考試不就出過一題，朱子的話，說：「整本『大學』，要在次第。次第不倫，都是虛耗。」考試之前的次第，是讀書，給兒子讀什麼書呢？父親看不起《三字經》，更看不起其他人用《百家姓》來認字的做法，但自己又實在不喜歡《論語》，還有什麼適合啟蒙的呢？朱子，那就《通鑑綱目易知解》吧！有歷史故事，對小孩容易入眼些。

他笑了。笑自己，不是說「次第不倫，都是虛耗」嗎？兒子在哪？怎麼就想起讀書來了？等等，兒子不是在房內妻子的肚子裡嗎？為什麼這一陣子都沒聽到那邊傳來的聲音？他猛地起身，該不會發生什麼事吧？他腦中儲存了多年聽來的種種「什麼事」，家中好像隨時都包圍在等待生孩子的氣氛和話題裡，先是等著生出他弟弟來，然後就變成了等著生他兒子。漫長的等待中，這些人，有干係的沒干係的，說得可多了。難產，倒產，纏頸，黑臉，血崩，婦門不開，少指，斷肢，沒腦門……

他禁止自己想，卻禁止不了慌張的感受升上來。走到書房門口要出去了，又折回來。有事總會來通知吧？剛剛怎麼忘了要正色交代，有什麼事必須立即報知呢？為什麼剛剛侍女會用那樣的口氣說一大串話？以至於讓他忘了該交代。她們覺得有了兒子，這家他就不再是唯一的主人了？那麼快就先改變了態度？所以她們知道了會是兒子？女人，和妻子那麼親近的女人，有特別的前知之能？

她會有嗎？這個侍女？她叫什麼名字？想不起來，他從來記不得這麼多女人的名字。那怎麼辦呢？去到內房門口，如果不見人，怎麼辦？用力咳嗽裡面的人聽得到嗎？沒人出來的話要怎麼叫？叫「接生媽」嗎？可以這樣叫？怎麼事到臨頭偏偏怎麼想也想不起侍女的名字？

被困住了的他，還好聽見了一聲模糊的叫聲。趕忙將書房門開到最大，叫聲變清晰了，很長而且很尖，一下又讓他後悔聽見了。怎麼叫成這樣？真的是相處了十九年，總是安安靜靜的妻子發出的聲音？

像是被那叫聲震懾住了，他佇立在書房門口一動也不動。尖叫聲停歇了，接著是他沒預期會聽到了，清清楚楚的悠長喘息加嘆息聲。

他聽過這聲音。在哪裡聽過這聲音？他不知道在哪裡，卻隱約察覺不該追究，不能想，想了會後悔。寧可想些其他的事。立即跳出來的，又是和尚的臉，說著：「很多人都看錯，都看反了，其實是佛家心軟，儒家心腸硬。出家，斷捨離，是因為知道家真是苦，一層層苦疊苦，自己苦，弄得別人也苦。就要斷的，是別讓後生又來受苦。留在家裡就有男女慾望，就免不了陰陽交合，就有了和合之物，那其實是來世間受苦的啊！自己苦不夠，現在的家人苦不夠，還要造出兒女來親眼目睹他們如何受苦，你們心腸真硬啊！捨不去交合之欲，就牽扯一堆人倫說法，追究到底無非不願放棄這大欲。那麼多人倫道理，不過是一層疊一層的掩飾罷了！」

見了他，和尚總喜歡繞著儒佛比較的話題說，將他視為儒家的化身，進行種種軟硬勸說攻訐。他聽了當然很不舒服，但卻又很難起身而去，堅決不聽。常常就讓自己以冷眼看著和尚，當作看戲吧，看他還能變出什麼把戲來說儒佛是非。不過和尚說心軟心硬這段，對著他說，真的太離譜了。他那麼多年從來不曾「溺一時肉慾之樂」，「交合之欲」與他何干？像他這樣的人，不正好證明了人可以不必出家？

還是說：雖然在家，這麼多年來，其實他的生活與出家無異？不，當然不一樣，出家人不能也不會追求功名，和尚不必讀儒家書，因為不參加考試。看著和尚一派輕鬆的神情，亮亮的額頭襯得目珠如同剛剛置入爐中的炭，純粹的黑之中有著即將脫耀而出的光，紅轉黃再轉為白炙，他突然有了一絲羨慕，難道自己過得還不如和尚？

為了屏除那一絲屈辱的羨慕，他強迫自己逼擠出反對的話：「儒家的人倫正就是限制慾望的，使得慾望不得縱放，不需採取出家這樣激切的手段，而得到中正平和。」

和尚迅即回應：「真限制慾望為何又生出兒女來呢？無有慾望之逞，生得出兒女來？孔教的限制不是真限制，只是使門內男女不得理解自身慾望罷了。佛家真要定息慾望，有觀想的訓練，才是真限制、真的自慾望中解離出來。我每日觀想自身，如見自體裸身，比鏡前所見還要真切明白，每一毛髮、每一肢節歷歷顯像。先從頭觀想起，直到腳板，無一寸皮膚一個反應不在映像中。然後觀想一個二八少女以柔柔之手，緩緩撫遍映像中的每一寸皮膚，直到那如實觸感使我的下腹中心灼熱欲噴。然後再循著剛剛的順序，以意志一寸寸地逆回觀想中少女觸覺的肉感，一一擦去，就像在身上撲抹一層薄薄的冰霜，皮膚冷了，肉冷了，接著臟腑冷了，人進入如同死滅無溫的狀態，那原來聳立燃燒著的，也就倒垂不動了。這樣的觀想才真能限制慾望，你嘗試過嗎？你們孔教修練得來嗎？」

他又聽到妻子的呻吟聲了，但這次他分不清是從現實房裡來的，還是壓抑不下去的記憶？他聽過這聲音，差不多一年前，越過了十八年結得厚實如繭的習慣，越過了新婚第一年留下的種種反感印象，他竟然衝動地伏在妻子的身上，而且在腦中與下腹同時激烈充血的情況下，沒有多費周章，就挺入了妻子的內裡。妻子靜靜地，努力壓抑卻止不住地發出了那個呻吟聲。呻吟立即降下來成為只比平常濃重一點的喘氣，然後喘氣又不覺逐步升高為呻吟，如是反覆。

他不願意記得，卻清楚記得，在翻伏在妻子身上之前，他仰臥望著未熄的一點豆大燃油光在床頂搖出的變化影跡，在某個影跡與影跡的幻跳間，彷彿瞥見了和尚的臉。那瞬間即逝的光影，和尚來不及開口說出任何話來。他想起和尚白天時說的斷欲觀想，突然和尚又出現了，一個光裸裸的身軀，他緊閉起眼睛來，不料卻反而使得和尚的身軀，從剛剛貼在床頂上的剪紙般平面，變成立體的。而且在和尚身體上，長出了一隻沒有主人的手，沒有主人，卻有具體的觸感傳過來，碰上了和尚那光溜溜的頭頂。他幾乎在床上顫跳了，沒意料到那頭頂不是真的光滑的，有密密粗粗的髮根鋪在腦門的骨感上，大大緩和了頭的硬度，多了一點肉的質地。接著那手就如同渴望更多更真實的肉一般，摸到了和尚的兩頰、骨碌碌在眼皮下轉著的眼珠、下巴、頸項……在頸項的凹處，溫度明顯高了；在腋窩處，相反地溫度低了；在胸口，心猛烈地在皮下肉裡跳動著……

當他從妻子身上退下來時，嘴角突然不由自主地浮上了笑意，他恨不得能立即見到和尚，要對和尚說：「你那什麼荒唐的觀想之法啊！不是要斷絕慾望，而是挑激慾望吧？」

第二天，他真的去了寺裡。寺門大開，他熟門熟路進了內堂供奉所，桌上有筆有墨，還有一張寫了一半的大字，「言固難……」三個字，留白的空間還可再容兩字。言固難什麼？後面兩字是？他繞著書桌盯著和尚寫好的字思量，也許是繞太多圈頭暈了吧？驀地，一股強烈的恐慌攫住了他，突然預感覺得自己再也見不到和尚了，一定發生了什麼事，知道他會來，和尚消失在山林天地間，留下這讖語般的三個字「言固難……」

他沒辦法留在那裡，顛躓著腳步逃也似地回到了家。眼前一直是和尚的形影，弄得他坐立難安，好不容易捱到天黑，狂亂失常地，他晚飯過後就將妻子拉到床上，不由分說，暴躁地壓伏上去。

兒子應該就是這樣來的？正從妻子的肚子裡要掙脫臍帶出來的兒子？兒子竟然就如此輕易來了？怎麼可能如此簡單？他當然知道母親懷胎十月的辛苦，也知道妻子正受著分娩撕裂之劇痛，但就是忍不住驚異那懷胎之前的部分，可以就這麼簡單？

多年持續在耳邊嘈切叨絮的家私話語，使他一直覺得那是何等複雜且困難的事。她們，主要是女人們，談論著該如何準備特別的食物與湯藥，在特別的時刻送給父親吃。有些食物、湯藥在他小時，還要叮囑他絕對不能碰，碰了之後會有神祕的災難臨頭。被那樣的氣氛壓制著，他不敢問任何詳情，什麼樣的災難呢？而不管多麼好奇想從旁撿拾不小心透露的線索，竟都不可得。

長大之後，尤其是娶妻之後，原先絕對不能碰的食物與湯藥，卻頻頻送到他的桌上來了。每每讓他驚駭莫名。他無法調整心情，變得願意把這些東西納入口中體內。總保留著強烈抗拒，到尚未吞嚥就噁心嘔吐的地步。甚至在嘔吐時，油然生出不孝的罪咎之情。為什麼自己從來沒有疑惑問過：如果這樣的東西會給少年的他帶來神祕的禍害，那父親吃了呢？為什麼自己從來沒有關心過？

還不只這樣。那些女人常常也不避忌他地討論對父親身體的種種服侍。洗浴、擦拭、按壓……以及其他的。說著，不時她們會爆發出陣陣說不上來格外令人不舒服的嘻笑。總覺得在那嘻笑中，存著不只是不避忌的態度，似乎還有惡戲到幾近報復的心情，故意說給他聽的。

他當然不愛聽。然而從小的經驗告訴他，明顯表現厭惡，掉頭離去，只會引得她們爆出另一陣嘻笑，彷彿帶給她們多大的歡樂般。有一度，他採取了徹底相反的態度，故意做出聽得津津有味的模樣，張大眼睛凝視著說話的人。她們會兩頰緋紅，被看得收斂了話語。但這樣做，對自己很是折磨，必須從身體裡叫喚出所有的力氣才做得到。

他從來沒有將這樣的事告訴父親，連想都沒想過。而這些人，她們不知為何也就篤定明白他一定不會去父親跟前告狀，才如此肆無忌憚。她們怎麼知道的？長大之後，他曾經不止一次疑惑著。

有時候，他擔心自己對不起父親；但更多時候，他忍不住痛恨父親。為什麼要在家中找來這麼多女人呢？從侍女到妾室，來來往往喧鬧不堪，好像都只為了讓父親再生出一個或幾個兒子。這麼困難！如果真的那麼困難，那自己又是怎麼來的呢？

婚後幾年都沒有生育，從母親開始，好些人用各種方式催著。他從來不急。反正本來就沒那麼容易，不是嗎？而且他絕對不願像父親那樣，為了這麼一件事，弄來那麼多女人，感覺將家裡擠得滿滿的。像吃下太多油膩食物的飽盈感。就連納一個妾他都不肯。有一陣子，母親天天鬧著要他納妾，罵他、求他、哭他、故意不理他，都沒讓他就範。母親鬧得最凶時，他摔了盃說：「就不要！再多一個女人在家裡？太多了！」那個晚上，妻子一直哭一直哭，停不住淚，但在妻子的眼淚裡，他卻明明感受到了有濃濃的喜悅。

妻子擔心為了不納妾的事，母親會將她逐出門。母親絕對不相信會是他自己不願納妾。是父親給了母親這樣的堅決看法吧？父親納了應該他自己都數不清的妾，母親從來沒有反對過。但她心底一定深埋了一次又一次的反對，所以才會將氣發在他妻子身上。

她憑什麼！她憑什麼得到我得不到的，能夠阻止丈夫納妾？母親的憤恨中，有著這樣的不平吧？尤其母親畢竟還生下來了父親唯一的兒子，比妻子強多了。

母親不可能了解，世界上沒有人能了解，他對妻子的憐惜。妻子從來不曾對任何人說過房裡的事。妻子甚至也從來不曾對他說過一句與房事有關的話。徹底的沉默。相處久了，到後來任何有可能和男女之事扯上關係的話題，妻子都會早早、遠遠先避過去。和家裡其他女人剛好相反。愈是厭惡那些現實與記憶中喋喋不休說著的女人，他就愈是感動地珍惜妻子的沉默。

唯一的例外，應該就是那一點點呻吟聲，立即降下來成為只比平常濃重一點的喘氣，然後喘氣又不覺逐步升高為呻吟，如此反覆。

「儒門淡薄、儒門淡薄，你感覺不到今天局勢是對孔教最大的困擾嗎？」和尚說。後來和尚還是出現來了家裡，披著一件感覺上新裁的袈裟，有原本洗薄了的那件沒有的分量，連帶增加了和尚說話的份量。「君臣、父子、兄弟、夫婦，這是孔教倫理的內容，對吧？孔教相信這些倫常關係彼此互通，君之於臣，如父之於子，是吧？但現在君已不君，該怎麼辦？做父親的不應該拋棄兒子，但明明做國君的就放棄了做臣民的，臣還能如何忠君？忠、孝一體，忠成立不了了，孝也要連帶改變嗎？」

他聽了頭痛。君已不君，該怎麼辦？父親至死不願面對這個問題。父親說的，就只是不能放棄舉業科考，這一代不能、下一代也不能，至死父親不願思考，就算他不放棄，兒子也不放棄，真的就能繼續考下去嗎？父親不敢想，有一天他和兒子會失去考試的資格。父親更不敢想的，是他在北京叩訪學政大官時，清清楚楚聽到的預言——「廢科舉，改學校，勢在必行了。」

他也沒辦法想。他只能反問和尚：「那佛教呢？不受現實變化，不受日本人影響嗎？」

和尚收了笑，眼睛燦亮著，冒出一種奇特的自信之美，唉，真是美，說：「佛是眾生平等，皆為因緣所生，在因緣所生法上，連萬物都平等，那也就必然國國平等，中國、日本在佛法之前，有任何差別嗎？續留儒門裡，你就得陷入無解的難題中，你不了解嗎？若你生子，這兒子是中國人還是日本人？從君臣之倫上看，他只能是日本人啊；但從父子之倫看，難道他不是中國人的兒子？若他是日本人，那你呢？離開儒門入佛門，一切就開闊了，恆河沙數世界中，每個世界裡又有恆河沙數的國。人都無恆常自性了，國又何來不變自性？中國與日本的差異，在恆河沙數的恆河沙數中，何足道哉？更何況無自性的中國與日本，何妨由此變彼，又由彼變此呢？」

他頭更痛了。這是什麼歪理？頭痛到他無法再找出什麼話來對應和尚。卻也因為頭痛，一時聽覺渾然模糊了，索性讓自己心神迷離，不要聽和尚搧著血色透明的兩片薄唇連串泉湧的話，只看見和尚的眼睛更燦亮，由頰到頸處的彎折線條，那麼美。

像十三哥，原來是像十三哥啊！怎麼會這麼多年，到這時才想起呢？對於十三哥，他沒有太多印象了，就記得十三哥抓到了雀鳥放進他掌裡，教他感受那鳥砰砰微跳的心。鳥也有心，鳥也有心。不知為什麼十三哥老是反覆說這麼句話。十三哥還說：「別折了牠脖子！」這話需要說？誰會想要折這雀鳥的脖子？原來十三哥家中的大哥就會。一想到掌中的雀鳥被折了脖子，他就哭了起來。十三哥摟著他，說：「弟弟不哭，弟弟不哭。你心軟，我知道你心軟，你要一直心軟喔！」

其他的，都不記得了。唯一還記得的，十三哥要回江子嘴了，前一天十三哥跟他說了：「不可以哭喔，你哭了叔叔會罵。」十三哥走了長長的前廳，到門口，他忍不住癟嘴了，為了不讓他哭，十三哥轉過身用眼神和手指對著他，他知道那是提醒「不可以哭喔」的意思。然後十三哥就這樣倒退著走，一步一步走進外面透進來的光暈裡。十三哥的臉頰到頸項之間的凹窪線條背光刻鏤出來，完美的弧線。

和尚走了之後，又是初夜，他竟又爬上了妻子的身，下來時覺得一陣錯亂，心頭驚慌，脫口而出：「難道是十三哥後來出家了？」躺在旁邊的妻子顫抖了一下，生怕自己做錯了什麼般惶然問：「啊？」他才發現自己說了沒有意義的渾話，而且嚇到了妻子，趕忙翻身用手臂摟住了她，穩著聲調說：「沒什麼，只是說很好，真的很好。」就在他眼下的妻子的臉，羞得比方才還要更艷更紅。

還在等待妻子分娩，他決定走出書房。就算不進內房，至少到往內房的廊道上去。走了幾步才發現，夜已深沉，廊道上一片漆黑，只有一點疏空樹影篩落的月光。月照雲影，雲影覆蓋樹影，「君子不欺暗室」，他心中浮了這幾個字，覺得不該待在黑暗的廊道上。那還能去哪裡？多走幾步，他明白了自己還是朝著內房去。

突然焦急地想知道還得多久才能見到妻子那張紅透了的臉。「法師，您會臉紅嗎？」那天，趁著一個和尚停了話的空檔，他對和尚發問。好怪啊，平時總滔滔不絕的和尚，一聽這問題，竟然就臉紅了。現在想起，他都忍俊不住。這麼容易的奇襲奏效啊？雖然他自己原本並未設想要藉此奇襲作弄和尚。

他在話語中故作天真，彷彿確是疑惑：「什麼樣的事，會讓洞察因緣的修行人臉紅呢？是行？還是思？」和尚沒有回答，然後瞇了瞇眼，衝著他無奈一笑。

那是近日最值得高興的事。他在心裡做了好大一篇文章，由和尚也會臉紅，和尚既無法否認自己臉紅，又無法解釋自己臉紅開端，論證儒家所說的倫理天性畢竟方是不易之理，佛家說再多因緣，和尚自己終究還是有常性，那常性就是在他心中，使得他能評斷自己想了什麼或做了什麼會生出孟子所說的「羞惡」反應。

在心底作文，卻沒有在筆下作。因為還有一事連得不完整。讓看似得道的和尚瞬間臉紅的，是什麼？顯然那是思而不是行，被突然問及的瞬間，和尚到底想了什麼？

他不知道，也不想知道了。和尚臉紅的事情過了沒幾天，妻子就告訴他有了身孕的事。他當然極度興奮，以至於九個月後，完全記不得妻子怎麼說的，說的時候是怎樣的神態。只能理所當然地假定，應該是低著頭，臉上又滿滿紅成一片吧？

「老爺，老爺……怎麼站在這裡？聽到了吧？」侍女又幾乎撞到他身上來，還沒站停腳就先說話了，說得太急讓他一時恍惚，聽到什麼？聽到叫老爺嗎？一年多了，還是不太習慣知覺自己是老爺，常常心驚以為父親站在身後。回過神來，啊，聽見了，嬰兒豪亮的哭聲哪！他不自覺地跨前一步，侍女不得不伸手攔他，為了不碰觸侍女身體，他立即退了回來。「還不能進去啊，產婦怕風，不可以掀簾子，我是側身頂著簾子小心出來的……啊，出來就是要說：兒子啊！是兒子啊！恭喜得兒子啦！」侍女邊說簡直要高興得躍起來了。

兒子，真的是兒子。一下子，他突然不知該如何反應，尤其靠得那麼近面對著專注觀察著他的侍女。勉強笑著點點頭，又點點頭：「很好，真的很好。」那話自己聽來都像是從戲裡學來的，似乎還該要捋捋不存在的長鬍子。不真實的戲劇感，也妨礙了在這家族歷史上的一刻，知覺自己究竟在想什麼、想了什麼。

要等到侍女回身又小心翼翼頂著簾走進內房，他才確切地感覺到了，那是一份接近不負責任的愉悅，抵擋不住心底歡快地喃喃唸著：「都交給他了……換他去考試了……也歸他決定考北京的試還是東京的試……都歸他了，儒家倫理……」

然後，他認真地考慮，將來會有更多的時間可以去找和尚說話，或許能探問出和尚臉紅的祕密。

一九〇四　女兒石

張摯的電話竟然是打到劉怡君她爸爸的手機上，增添了好些誤解和困擾。

爸爸沒說什麼，直接將手機遞給怡君，她理所當然以為應該是裝燈的客人。差不多有一年了，她和爸爸的分工最清楚的部分，就是冷氣和燈。怡君完全不管冷氣安裝修理，而和裝燈、修燈有關的事，就都歸她。

她手上拿著螺絲起子，正在拆開關面板，只能將手機夾在肩頸間，歪著頭聽。那麼小的手機，夾起來很辛苦，而且傳進耳朵裡的聲音很小很不清楚。她聽到對方說了名字，兩個字，像公司行號，又說什麼記得不記得的，直覺反應趕緊回想是不是漏了哪個約好的地方沒有去。想不起來，只好說：「我們有約嗎？我不記得跟你們有約了。」對方連說了沒有約，又連說兩次「只有我，沒有別人」，她更搞不清楚了，「那你是打來要約時間嗎？你那邊是哪裡？能再說一次嗎？先生貴姓？」

然後終於有了明明白白的一句話傳過來：「我是張摯，如果妳有時間，我有事想要跟妳約時間見面。」

她心底不自主地響起了一個聲音：「見鬼了！」

張摯跟怡君說過，他們兩人第一次見面，第一次說話，怡君說的就是「見鬼了！」其實那並不是他真正記得的。第一次見面時他心裡慌亂一團，做什麼說什麼幾乎都出自本能，要等到局面穩定了，大腦與記憶才恢復正常運作，那時怡君應該說了不少句話了。

那是在通往泰安溫泉的公路上，暑熱的下午，落著突如其來的大雨，十分鐘前，為了閃避一輛轉彎時直逼到路邊的大卡車，張摯的單車撞上了漆成白色的護墩，人從車上摔到路外的土草雜混坡道上。他掙扎著起身扶起單車，卻發現單車的前輪已然扭曲變形，不可能再騎了。

他只好站在路邊向來往車輛招手求救。雨中車輛稀疏，能見度差，沒有人停下來，大部分的司機或許根本沒看到他吧，不減速駛過去，輪胎上的水毫不留情的濺到他身上。摔車造成的顫抖還沒停，渾身淋滿的雨水讓他抖得更厲害，他沒有勇氣去站在路中間，逼車子停下來。他愈來愈怕，不知道自己還能怎麼辦，愈怕，身上被雨水反覆沖刷的傷口就愈痛，痛到他開始懷疑是不是斷了骨頭什麼的，也就因而更害怕了。

怡君他們家的車，是十分鐘內唯一看到他而明顯減速的。他激動大叫，顧不得身上的痛，也顧不得躺在一邊的單車，盡全力朝慢下來的車子跑去。跑得頭腦一片空白，不記得自己怎麼上了人家的車，更不記得怎麼連單車也搬上了小貨卡。

後來和怡君熟了，常常聽她說：「見鬼了！」張摯就覺得一定是這句話。孤魂野鬼般站在公路上的身影，當然是：「見鬼了！」

怡君不知道自己想不想見張摯，只是覺得好像沒有一定不要見的理由。沒有機會問出理由來。拿著爸爸的手機，多說一句話感覺都怪怪的。她沒有問張摯為什麼要見她，甚至也沒有「原來是你」、「竟然是你」、「你現在好嗎」、「你現在在幹嘛」一類的應對，不帶任何情緒地就約好了時間、地點，甚至沒有問：「你方便到苗栗來？」「你找得到這地方？」就這樣。

然後才疑惑：張摯？幾年了？三年多吧？還是不到三年？最後是什麼時候？是張摯寫了最後一封信自己沒回？還是倒過來自己寫了最後一封信，張摯沒回？然後她記起有一陣子還曾經沒事就從郵箱裡將兩人來往信件從頭到尾看一遍，又看一遍。即使如此，仍然記不得最後一封是誰寫的。現在，連那個郵箱都停用了，信也隨著郵箱一起消失了吧？

難怪張摯會打爸爸的手機。原本和她聯絡的管道消失了。他應該是從電器行的招牌名稱去找的，查號台有登記爸爸的手機號碼。

但何必費這樣的工夫找她？她開始好奇了。但她甚至連張摯的聯絡電話都沒問，也不可能再去要爸爸的手機過來查記錄。只好等到約好的那天才能知道了。但，他真的會來嗎？他不住台北了嗎？不管是要從台北特別跑一趟苗栗，還是他離開台北搬到靠近苗栗的地方，都讓她覺得難以想像。

張摯感到慶幸，怡君竟然沒有問：為什麼？真實的原因聽起來很荒謬，像是硬編出來的拙劣藉口。打電話前，他猶豫想了好多不同說法，不確定怎樣才會讓怡君願意見面，而且見了面不會生氣拂袖而去。

一直到走進那家咖啡館前，他都沒有把握如何說，怡君聽了會有什麼反應，倒是路程和尋找地點相對不覺困難了。他早到了十五分鐘，卻一眼就看到怡君已經在裡面，頭低低地專注盯著桌上的雜誌。他靜靜地站到怡君座位前，怡君警覺地抬頭，看到他，一時也不知該說什麼。下意識地沒事找事，看了看錶，沒話找話地說：「我每天都會來坐一下，喝杯咖啡。」

他拉開椅子坐下，堅定決心，要直接說，要立刻說。「我阿祖，查某祖，剛剛過世。妳可能不記得了，妳見過她。她活了快一百歲。差一天一百歲。真的，就差一天，她是民國前八年農曆四月六日生的，那就是一九〇四年，死的那天是二〇〇四年農曆四月五日。」

怡君張著大眼，用食指指甲在眉端劃了劃，盡量掩飾自己疑惑的表情。他繼續說：「我們，應該說他們，主要是我媽啦，大約一個月前開始準備幫阿祖過百歲生日，那是大事。後來我媽很後悔，聽說老人家不能這樣張揚長壽年紀，會招天嫉妒。生日前一周左右吧，阿祖就突然倒下去，緊急叫救護車住院了。」

怡君微微點點頭，表示雖然不知道他為什麼要說這些，但沒有不想聽。他在心底催促自己得趕快講到和怡君有關的部分。但反覆想了好久，這是他能夠找到的最快最直接說法了。

「我去醫院裡看阿祖。其實有一陣子沒看到她了。聽說她這一、兩年記憶衰退得很厲害，也聽說她在醫院裡清醒的時間不多。但我去時，她醒著，而且一下就叫出我的名字。」

阿祖沒說別的，就問張摯的女朋友，不是現在的，是以前那個。張摯弄不懂，阿祖解釋：「你媽媽特別討厭的那個。」這樣張摯就知道了，劉怡君，他說出她的名字。阿祖模仿他的國語，點頭說：「怡君，是怡君喔。」然後阿祖說如果還能夠過百歲生日，就要張摯去把怡君找來，要她來參加生日。阿祖說：「你媽會討厭，不過我一百歲了，她不可以討厭我。」

張摯沒辦法跟怡君說這過程，只說：「阿祖什麼都沒說，就只說如果過百歲生日，要我邀妳去參加，一定要。」

怡君果然驚訝地回應，還戲劇性地用手指指自己的鼻尖：「我？為什麼？」

張摯必須先將更重要的話說完：「阿祖往生前兩天，幾乎是她最後一次清醒時，跟我媽交代了一些事。其中一件，就是將這個留給妳。」他將一直握著的左手打開，給怡君看那塊綠色的玉石。「阿祖交代一定要送到妳手上，這是她的遺言。」

怡君心底有個聲音，不大，但一直堅持喃唸著：「慢一點，慢一點。」這一天怎麼了？為什麼所有事情、所有動作都加快了？跑了兩家客戶，都是很簡單的保險絲和開關接觸不良問題，早早做完了。還有時間回家洗了澡，甚至神經質地在洗好澡後又補洗了頭。換好衣服，時間都還太早。踱著步走過來，也一下子就走到了。然後像趕什麼進度似的，張摯就出現了。

她試著想要看清楚，面前這個人和她記得的那個有什麼差別，同時想一想，盡可能弄清楚，在張摯眼裡自己又變了多少。一定很多。但張摯開口就說一連串的話，話裡面幾乎每一句都有讓她來不及想、趕不上吸收的部分。

隱隱然，像是看到山路上轟隆隆加速瘋狂過彎車輛開過的不祥感覺抓著她。一直到車終於撞上了山壁，只有撞上了山壁才停得下來，也才讓人能確定車不會跌入山谷。那塊張摯慎重其事放進她手裡的綠色玉石，是她的山壁。

跑得太快的一切，這才停了下來。她的感官和想法，還是慢了好幾拍。還停留在雨中的貨車上，撞壞了的腳踏車抬上去之後，他不假思索地開了貨車廂的右門，姊姊立即大叫出聲：「你不能坐前面！我們已經夠擠了！」他被嚇呆了，一時想不出還有其他可能性，怡君只好引導他到後面，跨進載貨車廂，看他不知道怎麼爬，怡君索性先爬進去。在貨車廂坐下來，她跟姊姊先來一番無聊鬥嘴：「你跑去後面幹嘛？」「前面都給你，反正太擠。」「後面就不擠啦？還是後面擠起來比較舒服？」「後面沒有胖子，當然比較舒服。」「真的喔，好巧，前面也沒有胖子了欸！」

車子開動了，呼呼的引擎聲打斷了她們鬥嘴。然後，他忽然呆呆地說了上車後的第一句話：「什麼胖子？胖子在哪裡？」她無法回答，從口中又笑又氣地冒出：「你見鬼了！」車在路上彎曲跑了一陣子，她問：「你叫什麼名字？」「張摯，弓長張，真摯的摯。」「只有兩個字？張摯？」「對，單名。」「見鬼了，這什麼名字啊！」

這是洗澡的時候想起來的。記憶中的張摯渾身淋濕了，臉上也是濕的，不曉得是雨水還是汗水。她不知道還要多久，自己才能一步步一段段趕上現實發生的事。什麼時候才能夠確切知道，手裡的這塊東西到底是什麼。

張摯有耐心，可以等。他最怕的，這幾天裡偏偏想像過最多次的，是怡君不相信他說的話，不接那塊玉，起身就走掉。只要她不走掉就好。雖然他也不知道那「就好」是什麼意思。他就是不能接受她走掉。她不走，那就一定會問他回答不出來的問題。所以他不急，再拖點時間，或許會在最後一刻靈光閃現找到更好的說法。

怡君將那塊綠色的玉石擺放在攤開的雜誌上。雜誌的廣告是一台新型很有設計感的咖啡機。玉和咖啡機的線條意外地相襯。他等著，等得突然恍惚了，一時困惑，怎麼會呢？自己真的和這個女孩分手了？那應該是一件不可思議、無法解釋的事吧？回過神來，想起來分手不但有理由，而且有非常簡單、很好解釋的理由，他刷地兩頰通紅。

還好，怡君太專注盯著平面的咖啡機和立體的玉石看，沒有注意到他的臉。終於，她問了：「為什麼要給我？我不能收吧？」

他不知道為什麼，那就是他回答不出來的。但他準備好了，告訴怡君所有他知道的。「這玉很古老了，阿祖帶在身邊帶了很久很久，但不是什麼貴重的東西。甚至不算是真正的玉，而是一種看起來像玉，但質地比玉來得冷硬的石頭。玉貴溫潤，這樣不溫潤的，賣不了好價錢。」他希望這樣可以說服怡君收下來。

「阿祖說，我聽我媽轉述的，這塊玉是阿祖出生時，阿祖的爸爸送給阿祖的媽媽的禮物。唉，那麼多輩以前的人，我都不曉得該怎麼叫了。那時候，阿祖的爸爸家裡很窮，買不起貴重的東西，但阿祖是他們生出的第一個孩子，阿祖的爸爸很愛阿祖的媽媽，感謝她生了這女兒，所以用家裡僅有的積蓄買了這塊假玉。後來阿祖的媽媽又把玉送給了阿祖。」

他覺得自己好囉唆，說得都要大舌頭了。還好，只剩下最後一句話要說：「我媽也認為妳要收，一定，她說拜託妳成全已經在天上的人的心願。」

怡君其實記得張摯的阿祖，她逐漸意識到自己並不如想像的那麼驚訝。

她都還記得，原來都記得。記得張摯被支使去買東西，她自己留在阿祖的房裡。他很意外阿祖年紀那麼大了，一個人住。後來才聽張摯說有一個舅公住樓上，舅公和舅公的女兒不時都在。

阿祖當然看得出她很緊張、很不自在。她的台語講得很差，雖然張摯的台語也沒比她好多少，但至少阿祖講的話張摯都聽得懂，會半翻譯半解釋給她聽。阿祖突然用客家話問她：「客家妹是吧？」她嚇了一跳，點點頭，盡可能用台語說：「妳怎麼會說客話？」阿祖沒回答她的問題，繼續用客家話說：「哪裡的客家人？」她不知該怎麼回答了，想了想，用國語說：「苗栗。」

「和我說的一樣，四縣是吧？」阿祖又問：「苗栗哪裡？」

阿祖說得的確是四縣口音，她當然就改換客語回話了：「我們是大湖。」一邊說一邊不斷回想張摯跟她說過的，怎麼想也想不出來阿祖可能是客家人。

「是大湖庄。」阿祖笑了：「大湖庄，湖有多大啊？……」她還來不及回答，阿祖自己又說了：「沒有湖、沒有湖，我們大湖沒有湖。沒有湖，為什麼叫大湖庄？不是騙人的嗎？妳知道嗎？」

她答不上來了。有點不好意思，她解釋：「我們是大湖人，可是後來就搬到苗栗市了，現在住在苗栗市，沒有住大湖。」

阿祖瞇著眼，溫柔地問她：「那大湖庄妳可有記得什麼地方？」

她努力地想了想：「都是幾寮幾寮啊，大寮坑、四寮坪、七寮崠、九寮坑、十寮坑……小時候有在四寮坪圳裡玩水。再過去一點就是大湖溪，大湖溪不就是『大湖』？」

阿祖搖搖頭。還是很溫柔的語氣：「有聽過水尾坪？……沒有啊？以前水尾坪旁邊是水尾社，番人的地方。你們那裡應該比較靠近馬凹社。我們客家人最早從水尾坪進來，聽說是有人從獅潭那邊比較高的地方往下看，看到一大片平平的藍綠色，以為那是一座湖，所以傳說有湖有湖，應該去湖邊開墾，就不怕水旱災，才又從水尾坪往九芎坪去。」

「阿祖，也是客家人？」明明聽到阿祖說「我們客家人」，她還是忍不住驚訝地問了。

阿祖做出一個有點調皮的表情，搖搖手：「不可以說，不可以說，不要說給妳男朋友喔！」

她答應不說，也就真的從來沒有跟張摯說過。

怡君的冷靜讓張摯意外，卻又覺得自己不該意外。張摯提到「我媽」，怡君沒有特別的反應，用右手覆蓋那塊玉石，手慢慢握拳，就將玉石包住，放進口袋裡。這時他才仔細看到怡君穿了一件簡單的T恤，上面有一隻在形象化的海浪圖案間悠游的海豚，T恤外面套了一件舊牛仔襯衫，有很多口袋的那種。每一個口袋都鬆垮垮的，應該是經常放置各種水電的小工具、小零件吧。

怡君說：「你就是為了這件事來的？」他想說：「另外也想看看妳。」卻沒有說出口。怡君就說：「不好意思，讓你跑那麼遠，我最近很少離開苗栗。」他說：「沒有很遠，我開車，從高速公路來，蠻方便的。妳還是在幫爸爸，是吧？」怡君笑了：「水電工。附近很多太太特別喜歡叫我，指定要我去，她們覺得比較安全、比較自在，每天都有約，走不開。」他不知該說什麼，只能空洞地說：「那很好啊！」

怡君完全沒問關於他的事。幾乎。只問了一件，問他開什麼車。他遲疑了一下，一時說不出「ＢＭＷ５２５」，怡君立即解釋：「應該有兩千ＣＣ以上吧？開高速公路比較穩。」

怡君先站起來，他趕忙去櫃檯付帳，怡君沒有反對。走出咖啡館，怡君問他車停哪裡，他指了指方向，立即後悔了。果然，怡君就轉朝另一個方向，說：「我走這邊，那，再見，小心開車。」他想說：「我陪妳走一段，好嗎？」卻沒說出口。怡君就走了。她穿了一件碎花的長裙，從背影看，沒有任何一寸地方像水電工。

開回台北的路上，「那，再見，小心開車」的聲音一直在他耳邊繞啊繞，伴隨著是湧上心頭一連串他想說卻沒有說出口的話。還有一串一直到剛剛來程都還不敢對自己說的話。

怡君的冷靜，正是讓他最愛又最怕的。就連分手，她都沒有激動或大小聲。他記得那過程。他痛苦不堪想盡辦法寫出迂迴婉轉希望盡量不要傷害她的信，改了又改，光是最後要按下滑鼠「寄出」，常常都要費三、四天。終於寄出了，兩天後，幾乎毫無例外兩天後，一定有回信。簡單、雲淡風輕，而且愈說愈淡的信。有時候，他會被自己的痛苦惹惱了，罵自己：「她明明沒有那麼認真，你到底在為難什麼？」但沒有用，罵再多次，將怡君愈說愈淡的信反覆看再多次，他就是知道不是這樣。他知道怡君愛他。

怡君和媽媽，再強烈不過的對比。媽媽可不是像他轉述地那樣說：「拜託成全已經在天上的人的心願」。拿到玉的那天，媽媽就大哭不止，哭到不吃飯，哭到說不出話來。沒有人知道發生了什麼事。兩天後，阿祖走了，媽媽又再大哭一陣，立靈位時，媽媽哭到站不住，要靠爸爸和阿姨架著。

媽媽是阿祖帶大的。但那樣的傷心好像除了阿祖去世的刺激之外，還有什麼別的。但媽媽說不出、說不清。一說就哭，而且開口就說：「阿嬤走得太快了！」大家當然會勸她：「一百歲，真長壽，而且又沒有重病延遷，真福氣啊！」聽這樣勸，媽媽就大叫：「不是這樣，不是這樣！」

怡君去了一趟水尾坪，就像現在只有「大湖」沒有了「大湖庄」，現在的「水尾坪」也少了一個字，只剩下「水尾」。大湖庄和大湖，水尾坪和水尾，她在心裡反覆比對唸了幾次，突然感覺到那中間的差異，正就是客家話和國語間的差異。

爸爸竟然知道水尾坪，原來就在十寮坑再過去一點。小時候走路或騎腳踏車，最遠就到十寮坑，沒去過水尾坪。現在有摩托車，即使從苗栗過去，半小時也就到得了。

她不知道自己去水尾要幹嘛，但就是想去。去了先騎著車晃啊晃，看到路邊草莓園大大的招牌。草莓季節過了，又不是假日，沒有遊客。再晃一下，發現雪霸國家公園管理處竟然設在這裡。她停了車，走過去看管理處豎立的介紹指引牌，看到上面說：這裡是通往泰安溫泉的必經之處。

她不自主地將口袋裡的玉石拿出來。這玉石會是從這裡採出來的嗎？整整一百年後，石頭回到了它出生的地方？她嘲笑自己：別傻了，從來沒聽過我們苗栗有產玉，而且石頭哪有出生地？石頭沒有生命，石頭沒有感覺。

但即使是如此冷靜地嘲笑了自己，還是止不住奇異的思緒。就算玉石不是這裡產的，但很可能就是在這裡交到阿祖手中，或阿祖的媽媽手中，一百年了，竟然由自己將石頭帶回這裡，還是很特別、很怪啊！

更怪的是，那天，第一次遇見張摯那天，和張摯坐在貨車廂裡，他們經過了這個地方？從泰安溫泉出來，一定要經過的地方？石頭把她帶回這個她原先一點印象都沒有的地方，讓她知道，這裡，是她應該記得的地方？

管理處設有遊客中心，她信步走進去，撲面傳來了殘留的油漆味。很新而且空蕩蕩的。因為空蕩蕩的沒有其他遊客，服務台看起來年紀和她差不多的小姐熱情且充滿自信地招呼她。她不知該如何解釋自己的來意，只好說出心裡當下湧上來的實話：「我想知道水尾坪這邊客家人過去的歷史，他們從哪裡來，在這裡發生了什麼事，後來是不是又去了哪裡？」

這問題超出了服務台小姐的準備。她翻了翻好幾本書，邊翻邊皺眉。「……抱歉，我們有的大部分都是原住民歷史的資料，泰雅族、賽夏族都有。客家人的，好像很少……」

她不安地謝過，表示沒有也沒關係。但服務台小姐比她更不安了，似乎意識到位於客家環境裡的管理處，竟然缺乏客家歷史資料，是件很說不過去的事。小姐堅持請她留下email，還鄭重地問清楚她需要的是什麼時期的歷史資訊。什麼時期？「大約就是一百年前，一九〇四年左右吧！」她很沒把握地回答。

張摯回家吃飯。媽媽先問：「今天沒加班？」他搖搖頭。媽媽又問：「沒跟女朋友約會？」他又搖搖頭。媽媽再問：「吵架了？」他還是搖搖頭。

如果平常，接受連三問後的反應，一定是：「你煩不煩啊？」但這時張摯卻說：「媽妳不要哭。」媽媽狐疑，不確定自己聽到了什麼。「我想問阿祖的事，但妳別哭，妳哭就沒辦法講話了。」

媽媽顯然意會到他今天去幹嘛了。媽媽艱難地點點頭，但沒有用，點了頭眼眶一紅，淚水立即直直落下來。他覺得很愧疚，不是因為把媽媽弄哭了，而是一路回來時心中更強烈的普遍感覺。覺得自己是個有問題的人，完全猜不到怡君收下玉石那瞬間在想什麼，而且也不知道媽媽說要把玉石交給怡君時又在想什麼。他一直都知道媽媽和阿祖很親，是阿祖帶大的，卻從來沒有一點其他的好奇心，不曾問過任何細節。說知道，其實不知道。

「妳可以說說阿祖的事？」他回來的路上想好了勸媽媽的說詞：「妳最了解阿祖，妳應該記得最多她的事，妳不會希望把這些記憶傳給更多人嗎？讓他們都記得，愈多人記得就愈不會忘掉，阿祖的生命就會一直存在著。」

他以為媽媽應該邊聽邊點頭的。恰好相反，媽媽竟然持續搖頭。又是眼淚又是鼻水，使得媽媽的話語聲混成了濕濕泥泥的一團，費了好久工夫才一點一點解開來，勉強知道她說的：「別問我，我現在什麼都不知道了，我問你舅公，他也不知道，我們都不知道！」

讓怡君意外的，第二天信箱裡就有了一個叫羅信民的人，來了一封很長的信。信中仔細列出了客家人進入大湖地區過程重點——

最早在一八一七年，是泉州人陳阿輝率領族人到水尾坪築土堡，取得原住民部落默許，開始墾荒。但才四年後，還是因為遭到原住民出草殘殺，迫使他們放棄了新墾地。

四十年後，客家人吳氏兄弟，誤以為這區有一片大湖，率領佃農等四十多人進入大湖，除了開墾種田之外，還兼從事蒸製樟腦的工作。再過了將近二十年，因為劉銘傳擔任巡撫，積極理蕃，布置隘勇線，阻卻原住民加害平地漢人，大湖的人口開始增加。

馬關條約將台灣割讓給日本，日軍在一八九五年六月攻陷大湖，設「苗栗出張所」負責維持附近地區的秩序。有部分大湖庄客家人參與了新竹城外抵抗日軍的戰役，不過那場戰役的主力，來自北埔、頭份，大湖並非重點。

日人統治穩定建立後，頒布了「特別處分令」，對於大湖庄地區的土地所有權進行徹查，強行沒收了許多開闢的新地，並禁制對於山林地的任意墾伐。因而往後五到十年間，發生了多起土地爭執糾紛，嚴重時釀成刀劍相見、多達十餘人死傷的衝突。台灣人原有的大小租制被破壞了，日人的新辦法又遲遲沒能在此地落實，而有了附近區域的一段凶險混亂時期。

信的最後解釋：一時並未找到一九〇四年有什麼特殊的事件，那一年就差不多是前述凶險混亂時期的尾聲，大湖地區靠著兩個大姓——楊姓和葉姓的宗族力量，逐漸平靜下來。

「此為初步簡單的資料整理，若您有其他疑惑或地方文史興趣，懇請再來信討論，更歡迎加入我們的探索行列！」

張摯沒想到怡君會來電，而且依舊冷靜，只問阿祖姓什麼？可以給她阿祖的相關出生資料嗎？確定哪年哪月哪日，在哪裡出生的？

張摯知道這必定是那塊玉石引來的。怡君用那樣認真的態度問，弄得他不覺焦躁有了壓力。「阿祖姓黃。啊，不對，……是我阿嬤姓黃，所以我查甫祖姓黃，不是我查某祖。我問一下，打這個號碼給妳？」

他立即撥了媽媽的電話。媽媽總算沒有一聽到「阿祖」就哭。他的印象是對的，查甫祖姓黃，阿祖是嫁入黃家的，娘家姓李。然後媽媽的話又卡住了。淚水、鼻水又來了。很努力地，電話那頭媽媽終於說清楚了一句話：「但也有可能不姓李。」

「什麼？」他聽不懂，「到底姓李，還不姓李？」

他必須耐心地等媽媽哭過一陣，才能捕捉到下一句話，斷斷續續的：「戶口資料上說她姓李，李阿菊，……可是她自己……最後那一次卻跟我說，那些資料都是假的，她叫『菊妹』不叫『阿菊』……你舅公說小時候聽過，不知道誰說的，說你阿祖其實不是李家的女兒，但後來幾十年都沒有人再提起，他也沒問過。怎麼會這樣，我們現在連你阿祖到底姓什麼叫什麼都弄不清楚啦！」

完全出乎他意外。他堅持一定要再問：「那出生年月日呢？」媽又哭了一陣。「光緒三十年四月五日，這是農曆，換成國曆就是民國前八年五月十九日。可是你阿祖又跟我說不用幫她過百歲生日，她已經活超過百歲了，身分證上寫的日期比真實的晚了幾個月。……」

掛了電話，他立即撥怡君的號碼，卻在對方鈴聲響起前匆忙按掉了。要怎樣跟怡君說，我們不知道阿祖姓什麼，也不知道她確切哪一天生的？而且他心中湧上強烈的震動與驚疑：為什麼怡君會要問？難道透過那塊玉石，怡君和阿祖有什麼樣的超現實聯繫嗎？

當然，對面若瑜的表情也對促使他按掉電話有作用。「你到底在幹嘛？有什麼急事要這樣一直打電話？」他可以體會若瑜的不滿與不耐，畢竟兩人在餐廳吃飯吃到一半，而且吃的還是正式西餐，他連打兩個電話，失去了時間感，若瑜就被困在前菜和主菜間了。但突然地，他壓抑不住感到對若瑜的不快與陌生。

怡君認真回想，為什麼張摯會要特別帶她去見阿祖？那是什麼時候的事？立即她眼前看見了姊姊的臉。喔，知道了，那是姊姊決定到台北和媽媽住的時候。她到現在還是不明白，那天爸爸和姊姊究竟為了什麼吵得那麼兇，到不可收拾的地步。媽媽離開，姊姊的反應比她激烈得多，對著她痛罵媽媽，衛護爸爸，就連她說一聲：「夫妻相處沒有絕對的對錯吧！」姊姊都受不了，瞪大眼睛，一副「你敢替媽媽說話我就跟你拚命」的模樣。爸爸也相對縱容姊姊，怡君想要什麼都得央求姊姊去說，如果自己說，幾乎都被爸爸否決了。

那天她回到家，兩人已經徹底僵了，只剩下來回兩句話：「你讓開我要出去！」「我就是不會讓你去找她！」她試圖居間調停，拉拉這個、扯扯那個，兩人都不讓步，也都不跟她解釋。最終不明說的妥協是，怡君陪姊姊去台北，那麼爸爸就讓姊姊走。

怡君陪著去了台北，到媽媽住處巷口，想想還是不願和媽媽見面，就離開了。去台北前，她就在電話裡大致跟張摯說了情況，張摯在那頭約一起吃飯，還問她難得上來，可不可以趁機見見他的家人？她覺得不好意思也很不自在，但一想張摯早就認識自己僅有的兩個家人——爸爸和姊姊，好像對等地自己欠了他這一件事，所以也就答應了。

見了面張摯說先帶她去吃小火鍋，她鬆了一口氣，慶幸不用和他家人一起晚餐。然後他就將她載到景美，去看阿祖。阿祖是他媽媽的外婆，和他媽媽最親，年紀很大很大了，所以張摯會不時過來陪陪她。

進門之後，張摯很大方地介紹：「這我女朋友。」阿祖看起來精神很好，立即點頭說：「我知道，我知道你大漢了，有一個好女朋友。」三個人一起用台語說了一陣子話，怡君說得支支吾吾地，自己都覺得很懊惱。阿祖突然想起來，叫張摯騎車去附近的超市買一點水果和飲料回來。水果和飲料太重了，阿祖或張摯的舅公平常都扛不動，趁機讓少年工服務一下。張摯做了眼色要怡君跟著去，怡君猶豫了一下，選擇留下來陪阿祖。

回想到這裡，怡君平靜地懂了，那時自己遇到了家庭變故，本來就知道她父母離異的張摯，溫柔體貼地想讓她好過些，方式是帶她回家，給她正式的女朋友身分。但這個提議或許是遭到家人，尤其是他媽媽反對否決了吧？他怕下不了台，怕反而傷了她，只好改帶她去見阿祖，反正阿祖也是家人，而且阿祖一定不會反對。

過了這麼久，這些都不重要了，也都不會有什麼情緒了。不過奇怪的，明明知道都不重要了，她卻一直纏繞疑惑著：阿祖那一聲「我知道……有一個好女朋友」是隨口敷衍的嗎？為什麼當時聽、現在回想，都不覺得只是隨口敷衍？

媽媽終於能夠平靜地跟張摯說些阿祖的事。媽媽先交代：「你聽就好，不要問。我只能講最簡單的，聽得懂聽不懂，聽得進去聽不進去都別問，你問了讓我想起別的，一定就又講不下去了。可是我真的很想讓你們張家的人知道一點。」

他嚇了一跳，「你們張家的人」，媽媽怎麼會這樣說話？但他只點點頭，承諾不問，他真想知道。

媽媽的外祖父姓黃，是淡水的大戶人家，據說清朝時就投入海運事業，賺了錢，變成大地主。可是日據時代因為遲遲未歸順日本人，後來又介入文化協會一類的活動，被總督府盯上了，民與官鬥，怎麼可能鬥出對民有利的結果？中日戰爭爆發後，每次有任何表達效忠的活動，總督府一定先拿黃家開刀，強迫他們捐金捐銀奉獻，捐不出來就只能賣土地。

再大的地主也經不起這樣的消磨，戰爭結束前，黃家就差不多被掏空了，只留一層仕紳外皮。為了挽救家業，戰後黃家就安排了將女兒嫁入了基隆姓許的家族，那邊不是單純的地主，有山，有山裡產煤的礦坑，而且看準時機早早投入了工業發展。許家就是張摯的外公家。

許家有三房，同輩一共七個兒子，其中三個年紀相仿，也在前後差不多的時間內成婚。複雜的大家族關係，就引發了不宣而戰的繼承競爭。張摯外婆的肚皮幸而爭氣，快快生出了大舅，也就是媽媽的哥哥。但大舅出生的時間，只比另一房的下一代長子早了二十多天，於是競爭就從出生延續到成長。外婆擔負沉重壓力，必須培養兒子，讓他一定比別房的弟弟更優秀，取得許家大家長的認可，在繼承權上搶到有利位子。

媽媽只晚了大舅十三個月出生。外婆全心全力都投入在照顧大舅，分不出一點時間來理會這不識相降臨的女兒。於是剛過滿月，就將媽媽送到阿祖那裡，由阿祖養大。

「他們許家根本忘了我吧！從小到大，過年過節才見到親生的媽媽，見到親生爸爸就更稀有更稀有了。我小時候怨嘆過，也曾經期待過他們會想起我來。但等到他們真的想起我了，非但不是小時候期待的，反而是災難，人生的災難啊！」

一直到十五歲那年，外公外婆才提議要將媽媽接回家。他們突然想起來還有一個女兒。還有一項可以幫助家業的資產。媽媽被從阿祖身邊帶走，哭得死去活來；媽媽被安排去唸了三年私立女中，然後十八歲就被安排嫁人了。「我不想嫁人，但我更不想繼續留在許家，心一橫，管他的，就嫁吧！」

「嫁了之後才知道自己多有用。」媽媽苦笑地說。嫁進了一個有堅實政治背景的外省家庭，成了這個家庭裡唯一的本省人。「有苦，但也有樂啦。你爸對我還不錯，而且我有了在許家時沒有的行動自由，我可以愛去找我阿嬤隨時就去。我常常回我阿嬤那裡啊，什麼話都可以跟她說，她是我在世上唯一的親人。」

張摯掩藏不住驚疑的感覺了。媽媽當然察覺了他的表情變化，但她下定決心勇敢地把話說徹底：「對，唯一的親人。你們，你們都跟我不親。」

然後，媽媽把頭埋進自己的雙膝間，又說不出話來了。

怡君知道自己有點傻，周圍的人都經常這樣說她。說得最多的，一定是姊姊；現在記起來了，其次應該是張摯。但她有時又覺得自己沒那麼傻，證據是人家說她傻的時候，她很少意外，自己知道在做傻事或說傻話，至少有自知之明，只是經常阻止不了自己去做那樣的事、說那樣的話。

明知是傻事，她還是約了去找羅信民。明知應該不會有什麼結果，她還是忍不住想讓一個文史專家看看那塊玉石。

第一次見面的羅信民當然不會說她傻。然而看到她拿出玉石，聽到她的問題，他臉上的表情也只能用「傻眼」兩個字形容吧？但羅信民還是好意的將玉石拿了過去，翻來覆去的看，又掂掂重量，終於想出了話說：「真希望我有通靈的能力，那麼光是握著這塊玉，腦中就能有影像、有聲音了。」

怡君沒有說話，也沒有表現出失望的模樣，依然維持著好學生般專注看著對方的眼神。被她看得有點不好意思吧，羅信民開玩笑地翻了翻白眼，說：「嗯，看到了，看到了，是在盲潭那邊，盲潭妳知道吧，沿著山邊一條小徑，彎彎曲曲，旁邊立著各種尖角怪石，風呼呼地吹，從大約三層樓高的底下，傳來潭水呼應風聲的怪響，像魔音穿腦般，一下子使得走在路上的行人精神不濟，一不小心就像突然瞎了般，腳底踩空，栽到潭裡去，所以叫做『盲潭』。……走過盲潭了，一片雜樹林，林裡有一間新搭的茅草屋，泥牆，藏在樹林裡，茅屋邊有一片新墾出來的平地，剛剛栽下了番薯苗，新開的地只能種番薯，要種很多年，還要挖水渠，才有辦法闢梯田改種稻子。還好雜樹林的另外一邊，長了一大叢桂竹，劈下桂竹管接起來，就能引山泉水過來；把桂竹片拿去浸在油裡，燒點起來，綁在木頭上，就是晚上出門用的照明火把了……」

怡君知道自己要說傻話，但也就還是說了：「別停，你還看到了什麼？」

羅信民沒料到這樣的要求，愣了一下，竟然也就配合著把眼睛閉上，緊握玉石，繼續說：「有一男一女在燒賡油啊，女的往堆起來的坑裡添木柴，讓火燒得更旺些，男的呢，正快速地用畚箕將田地裡剛燒過的草灰畚起來，倒進火上裝滿了清水的大鍋裡……突然，女的唉呦叫了一聲，原來她頂著好大的肚子呢，她對男的說：『不行了，痛了，很痛，好像要生了。可是這鍋賡油怎麼辦？』男的丟了畚箕趕忙去扶她，說：『賡油再燒就有，我們的第一個小孩比較重要啊！』小心翼翼地將她扶向茅屋，走了幾步，女的又大叫：『怎麼這麼痛啊！』男的為了安慰她，匆忙從懷裡拿出東西來……」說到這裡，他陡然張開眼睛，有點不好意思又有點驚慌：「我亂編的，別信啊！」

怡君笑了，「我沒有那麼傻啦！……可是你講的這些，都是真的嗎？我的意思是都有根據嗎？那時候他們這樣做火把？還有那什麼賡油？」

羅信民有點被冒犯了，正色說：「當然有根據，那是很基本的地方生活史常識。」

「你，你們，怎麼知道的？那麼久以前的事？」怡君問。她原本想像羅信民應該是個老先生，才會成為大湖地方文史專家，沒想到出現了的這個人，好像沒有比自己大多少，而且他研究的範圍還不只大湖，包括了頭屋、獅潭、三義這一帶的客家區域。

「靠一張嘴兩條腿知道的啊！這些大部分都沒有文獻，我們就一鄉一鄉、一村一村去找老人家，愈老愈好，不管他們記得什麼、記得多少，只要是他們小時候的事，小時候聽來的故事，都請他們說，我們一一記下來，再拼湊比對。」羅信民說得很熟練，應該跟很多人說過很多次了吧。

「你們認識很多大湖的老人家？」

羅信民立刻明白怡君的意思，點點頭說：「妳給我妳有的資料，這人姓什麼名什麼，反正有什麼就都給我，我去問問看有沒有人記得。」

張摯快下苗栗交流道時，才撥了電話給怡君。像是單純客套地問：「妳在忙嗎？今天有約要去做水電？」那頭怡君毫不遲疑地回答：「馬上要出門了，有人的院子要裝整組的新燈。他們晚上就能夠在院子裡舒服泡茶了。」

「那我長話短說。」張摯說。但「短說」還是說了十分鐘。阿祖戶口及身分證上的相關資料，這是相對簡單的。但有很多事對不上。阿祖嫁進黃家大戶，他媽媽向來的印象是阿祖娘家應該也是同等大戶，門當戶對。可是阿祖最後感慨地對媽媽說：「從我到妳媽再到妳，三代的女人，命運同款，都是被男人用來挽救家業，把我們嫁進比較高的家族裡，讓我們去接受被人家看不起的待遇。」

臨終病榻上，阿祖明確地告訴他媽媽，自己連死了都要披著假的姓、假的名埋到土裡去。顯然她不姓李，也不叫「阿菊」。但舅公說記得很小的時候去過阿祖在台南的娘家，一個大祖厝，應該真的是旺族啊，只是後來就再也沒有印象和那邊的親戚來往，但說不定到台南還找得到這個李家大族吧？

那頭一直靜靜聽著的怡君突然說話了，用張摯很不熟悉的斬釘截鐵語氣說：「她不是台南人，她是我們苗栗人，大湖庄的。」

這時候，張摯已經開到了水電行門口了。他將車停在不寬的馬路對面，慶幸自己那天沒有說出開的車型，可以躲在遮光玻璃的掩蔽下，看著坐在門口摩托車上打電話的怡君。

這一切，如此不真實，怡君所說的話，還有怡君對著電話說話時簡直像是賭氣般的表情，還有他在車裡看著聽著，那麼近，又那麼遠。

爸爸從外面回來，才關了貨車車門，看到站在店門口的怡君就說：「店裡那個老闆開玩笑說妳最會做生意，去他店裡跟男朋友坐了一下，他的整組冷氣分電盤就壞掉了。妳有魔力。」

「見鬼了！」怡君說，但心頭一驚，爸怎麼會提起「男朋友」來？他知道張摯來找她嗎？回神一想，自己弄錯了，那家店老闆講的，不是張摯，而是羅信民。「你叫他別亂講，什麼男朋友？那是……」接著要說的話卡住了，不是男朋友，那是什麼人？要怎樣解釋她約去見面的地方文史專家？「那就不是男朋友。」

爸搖搖頭：「我不管。」但是過了幾秒鐘，又搖搖頭：「妳現在打算怎樣？不是現在啦，以後？」

她大大地呼出一口氣。又來了。自從姊姊去了台北之後，爸就假定她也會要走。她已經不想再說了。說過太多次了。她就是要好好當個水電工，但說了沒有用，爸爸的反應一定還是：「哪有女人在做水電的？」她也就只能千篇一律地頂過去：「就是因為沒有別的女人會做水電，我的生意才特別好。」然後爸爸再打回來：「那是我的生意，不是哪個女水電工的生意。」她再頂過去：「你明明知道好多家的太太根本就不喜歡你去他們家做水電，只要我去。」……

沒有意義。爸永遠不會相信她將自己的「以後」早早就看得清清楚楚了。甚至早在姊姊走掉前，她就決心這個沒有兒子的家，只能靠她接下這家水電行。反正她很小就跟前跟後學了很多，爸都承認她比以前找過的任何學徒都好用。在這樣一個地方，和男人在管它什麼店裡出現一下，甚至只是在街上走走，都會被傳到你爸爸那裡去，她很篤定，只要留在這裡，老老實實做水電小生意，不用自己有什麼打算，自然就會結婚、生小孩、養小孩，這樣就好。她真的就只要這樣。

爸爸不相信，她沒辦法，也沒關係，這是她最堅持的傻事，處女座絕對動搖不了的原則——不會讓水電行關門。

怡君第一次聽到他的名字，反應是：「見鬼了！」她第一次聽他描述他的工作，反應還是：「見鬼了！這什麼工作！」

張摯的工作是「賣空氣」。他還想了一個自認很有趣的說法和怡君他們家連結上：「你們的生意是水電，用電將水分解了，會怎樣？會變成氫和氧，那就變成我們家的生意了。」嚴格說，不是真正他們家的生意，是他爸爸投資的一家特殊氣體生產工廠。早年靠他爸爸的關係，這家工廠幾乎壟斷了台灣公立醫院的市場，賺了大錢。現在生意沒那麼好做了，必須勤跑醫院跟人家競爭搶訂單，張摯一畢業就負責台北兩家主要教學醫院的氣體行銷。

有一陣子，他動過念頭，想讓怡君到台北來，還想過要如何去拜託爸爸安排怡君的工作。他以為難的是說動爸爸，沒料到爸爸竟一口答應，可以讓怡君先參加他的行銷團隊，看看能否適應再做調整。更沒料到怡君完全不考慮這樣的安排。

「為什麼？」他問。怡君先是笑笑地說她不想去「賣空氣」，好沒保障的感覺，他聽了就知道怡君是開玩笑的。再追問，怡君又笑笑地說她要留在苗栗幫爸爸做水電，他立即叫出來：「別傻了！」叫出來後才明白，怡君不是開玩笑的。而和每次他說「別傻了」時一樣，怡君只是繼續微笑著。

爸爸來問他事情後續，他說了怡君的態度，那時媽媽也在場，立即有了強烈反應，爆發出一連串的問題。他照實說了，本來沒覺得怎樣，對他交女朋友，媽媽向來都採取極度開明的立場，很少過問，更不干預。

然而這次卻不一樣。他想要忘掉卻忘不掉。那一連串問題，和他照實的回答，正就是他和怡君關係的轉捩點。

想到這裡，竟然剛好媽媽從廚房裡出來，顯然挺意外看到他坐在沙發上對著電視。媽媽問：「又沒出去？女朋友晚上有事？」他沒回答媽媽的問題，而是不假思索地對媽媽發了他的問題：「妳有跟阿祖說過劉怡君的事，對不對？妳說了什麼？」

姊姊回來了，怡君就知道又到月初。固定的儀式，月初假日姊姊回來，三個人出去吃一頓飯，通常都是姊姊選的店，姊姊在台北，反而比他們更清楚苗栗有什麼好吃好玩的地方。吃完飯，姊姊固定拿出信封袋來，爸爸固定不接，推來推去，推到快翻臉了，怡君就接過來，說：「放我這裡吧！」對姊姊說：「妳有需要跟我拿，」對爸爸說：「店裡缺錢也可以跟我拿。」姊姊一定說：「我在台北好好的，不可能需要。」爸爸也一定說：「店裡生意好得很，用不著，用不著。」

這樣他們兩個人算是各自迂迴表達了「我很好」的意思。有時姊姊會多加一句：「我前兩個月光冷氣電費花了快一千塊，奢侈啊！」那就表示她工作很順利。或爸爸會多加一句：「水電行如果缺錢就關起來，還需要什麼錢！」那就表示這個月生意特別好。

也是固定的儀式，吃完飯爸爸就悶聲不響，不做任何交代出門去了。剩下怡君和姊姊兩個人。怡君會一直拖一直拖，拖到夠久，感覺爸爸隨時會回來了，才問一聲：「媽還好？」姊姊彷彿也鬆了一口氣，匆匆忙忙地挑一兩件媽媽的事，快速說過去。

這次，拖著不願問「媽還好」的時間裡，怡君就告訴姊姊張摯來找她的事，還給姊姊看了那塊玉。姊姊很敏感地反應：「妳千萬不要跟他舊情復燃！嫁進那種勢利眼家庭，妳會痛苦一輩子！」怡君沒想到姊姊反應會那麼激烈：「我不知道妳那麼討厭他？」姊姊摟了摟她，說：「欸，我是好姊姊呢！那時候妳那麼愛他，我才不會跟妳說真心話呢！」

怡君臉紅了，強調地說：「我沒有，我－沒－有－很－愛－他－」姊姊像是要撲過來：「敢說！妳還差點為了他要去台北！」「妳亂講，我沒有，我－沒－有－」姊姊突然換了口氣，說：「但如果當時他把妳騙去台北說不定也好，就不會一直在這裡守什麼水電行了！」

怡君別過臉去。沒有說話。一直到爸爸回來，她破例沒有問姊姊：「媽還好？」

張摯茫然地看到照後鏡裡的閃燈，回過神注意一下儀表板，趕緊將車速從不到九十加到一百一。然後又握起手機來，繼續考慮究竟要不要打電話給怡君。

他覺得自己大概曉得了事情的經過，可以解釋那塊玉石，但又沒辦法完全整理為有頭有尾的語言。他立即決定開車上高速公路南下，好像那是理所當然可以將事情想清楚的方法。

真的上路了，腦袋卻纏在一個念頭上，反覆遲疑猶豫忐忑起落。如果不打給怡君，幹嘛開車上路？換個角度看，打給怡君把要說的話說完了，那幹嘛開車上路？打了電話卻不在電話裡說，電話是用來約她見面的，這是最合理的解決。但一這樣想，卻更加不安，而且莫名其妙地若瑜的影子就切插進來了。不干她的事，她不會知道，也不可能追問追查他的行蹤。可是真的嗎？真的不干她的事嗎？那為什麼自己如此強烈感覺在做一件絕對不能讓若瑜知道的事，甚至是絕對不能和若瑜有任何關連的事，這幾天就連媽媽隨口說「女朋友」，都讓他高度焦躁，近乎憤怒？

和手機糾纏太久了，以至於那一團思緒，仍然保留著混亂狀態。媽媽一段一段似連結沒有真正接上的話。

「我有跟你阿祖抱怨，沒有別人可以說啊，你爸從來不管，表面是開放，實際他懶得管，管我或管你都懶。」「商職畢業，家裡開水電行，真的太奇怪了，這樣的家庭背景，不是嗎？」「不知道你為什麼喜歡她，看她的照片，連你爸也說長得很平常。」「你要怎樣跟她溝通？你都跟她聊什麼，水電？」……

他不想再聽這些，他早聽過了。那一陣子媽媽強烈反對怡君，反對讓她到家裡來，反對她高職畢業就不升學，反對她留在苗栗，反對她幫爸爸做水電……他試著安撫媽媽的情緒，問怡君願不願意補習考二專或三專？怡君不肯；問怡君要不要上台北來待一小段時候，換個環境看看，怡君不肯；問怡君那可不可以多上台北來，多有機會和他家人接觸，怡君不肯。慢慢地，他也有點不耐了，怡君什麼都不願意，不就表示沒那麼愛他嗎？他不是那種會發脾氣、鬧彆扭的人，只能很誠實地寫在郵件裡，認認真真問：「妳都不能為我做一點什麼，讓我可以跟媽媽交代嗎？」兩天後，怡君的回信說：「你有媽媽，我有爸爸。」那就是關鍵，這八個字讓他下了決心。

他不要聽這些。他直接問媽媽：「妳有跟阿祖抱怨什麼其他的，沒有跟我說的？」「……客家人，我不喜歡客家人……」「你不會相信所以我沒有說……你阿祖會相信，她知道我……我不是只考慮你、考慮我們家，我也替她考慮……」「你年紀輕不會懂的。你們真的在一起，她會很可憐。在大家被看不起。」「你們張家這些親戚會怎麼表現看不起她，我會不知道嗎？」「你阿祖問我：『那妳呢，妳做了她婆婆，也會看不起她？』我不能騙我阿嬤，騙也沒用，她什麼都清楚，所以我說：『會，我會。』你阿祖又問：『看不起她什麼？……窮？』我點點頭。『做工？行業不好？』我點點頭。

『客家人？』我點點頭。……」

怡君握著那塊玉發呆，腦中固執地響著：「我－沒－有－」「我－沒－有」久久不肯停歇。她試著逼自己離開這癱瘓狀態，去做些別的事。閃過一個念頭，想去開電腦，但還是沒動。然後又閃過一個念頭，想去拿手機，也還是沒動。開電腦幹嘛，要看什麼？看看羅信民有沒有查到什麼？不可能那麼快。要不然查一下郵件，但郵件不在了。如果郵件還在就好了，裡面有明明白白的證據，自己從來沒有想要去台北。沒有，真的沒有。郵件不見了，那個人還在，張摯一定記得，張摯想了多少方法要她去台北，打電話問他，他一定記得她從來沒有答應過要去台北。

但這樣去問張摯，太可笑了。想要證明這件事，也太可笑了。這麼久了，她從來沒問過姊姊：「弟弟還好嗎？」也不確定，不敢去確定自己比較怕見到媽媽，還是其實怕見到弟弟。弟弟離開的時候兩歲半，現在應該上小學三年級或四年級了吧？他還會說客家話嗎？她完全無法想像弟弟說國語，兩歲半前弟弟只說客家話，說得很好很好。

爸爸喜歡抱著弟弟，一直跟弟弟講話，講了好多話。她跟姊姊聽了都忍不住笑。

那麼幼稚的客家話，爸爸那麼大個男人也好意思說？還有，弟弟才幾歲，爸爸就講講好像把他一生前程都講完了，連討個哺娘，生三個娃，到劉家宗親會當理事都講了。最愛說的是弟弟要把水電行開成水電工程公司啊，大大的招牌上寫著弟弟的名字，然後去標公家大樓的水電工程生意，一筆賺幾十萬啊！爸爸就能當董事長，人家看到了就說：「劉董，好命啊！」

那麼快樂做著「劉董夢」的爸爸，在此之前幾乎不曾做過夢的爸爸。媽媽怎麼能用那種方式打碎爸爸的夢？有一天抱著弟弟就走了，去找在台北的別的男人。然後讓爸爸知道，弟弟是那個男人的？

她不能想，那麼多年，她沒辦法讓自己想爸爸怎麼去找媽媽，怎麼知道那個男人的事，又怎麼知道弟弟不是他以為的兒子？

她唯一能想的就是，沒有了兒子的爸爸，要有人繼承他的水電行。

他畢竟還是撥了怡君的電話，她沒接。他鼓起勇氣將車窗按開，再打一次。遠遠地，從怡君家的某處，好像傳來了一點規律間歇的響聲。他不確定那是不是怡君的電話在響。說不定她的鈴聲選的是哪首流行歌曲。就是沒辦法知道她在家呢，還是在外面忙。他再打一次，進語音信箱了，他清了清喉嚨，清完了卻還是將電話掛掉。關上車窗，讓車子在怡君家前面的那條路上來來往往慢速走了幾趟。

經過了快十天吧？他間歇差不多隔天就打給怡君，她都沒接，幾乎可以確定是故意不接了。她不想知道阿祖的事了嗎？她將阿祖的玉石丟到一邊，繼續過她原來的水電工生活了？這件事，就這樣結束了？

他說服自己只是想確認事情結束了，最後再去一趟苗栗。上交流道拿起電話，又放下來。過造橋收費站拿起電話，又放下來。下苗栗交流道拿起電話，又放下來。老樣子停在水電行對面，拿起電話，又放下來。

就這樣結束了？然後他看見了怡君，正從店裡走出來，走向停在門口的摩托車。怡君右手要去把龍頭前，先將一樣東西放進了口袋裡。就是那塊玉石！意識到這件事，張摯急急地按開了窗，在自己來不及多想之前，叫了「怡君！怡君！」

怡君困惑地找尋聲音來源，找到了，但疑惑的表情卻沒有散去。他連忙拉開車門要下車，怡君卻抬起手掌向前推了推，遙遙阻止他。怡君將摩托車重新停好，穿越馬路走過來。

張摯覺得好緊張，因為不知道自己在緊張什麼而更加緊張。目視著怡君走到車旁，將右邊車門拉開一點，平靜地問：「我可以上來？」他用力點頭，同時探長上身要去將車門推到全開，結果怡君已經自己開了門，剛好輕輕扶觸了他的手臂。他瞬間起了滿身的雞皮疙瘩。

那奇怪的感覺又上來了。不可思議，自己真的和這個女生分手了，什麼時候、怎麼發生的事？在這一刻，徹底地讓他無法理解。

怡君幾天都沒有接他電話，因為不知道要說什麼。終於知道要說什麼了，竟然他就開著車出現在眼前。上了車，怡君告訴他羅信民問到的，先解釋了，不一定就是他阿祖的身世，只是有這樣的人、這樣的事。水尾坪那邊有老人記得，早年有「燈妹」家曾經和台南人來往過。很奇特的經過，所以記得。「燈妹」，這家的女主人，小時是彭家的童養媳，但後來不知為什麼沒有正式嫁入彭家，而是以養女的身分幫彭家招贅了一個姓劉的孤兒。彭家有個傻女，智障吧，嫁不出去，就依隨由「燈妹」家照顧著。

有一天，這傻妹出門，回來時竟然帶著一個衣衫襤褸的孕婦。孕婦見了人一直哭，話都說不出來。後來才知道她從台南逃難來的，自己都不知道怎麼逃到大湖那邊的山區去。逃什麼難啊？這麼可憐還逃那麼遠？她家在台南大武壠，家人當中有特別信王爺的，結果惹來殺身之禍。一家死的死、逃的逃，她丈夫被日本人殺了，她倉皇隨著小叔一家人逃出來，中途弟妹得了肺炎死了，小叔和孩子也不知走去哪裡，剩她自己一個人。

羅信民說，台南發生的事，應該是「噍吧哖事件」，死了好多人，正式記錄是處死了八百多人，但找到的屍首卻有幾千具。那女人可能就是牽涉事件的家庭裡逃出來的吧！

「燈妹」收留了台南來的女人。女人生下了小孩，母親帶著小孩在水尾坪待了不知多久，至少總有個一、兩年，才終於聯繫上台南的娘家。然後換成災難襲擊水尾坪，夏末一場大颱風，不只淹掉了稻子，連番薯田都沒留得住。「燈妹」家接連兩個或三個小孩得了怪病去世。台南來的女人要回台南去，她就好心將一直幫忙帶小孩的「燈妹」的大女兒一起帶走。去了台南的大女兒，當時約莫十歲左右吧。

「所以我阿祖可能姓彭，被帶去台南才跟那邊的家庭改姓李？」張摯說。

怡君搖搖頭，再提醒一次，「沒有人知道那是不是你阿祖。」

張摯沒有理會怡君的提醒，突然驚覺：「但她入贅的爸爸姓劉！她本來應該姓劉，跟妳一樣！」

怡君怎麼搖頭都阻止不了張摯激動地填補想像中的故事：「她在台南變成了李家人，他們把她嫁入淡水黃家，她再也不能讓人家知道她是水尾坪的客家人！我媽媽去跟阿祖抱怨妳，抱怨的每一件事都讓阿祖想起自己的身世。客家女人、姓劉、苗栗人、家裡窮、行業不好……阿祖自己也是客家女人，本來也該姓劉，明明也是苗栗人卻變成了台南人，在很窮很窮的家庭長大，務農種田甚至常常吃不飽。她一定很想跟我媽說：妳不可以這樣討厭她，妳討厭她就好像討厭我啊！但她沒辦法說，只能一次又一次聽媽媽那樣無情地抱怨。她一定很痛。想到沒辦法幫妳辯護，也就是沒辦法幫自己說話。自己變成了不是自己！」

怡君默默地落了淚，沒有插嘴，也插不了嘴。張摯聲音哽咽，心情卻變得更激動：「我知道了！那塊石頭！她當年離開水尾坪，身上可能就只有這塊石頭！和水尾坪的自己、水尾坪的家唯一的聯繫，只剩下這塊石頭！」

怡君收了淚，盡量冷靜地說：「你想太多了。」

張摯頹然地將額頭靠在方向盤上。沒有抬頭，他用盡能動員的一切能量，努力地說出：「妳可以原諒我媽嗎？」說完側臉看到怡君搖了搖頭。他痛苦地說：「我請妳替我阿祖原諒她。……好啦，我真正要求妳的是，拜託妳替我阿祖原諒我，對不起……」

怡君還是搖搖頭，盡量平靜地說：「我從來沒有怪過她，也沒有怪過你。我也不能代替你阿祖做什麼。」

「我很後悔跟妳分手，真的很後悔。」張摯終於將卡在心底好多天的話說出來了。

「真的很後悔。」

「……別後悔，那是沒辦法的，你有媽媽，我有爸爸。」怡君打開車門跨出去，在張摯的凝視下，騎上摩托車，發動、前進，騎了幾十公尺，只用單手扶龍頭，另一隻手拿出玉石來，緊緊握著，朝水尾的方向去。

後記

對我來說是天經地義，卻在今天的台灣需要經常費力提醒的觀念——台灣的歷史，不是台灣人的歷史；或者說，台灣的歷史不完全等同是台灣人的歷史。台灣的歷史大過於台灣人的歷史，如果要認真了解台灣歷史，有許多重要的現象及經驗，不是台灣人的。

例如說日據時代，從一八九五年到一九四五年這五十年當中，有很多日本人來到台灣，待了或長或短的時間，他們不是台灣人，但他們絕對屬於台灣歷史的一部分，絕對不能將他們從台灣歷史中移走。但這些都是什麼人呢？他們為什麼、又以什麼心情什麼方式來到台灣，居停在台灣呢？更重要的，帶著北國的經驗與記憶，帶著日本社會與文化的習慣，乍然進入南方異境，他們如何知覺、體會台灣？必定會因此而看到、聽到、聞到、嗅到本地台灣人不會看到、聽到、聞到、嗅到的吧？

還有一些更幽微的非台灣人，進入台灣歷史，成為台灣歷史不可或缺的部分。長期作為邊陲社會，台灣總是在好奇地探問著核心地區所發生的事。不管這核心是北京或東京，台灣無法離開對核心的關注而存在，但在歷史的絕大部分時期，卻又受限於種種現實條件，不可能取得對於核心主流的準確掌握。台灣人只能訴諸傳言、猜測、甚至自以為是的編造，來想像、趨近核心主流。台灣人的自我認同、台灣人的世界觀，不斷地隨著這些想像而變化、調整，於是產生了特殊的歷史情況——中國或日本發生的大事，不屬於台灣史；然而台灣人對於這些事件的謠言、誇大、恐慌、興奮……卻無疑地屬於台灣史，決定了台灣人之所以為台灣人，台灣社會之所以為台灣社會的基本性格。

我試圖以小說來呈現的，有一部分就是這樣的「非台灣人的台灣史」。台灣人不是現成既有的，而是在歷史的過程中，接受了各種因素影響不斷變動產生的。歷史如果要有意義，就應該帶我們回溯那搖晃扭轉的台灣人面貌形成的經過，洞視在時空中各種力量的交織穿透。

《遲緩的陽光》一共收錄了四篇小說，恰好每一篇都記錄並揭露了一個祕密。不一樣的祕密，有刻意的欺瞞，有無法讓他人知曉的慾望，有甚至無法對自己坦白的悸動，也有迫於現實而埋藏的身世。這或許也正顯現了歷史與歷史小說的關鍵差異吧！歷史只能記錄表面，是什麼就是什麼；小說才能無視於表面，堂而皇之地探入當事人沒有打算讓我們看見的部分。小說讓我們不只知道歷史，還能藉由分享過去的祕密，感受時代與人心的騷動。

文學叢書 515

遲緩的陽光

作　　者　　楊　照
總 編 輯　　初安民
責任編輯　　宋敏菁
美術編輯　　黃昶憲　陳淑美
校　　對　　呂佳眞　楊　照　宋敏菁

發 行 人　　張書銘
出　　版　　INK印刻文學生活雜誌出版有限公司
新北市中和區建一路249號8樓
電話：02-22281626
傳眞：02-22281598
e-mail : ink.book@msa.hinet.net
網　　址　　舒讀網http ://www.sudu.cc

法律顧問　　巨鼎博達法律事務所
施竣中律師
總 代 理　　成陽出版股份有限公司
電話：03-3589000（代表號）
傳眞：03-3556521
郵政劃撥　　19000691　成陽出版股份有限公司
印　　刷　　海王印刷事業股份有限公司

出版日期　　2016年 12 月　　初版
ISBN　　978-986-387-136-1
定價　320元

國家圖書館出版品預行編目資料

遲緩的陽光 / 楊照著：－－初版，
－－新北市中和區：INK印刻文學，2016. 12
面；14.8 × 21公分. --（文學叢書；515）
ISBN 978-986-387-136-1（平裝）
857.63　　105021167